NOTRE-DAME

DU PONT-MAIN

Avec un aperçu des Pèlerinages en général,
et des Apparitions de la Ste Vierge jusqu'à nos jours

Par M. l'Abbé V. POSTEL

DU CLERGÉ DE PARIS,
CHANOINE HONORAIRE, DOCTEUR EN THÉOLOGIE,
MISSIONNAIRE APOSTOLIQUE.

Pro anima tuâ ne confundaris
dicere verum.

Eccli. iv, 24.

PARIS
ADOLPHE JOSSE, ÉDITEUR
31, RUE DE SÈVRES, 31

1873

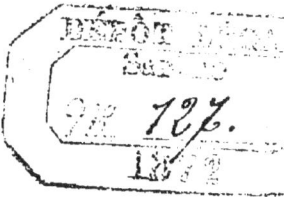

NOTRE-DAME

DU PONT-MAIN

NOTRE-DAME

DU PONT-MAIN

Avec un aperçu des Pèlerinages en général,
et des Apparitions de la Ste Vierge jusqu'à nos jours

|Par M. l'Abbé V. POSTEL

DU CLERGÉ DE PARIS,
CHANOINE HONORAIRE, DOCTEUR EN THÉOLOGIE,
MISSIONNAIRE APOSTOLIQUE.

Pro animâ tuâ ne confundaris
dicere verum.

ECCLI. IV, 24.

PARIS

ADOLPHE JOSSE, ÉDITEUR

31, RUE DE SÈVRES, 31

1873

PRÉFACE

Nous offrons aux âmes chrétiennes un nouveau récit, plus complet, de l'évènement miraculeux qui s'est accompli au PONT-MAIN en 1871.
Il est utile que les merveilles de la bonté de
Dieu, de la miséricordieuse tendresse de Marie,
soient de plus en plus connues parmi le peuple
fidèle, afin qu'à l'histoire de ces bienfaits répondent les élans d'une reconnaissance commune.

Et c'est, le Ciel en soit loué, ce que nous
commençons à voir aujourd'hui, dans ces grands
pèlerinages où la foi publique s'affirme, où la
confiance appelle humblement le pardon, et où
l'espérance se relève de tout ce que lui arrachent
les misères du présent, les terreurs du lendemain, le souvenir des abominations passées.

En se proclamant le *siècle des lumières* avant

que l'avenir ait rendu sentence, notre pauvre temps a mérité qu'on lui applique le mot de Notre-Seigneur : « *Vide ne lumen quod in te est tenebræ sint :* Prenez garde que la lumière qui est en vous ne soit que ténèbres (S. *Luc*, XI, 35).» Hélas! qu'elles sont universelles, et qu'elles sont épaisses, ces ténèbres morales au milieu desquelles se débat la superbe contemporaine!

Et elle s'y enfoncera jusqu'à ruine entière, tant qu'elle ne lèvera pas des yeux suppliants vers le Soleil de justice et de vérité, principe unique de toute illumination et de toute vie. Le *siècle des lumières* nous a jetés tout simplement au chemin de la barbarie, d'où les nations ne reviennent que par d'éclatants et rares miracles.

Protectrice et mère de notre France, où, malgré les déchéances de l'apostasie, tant de cœurs lui sont restés à jamais unis par la gratitude, le respect et l'amour, Marie nous apporte elle-même la promesse de l'un de ces miracles en notre faveur. Du haut de l'éternel séjour elle s'incline vers nous, converse avec les innocents de la famille, et les envoie dire à tous que des jours de pardon luiront enfin si la prière les veut obtenir.

Oh! que béni soit le divin message! et que tous accourent aux pieds de NOTRE-DAME D'ES-

PÉRANCE pour en recueillir de sa bouche maternelle la consolante expression !

On le verra : jamais, dans aucune de ses apparitions, à quelque époque que ce soit, la **Reine**
du ciel ne s'est montrée plus admirablement tendre, plus admirablement mère, qu'elle l'a fait
dans ce petit village du Maine, désormais illustre entre tous, qui a nom LE PONT-MAIN.

Nous redisons donc ici cette histoire d'hier,
après avoir visité le saint pèlerinage et nous
être entouré des documents les plus sûrs.

Nous avons jugé convenable de lui ménager
un cadre particulier. Les circonstances semblaient l'exiger.

C'est pourquoi on trouvera, au *Livre premier*,
un exposé assez étendu de ce que sont les *pèlerinages* parmi les catholiques, avec un tableau
des principaux sanctuaires dédiés à Marie dans
l'univers chrétien.

Le *Livre second* est consacré à l'apparition du
Pont-Main, à la discussion qu'elle appelle, et
au récit des grâces qui y ont été obtenues.

Un *troisième Livre* exposera succinctement
les apparitions antérieures de la divine Vierge,

depuis son assomption glorieuse jusqu'à l'année 1871. Nous espérons que cet aperçu sera agréable à la piété du lecteur, et contribuera à lui inspirer une dévotion plus vive pour celle auprès de qui toute expression languit.

Du reste, conformément au décret du pape Urbain VIII, nous déclarons que, dans aucune des qualifications que nous employons, *saint, miracle, prodige*, nous n'entendons devancer le jugement de la sainte Église et de son chef infaillible.

Et vous, ô Marie ! vous à qui chacun de nous doit tant de grâces, agréez ce faible hommage d'un cœur qui toujours vous aima, toujours veut vous aimer, et qui n'a point au monde de joie plus douce que de publier vos miséricordes et vos grandeurs.

S. Jean Damascène le disait, ô Mère, et ce mot est la consolation de tous vos serviteurs : « Avoir pour vous une sincère dévotion, bien-
» heureuse Vierge, c'est posséder les armes que
» Dieu met dans les mains de ceux qu'il veut
» sauver. »

LIVRE PREMIER.

LES PÈLERINAGES.

I.

Un peuple qui prie.

Le chrétien sait qu'il doit prier toujours;
le divin Maître l'en a averti : mais quand le
fera-t-il avec plus d'empressement, d'espérance et de consolation, qu'au jour de l'épreuve
et de la douleur ? Les nations ont aussi,
comme chacun de nous, leurs heures de déception, de découragement, de souffrance et
d'abandon : et les nations doivent alors, au-

1

tant que les individus et par eux tous, recourir au Ciel, supplier, faire violence à sa miséricorde. Autrefois si glorieux, aujourd'hui si meurtri, notre pays commence à nous donner ce réparateur spectacle, du fond de ses abaissements. Il fut grand par son union à Dieu ; loin de Dieu, voyez comme il s'est appetissé ! Et c'est pourquoi la divine protectrice de la France, Marie, inspire aux catholiques ces graves manifestations de la prière et de la foi qui se traduisent par les pèlerinages populaires auxquels nous assistons depuis quelques mois : protestation magnifique contre l'impiété qui nous voudrait séparer à tout jamais du seul vrai père que nous ayons, Dieu ; gage de la délivrance prochaine et de la résurrection nationale.

« Des Français, — écrivait naguère M. Poujoulat dans un de nos meilleurs journaux; — des Français de toute condition, jeunes ou vieux, des femmes, des hommes du monde, des prêtres, se rendent par milliers sur un point du territoire particulièrement consacré. Qu'y a-t-il au fond de ces manifestations immenses ? *Une nation qui prie.*

» Ceux qui croient en Dieu le prient : voudrait-on l'interdire ? Ceux qui sont chrétiens invoquent la Sainte Vierge : nous ne connaissons pas de loi qui s'y oppose ; le code ne barre le chemin d'aucun sanctuaire de Marie.

» L'invocation de la Vierge fait partie des grands souvenirs de l'histoire. On l'invoquait trois fois par jour pendant le fameux siége de Belgrade, et ce fut l'origine de l'*Angelus* ; on l'invoquait aux approches de la bataille de Lépante qui décida du sort de la chrétienté, et le nom de Marie se rattache à de grandes dates de victoire. Partout où il y a des autels sur la terre, on l'appelle le *Secours des chrétiens*. Enfin, le recours à la Vierge est devenu national depuis qu'un de nos rois a placé la France sous la protection de Marie.

» Les pèlerinages, à Lourdes ou ailleurs, sont donc un droit naturel, une continuation de bons souvenirs... Quand la politique humaine est à bout, et que les chercheurs officiels se traînent dans l'imprévoyance, le faux et le néant, n'est-il pas tout simple qu'on lève les yeux et qu'on regarde plus haut que les horizons de la terre ?

» Les gens qui ne croient à rien, qui se

contentent de descendre des singes, et qui
apparemment ont leurs raisons pour cela,
continuent leur chemin sans que l'idée leur
vienne d'une assistance supérieure ; mais
telle n'est pas la condition des hommes de foi.
Ils portent avec eux l'idée de Dieu, de Providence, d'expiation ; leur âme s'ouvre aux espérances infinies comme à toutes les vérités de
l'ordre moral ; et, si par hasard il est arrivé
qu'un peuple soit tombé des hauteurs de sa vocation et qu'il ait prévariqué, tous ces cœurs
religieux éprouvent le besoin de la réparation.

» Ces manifestations, où la piété se fait pa-
triotique, ôtent-elles à un pays quelque chose
de sa dignité ? Un gouvernement doit-il s'en
préoccuper comme d'une atteinte à l'ordre public ? Sont-elles de nature à exciter les passions mauvaises ? Y a-t-il incompatibilité entre
le christianisme et le dévoûment à la patrie ?
Tous ces croyants qui partent du Nord et du
Midi, de l'Ouest et de l'Est, sont-ils convaincus de ne pas aimer la France ? Je sais bien
que, de l'avis de nos radicaux, les *calotins* ne
sont pas *une classe de la société*, et qu'on ne
leur doit que la mise hors la loi ; mais les ja-
cobins ne sont pas encore nos maîtres.

» Ceux qui ont quelque souci de la grandeur morale d'un pays, sans laquelle il n'y a pas de grande nation, devraient se féliciter de ces actes qui élèvent l'âme humaine ; il y aurait défaillance d'esprit à ne pas le comprendre. Les manifestations religieuses d'un peuple ne devraient être condamnées que par les factieux, intéressés à maintenir un peuple dans l'abrutissement. Ils savent bien qu'ils ne peuvent régner que dans un pays tombé au plus profond de la décadence, et qu'on ne les verra jamais à la tête d'une nation qui prie, parce qu'une nation qui prie est au besoin une nation qui combat. » — Et la nation qui combat est la nation qui se relève.

II.

Une légende.

C'est surtout aux sanctuaires de Marie, à ceux qu'elle-même a désignés par des miracles nouveaux, que s'accomplissent sous nos yeux ces gandes manifestations de la foi. Avant de

les examiner en elles-mêmes, avant de nous
étendre sur les titres de l'auguste Vierge à cette
confiance de son peuple, qu'on nous permette
de redire une légende des plus aimables, des
plus touchantes, qui nous fut racontée en
Sicile, il y a vingt ans, par un saint vieillard
de Messine.

« Un chevalier d'origine illustre, nous dit-il,
vivait en cette ville, voici plus d'un siècle
passé. Grande fortune, nom honorable, famille
puissante, rien ne lui manquait de ce que les
hommes appellent les éléments du bonheur.
Mais surtout il avait reçu une éducation chrétienne, trésor le meilleur de tous, sans lequel
les autres sont moins que rien. Pourquoi n'y
demeura-t-il point fidèle? pourquoi oublia-t-il,
ingrat et insensé, les enseignements de sa jeunesse et les larmes de sa mère mourante?

Sa mère l'avait voué à Marie; elle lui
avait fait promettre que jamais il ne cesserait
de chercher en elle son refuge, sa force, ses
inspirations. Hélas! au bout de peu d'années,
les instincts mauvais l'emportèrent. Il vécut
mal. Il perdit tout. Le voilà réduit à la misère.
Et il n'ouvrait pas encore les yeux, et de plus

en plus il s'enfonçait dans l'égarement et le
péché.

Le voyez-vous gravir, au milieu de la nuit,
sombre, humilié, soucieux, la montagne qui
domine le détroit du côté de Milazzo et du
Phare? Une affreuse pensée est entrée dans
son cœur, et, pour l'accomplir, la nuit la plus
profonde ne lui semble pas avoir d'assez
épaisses ténèbres. Il va, sur les conseils d'un
perfide ami, invoquer le démon, renier son
Dieu, abjurer ses espérances chrétiennes et la
douce Vierge que naguère il priait avec tant
d'amour, se livrer à Satan et vendre son âme
pour de l'or! — « Signe, lui dit l'ange de la
malédiction, et tu seras satisfait... » Un
remords de plus, et de tous le plus atroce, entra
dans son âme; mais dès ce moment tout changea
pour le chevalier. Il ne s'appartenait plus,
mais ce qu'il avait souhaité, la fortune, venait
à lui par monceaux. Toujours heureux au jeu,
qui était sa passion et qui l'avait une première
fois ruiné, on entendait, le soir, l'or s'amasser
dans sa demeure; toutes ses entreprises pros-
péraient, les héritages s'ajoutaient aux héritages. Il était redevenu le brillant, l'opulent
gentilhomme qu'on avait connu dans Messine.

La santé faisait épanouir de nouveau, sur ses joues amaigries déjà et visitées par les rides, toutes les roses de la jeunesse. Une jeune et pieuse femme vint, par une douce union, embellir cette existence filée de soie et d'or, et mettre un fleuron de plus à cette couronne de félicité enviée de tout le monde.

Et pourtant, ne vous hâtez pas d'envier. Laborieux pêcheur qui demandes, chaque fois que brille au ciel la scintillante étoile, ta nourriture et celle de ta jeune famille à la mer prête à engloutir ta frêle embarcation, oh! que tu es heureux en comparaison du chevalier si riche! Garde aussi ton cœur, mère infortunée que ce luxe fait souvenir qu'il y a peu de pain au logis pour tes petits enfants, et que la figue d'Inde n'étale point encore son fruit appétissant sur les cactus du chemin poudreux qui mène à Taormine ou au village *della Pace*. Votre misère est grande; mais une conscience paisible laisse s'appesantir sur vos paupières un sommeil réparateur. Et puis, quand viendra le jour du salaire, le jour du suprême réveil, un diadème étincelant se placera de lui-même sur vos fronts radieux, sur votre chevelure royale!

Ainsi n'espère plus le chevalier de Messine.
Une date, une horrible date, pèse sur son âme
comme un poids qui va s'alourdissant de plus
en plus. Sans cesse elle lui est présente ; c'est
un fer rouge qui brûle sa poitrine, un stylet
aigu qui lui perce et lui déchire le cœur, un
poison circulant dans ses veines enflammées.
Et de jour en jour le fer rouge brûle plus profondément, le stylet s'enfonce davantage, le
venin étend ses ravages mortels. Cet homme ne
vit plus, pendant que le monde l'admire et
vient chercher dans son palais splendide les
jouissances, les plaisirs, les fêtes qu'il offre
sans y pouvoir goûter lui-même.

Des richesses, des succès, de la considé-
ration, lui avait dit Satan : voilà ce que tu
demandes ? Tu les auras ! mais dans vingt ans,
jour pour jour, heure pour heure, tu revien-
dras sur cette montagne, à ce lieu même, et tu
m'appartiendras corps et âme, âme surtout.
Ce sera ton heure, ce sera la mienne... D'ici
là, marche, gorge-toi de voluptés ; emploie
ces longues années au plaisir ! Dans vingt ans,
ton maître et toi nous nous reverrons ici, il
n'y aura plus de séparation. Va ! »

Et l'époque approchait, elle approchait bien

vîte... Qu'est-ce que vingt années ? qu'est-ce
que quarante ? qu'est-ce que la vie la plus
longue ? Et quand l'enfer est au bout, dites-
moi, s'arrête-t-on, la joie au cœur, pour cueillir une fleur sur cette route semée des larmes
du désespoir ?

Un homme qui dans ses beaux jours fut
chrétien, plein de piété envers Marie, est à la
veille de se perdre sans ressource. Le jour est
arrivé : où donc est Marie ? Ah ! reprenez courage. Marie a placé auprès de l'enfant égaré,
vendu par lui-même, un ange gardien, cette
épouse fervente qui a deviné un mystère dans
l'existence de son mari, et qui prie. Le Refuge
des pécheurs dipose tout pour le retour et la
miséricorde. — « Ce soir j'irai à la montagne »,
dit le chevalier à la mère de son jeune fils, qui
lui souriait comme on sourit à deux ans :
« j'irai à la montagne, et ne reviendrai qu'au
point du jour, demain..., à moins que... » Il
savait bien qu'il ne reviendrait pas...

La pieuse femme éprouvait depuis longtemps une secrète, une indéfinissable inquiétude. Il est remarquable que nous avons presque toujours, avant une catastrophe, je ne sais
quel avertissement intérieur que la réflexion

ne peut faire taire. L'épouse émue le savait
bien, et ici son cœur, ou plutôt son bon ange,
ne la trompait point. Elle prie donc avec plus
d'ardeur encore ; elle verse des larmes aux
pieds de son crucifix ; elle conjure la Consolatrice des affligés de ne permettre pas qu'un
malheur vienne frapper sa famille, que si souvent elle lui consacra ; elle y ajoute un vœu
dont on n'a point connu le secret. Puis elle se
lève comme inspirée, montre une parfaite
tranquillité d'esprit, et le soir, au moment du
départ, elle déclare qu'elle suivra le chevalier,
quelque part qu'il aille. Vainement il proteste,
elle proteste plus haut et plus ferme que lui.
On se met en marche vers le milieu d'une belle
nuit d'été, et l'enfant est du voyage, porté sur
l'humble monture des campagnes siciliennes,
entre les bras de sa mère, pendant que le chevalier les précédait à pied. Jusqu'à l'aube, il
fallut s'aventurer dans des ravins difficiles,
escalader des pentes rocailleuses et dures, à
travers mille risques et avec une fatigue extrême. Au lever du soleil, on découvrit une
chapelle solitaire, où un bon ermite, comme il
y en avait beaucoup en Sicile avant l'usurpation piémontaise, s'apprêtait à offrir le saint

sacrifice. Poussée par sa piété, l'épouse désire
y entrer, et notre chevalier s'empresse de
mettre à profit ce moment pour courir seul à
son lugubre rendez-vous, dont l'heure approchait, et qui n'était plus qu'à la distance d'une
demi-heure de marche.

Il s'achemine, il double le pas. Certes, ce
n'était point l'impatience de subir le triste
sort qu'il s'était ménagé qui lui donnait des
ailes, mais le désir d'épargner à de si doux
objets, à sa femme, à son enfant, la vue de sa
dégradation volontaire et de son supplice.
— N'allez pas si vîte, chevalier : votre femme
et votre enfant sont derrière vous qui vous
suivent; la même mule les porte et presse
le pas. Attendez, les voici à côté de vous.

Il souffrait doublement, le malheureux. Aucune parole ne sortait de ses lèvres ; sa marche devenait moins rapide, une sueur glacée
baignait son front ; ses jambes fléchissaient ;
une poignante angoisse lui serrait le cœur à
l'étouffer. Sa femme gardait le même silence,
et il s'en épouvantait ; enveloppée dans son
manteau pour préserver elle et son fils du
froid matinal, elle allait taciturne, et semblait
continuer mentalement les prières commen-

cées à la chapelle. On eût dit la divine Vierge et Jésus enfant cheminant vers l'Égypte. Le maudit n'osait lui adresser une parole d'adieu..., et il n'a plus que cinq minutes !

Spectacle horrible ! le démon est, lui aussi, exact à l'engagement passé. Il se dresse tout-à-coup sur un pic de la montagne, et son rire épouvantable accueille la victime frémissante. — « Eh bien ! s'écrie-il de cette voix qui fait le désespoir des damnés, eh bien ! ne nous hâterons nous pas, noble gentilhomme de la Sicile ? Avez-vous assez joui, et vous plaît-il que nous terminions en cet instant nos petites affaires ? » Et l'on entendait autour de lui comme le petillement des flammes et les ricanements sarcastiques d'une troupe d'esprits infernaux. — « Ennemi des hommes, mon maître maintenant, s'écrie à son tour le chevalier avec un dernier accent de fierté, autant que toi j'observe nos clauses, il me semble ! Une minute de répit ou de grâce, je ne te l'ai point demandée. Trêve à tes railleries, et, si je t'appartiens, prends ta victime : elle est prête. »—Et, se tournant vers sa femme qui n'avait témoigné ni étonnement ni frayeur, il murmurait déjà un mot d'excu-

se, de tendresse et d'adieu, lorsqu'une voix
forte comme le tonnerre se fait entendre :
« Arrière, Satan ! reconnais ta souveraine, et
respecte ce pécheur abrité sous mes ailes ! »

Les sommets sont sillonnés d'éblouissants
éclairs, le sol a tremblé, et, dans le lointain,
des flots d'harmonie s'élèvent comme une
divine vapeur et s'affaiblissent en montant
dans les airs... Le chevalier est à genoux,
Satan s'est évanoui comme une fumée : ni la
mère ni l'enfant ne sont là !

Le chevalier retourne sur ses pas ; il court à
la petite chapelle... Sa femme s'est endormie
aux pieds de la Madone, l'enfant joue auprès
d'elle, avec les œillets et les roses effeuillés du
sanctuaire... Alors il comprit tout. Son âme,
brisée par tant d'émotions, exaltée par la
joie de la délivrance, s'humilie, se fond d'a-
mour pour la divine protectrice qui l'a sauvé. Marie, envoyant à cette épouse fidèle
un sommeil embelli des plus délicieux rêves,
avait pris sa figure ; l'Enfant Jésus dans ses
bras, elle avait suivi sur la mule le malheureux
Sicilien..., et Marie l'avait délivré ! — *O cle-
mens, ó dulcis Virgo Maria !* »

Ainsi contait le bon vieillard, et nous, qui l'écoutions ravis, tous nous pleurions. Et nous nous disions, sans prévoir encore ce que la France verrait de maux dans un si prochain avenir : — « Oh ! que voilà une légende, une histoire peut-être, qui peint d'une admirable et charmante manière l'inépuisable bonté de Marie, les industries de sa tendresse ! »

Nous nous la sommes rappelée depuis, mais elle avait pris, hélas ! de tout autres couleurs, en présence des douleurs imposées à la patrie, des abîmes plus redoutables où l'impiété, qui se décore du nom de science contemporaine, se fait un jeu de la précipiter. Il semble que notre société ait scellé un pacte avec le démon pour obtenir de lui l'or, les richesses, la vaine gloire et les plaisirs, à la condition que son âme y périra. De son âme elle fait si peu de cas ! Où donc en tient-elle compte quand il s'agit des lois, des institutions, de l'esprit qui la devrait animer, de l'éducation qu'elle dépose dans les cœurs innocents ? L'âme, on croirait qu'elle l'abjure, ou bien qu'elle la livre, insoucieuse, à Satan, en attendant le jour de l'échéance, et il ne saurait tarder. Et voici que la partie aimante et vigilante de la

grande famille s'écarte de cette route de mort,
pénètre en foule dans les lieux saints, sur les
hauteurs, là où elle apprit que notre dame et
compatissante maîtresse s'est dressé un trône
spécial de miséricorde et de pardon. Elle lui
apporte ses soupirs, ses prières, son expiation, son espérance. C'est un cri puissant,
sorti de mille poitrines à la fois, retentissant
jusqu'aux extrémités du sol français, du monde
même. Et Marie, nous l'espérons, se lèvera,
comme jadis sur les hauteurs siciliennes, marchant à la rencontre du grand corrupteur, et
lui commendera de nouveau : « Arrière, Satan, arrière ! Ceux-ci sont mes enfants ; le
temps de ton empire est fini. Ils vivront, parce
qu'auprès de Celle qui t'a vaincu la mort
que tu sèmes sur les champs de l'humanité ne
germera point ! »

O Notre-Dame de la Salette, Notre-Dame de
Lourdes, Notre-Dame du Pont-Main, qu'il en
soit donc ainsi ! C'est la France que vous avez
choisie pour vos trois grandes manifestations
en ce siècle : voyez-la, couverte de l'habit du
pélerin, prosternée sous votre maternel regard : de vous qu'elle reçoive et salut et vie !

III.

Idée générale des Pèlerinages.

Oui, les chrétiens accourent, comme dans une sainte croisade, aux sanctuaires bénis, aux sanctuaires miraculeux : et c'est un magnifique et consolant spectacle, parmi les déchéances, les appauvrissements, les ruines et les angoisses du temps. C'est l'âme catholique protestant contre les rêveries impures qui la veulent faire matière, et poussant vers l'Étoile du matin une supplication ardente de dissiper l'épais nuage où l'œil humain ne distingue plus à se conduire. Il y a quelques semaines à peine, cinquante mille fidèles étaient ainsi accourus à Lourdes. C'était le 6 Octobre 1872. Un témoin écrit : — « Il y a peut-être deux mille prêtres à Lourdes, et chacun doit dire la sainte messe. Les vingt-cinq autels de la chapelle sont occupés de minuit à midi. Devant la grotte, appuyés à des rochers, à des arbres, partout où il y a une place suffisante pour mettre une table couverte d'une nappe blanche, un prêtre procède au sacrifice. Partout aussi il y a un petit groupe de fidèles, et la communion est donnée.

» A huit heures, c'est le tour des évêques, qui, naturellement, groupent autour de leurs autels improvisés de véritables foules. Ils sont donc obligés de s'éloigner les uns des autres. Tout au bout de la colline, à droite, un prélat officie sur une table formée de deux planches posées sur des tonneaux ; les cierges sont placés dans des bouteilles vides ; le rocher forme le fond du sanctuaire, dont une cascade du Gave limite l'étendue. On se croirait aux premiers âges de l'Église, et la ferveur des fidèles ajoute beaucoup à l'illusion. Fuyant la cohue des pèlerins, nos paysans se sont groupés là, avec leurs costumes pittoresques.

» A dix heures, tout le clergé, en grand costume, se masse sur la haute terrasse qui précède l'église, et, descendant processionnellement dans la prairie, s'arrête devant le modeste autel de verdure où l'Archevêque d'Auch va dire la messe pontificale. Il est assisté des évêques de Luçon, de Tarbes, de Carcassonne, de Mende, d'Agen, de Montauban et d'Aire. La messe est chantée : c'est un véritable concert de musique sacrée.

» A une heure, les pèlerins partent en procession de l'église de Lourdes pour se rendre
à la grotte. — Ce cortége, avec ses 243 bannières qui étincellent au soleil, a bien un ki-
lomètre de longueur. Il descend dans la vallée
au milieu des acclamations et des applaudisse-
ments, et arrive sur la prairie. Les bannières se
placent en cercle autour de l'autel ; les chants
sacrés commencent; les huit prélats montent
sur l'estrade, et, après un discours de Mgr de
Carcassonne, discours salué des cris de *Vive
Pie IX!* et de *Vive la France!* les bannières
s'abaissent et sont bénites.

» L'archevêque et les évêques se rangent
sur une ligne devant l'autel et étendent leurs
mains vers la foule... *Cinquante mille* personnes courbent la tête ou plient le genou.
Mgr d'Auch prononce d'une voix distincte les
paroles sacrées, et le salut commence.

» Le spectacle va toujours grandissant.
L'office terminé, la procession recommence,
se dirigeant, à travers la prairie et par les sentiers de la montagne, vers l'église. L'intérieur
est resplendissant de lumière. Les étendards
y entrent un à un, et prennent leur place
sous la voûte. Il y a en ce moment une illu-

sion saisissante : on dirait qu'une armée victorieuse vient porter dans le temple ses glorieux drapeaux. — Chacun fait une courte prière et se retire.

» Le soleil descend rapidement derrière les montagnes. Mais bientôt aussi l'illumination commence : il y a des feux allumés sur tous les sommets ; la ville semble embrasée.

» La foule se rend à la grotte pour la prière du soir. Les marchands de cierges en vendent par milliers. Spontanément on les coupe en deux, en trois morceaux, et chaque assistant porte une lumière. En un instant la promenade aux flambeaux s'organise. Chantant les hymnes sacrés, trente mille pèlerins, tenant chacun à la main une flamme, montent au pas les lacets de la montagne et redescendent dans la vallée. Vu de la prairie, cela dépasse tout ce que l'imagination peut concevoir de plus féerique, de plus éblouissant. Ceux qui sont descendus remontent. L'immense serpent de feu décrit pendant plus d'une heure ses courbes capricieuses ! Et les chants durent toujours !

» Il est dix heures. Tout rentre dans le silence. On n'entend plus que les trains du chemin de fer qui emportent les pèlerins dans les environs, ou même à Paris. » — Les grâces et les merveilles se multiplient dans ces solennelles occasions, où la foi qui peut tout obtenir s'adresse au ciel avec cette énergie. Des aveugles, des paralytiques, des boiteux, ont été guéris instantanément, des conversions nombreuses accomplies. Dans cette journée même du 6 octobre, ou plutôt le lendemain, voici ce que recueillait un autre témoin et ce que publiait un journal mondain, qui jamais n'exprima des sentiments bien religieux :

« La seconde journée, hier lundi 7, pourra s'appeler, dans l'histoire religieuse de Lourdes, la journée des miracles. Pour ma part, j'ai assisté à deux incidents qui tiennent du surnaturel.

» Deux femmes de la classe ouvrière, l'une arrivée de Mortagne, l'autre de Blois, ont été guéries radicalement et immédiatement : la première d'une maladie à une jambe qui l'empêchait de marcher depuis cinq ans; l'autre a recouvré l'ouïe et la parole : toutes deux venant de terminer une neuvaine. L'une avait mouillé sa bouche et ses oreilles avec de l'eau prise dans la source de Notre-Dame de

Lourdes ; l'autre s'était lavé la jambe malade.

» Toutes deux sont guéries à l'heure qu'il est, et les annales religieuses de Lourdes n'auront pas que ces deux miracles à enregistrer dans leur prochain numéro, car on en cite encore d'autres auxquels bien des pèlerins ont assisté.

» Pour ma part, j'ai été vivement impressionné à la vue de ces deux guérisons radicales, constatées par des médecins qui se trouvaient à la grotte en ce moment, »

Le pèlerinage, la visite à des lieux plus chers et plus vénérés, est un instinct de notre cœur, une impulsion naturelle du sentiment. Qui de nous, éloigné du berceau de son enfance, n'a soupiré après l'heure où il lui serait permis de le revoir ? qui n'a entrepris, au besoin, un long voyage pour venir s'agenouiller à l'endroit, désormais sacré pour l'amour filial, où un père chéri, une mère adorée, ont cessé d'exister ? Qui ne recherche avec une insatiable avidité toute occasion de fouler de nouveau, ne fût-ce qu'un instant, le sol où sa vie s'épanouit au soleil passager de quelque bonheur ? Qui ne court avec émotion au tombeau des siens, à l'autel où il fit sa première-communion, au lieu où la rencontre d'une âme sympathique décida de toute sa vie! Et cependant il est certain qu'on peut aimer de loin, quelquefois plus qu'on ne le fait de près, son pays natal ; qu'une pierre de la muraille, la forme d'un appartement, un meuble conservé, n'ajoutent rien à l'amour filial ; que la félicité passée ne ressuscite point par une simple visite aux horizons qui en furent témoins ; que la prière pour les défunts est partout efficace et bonne ; que l'amour de Dieu et du ciel, puisé dans la divine Eucharistie, ne tient point à la disposition, à la décoration d'une chapelle. Mais nous sommes ainsi faits, que la vue de ces objets ou de ces lieux réveille notre attention, renouvelle et ravive des souvenirs aimés, transforme la situation présente de notre âme et donne à ses impressions une activité qui la réjouit. Nous redevenons jeunes, fervents, pleins de dilection, de reconnaissance ou de regrets, au contact de ces objets extérieurs, imprégnés pour ainsi dire de notre passé et unis plus intimement à notre être.

Pourquoi n'en serait-il pas de même dans

nos relations avec le Ciel ? Dieu est assurément
partout : dans la splendide armée des astres
comme dans le grain de sable que je foule aux
pieds ; il est dans ce fleuve roulant majestueusement ses ondes jusqu'à l'Océan, dans ces
arbres de la forêt qui me protègent de leur
ombre, dans la moindre feuille qui les pare,
dans l'insecte qui y fait sa demeure, dans la
pierre oubliée que je heurte en marchant; il
est dans la campagne, dans les villes, dans
l'air que je respire, dans la nourriture que je
prends : sa divine majesté remplit tout, et non-
seulement je le rencontre toujours, mais il
m'est impossible de le fuir, de lui échapper
une seule minute. — « *Où irai-je*, s'écrie
David (Ps. 138), *où irai-je, Seigneur, pour
éviter votre présence? où me cacherai-je à vos
regards? si je m'élance vers le ciel, vous y êtes;
si je descends vers les lieux bas, vous y êtes encore.
Si de grand matin je prends des ailes et m'envole
aux extrémités des mers, c'est votre main qui
m'y conduit, et votre droite m'y a porté.* » — Je
prierai donc également bien mon Créateur
sur quelque point de la terre que ce soit, au
souffle de toute brise, sous le rayonnement de
toute étoile.

Oui, sans aucun doute, Dieu nous est continuellement présent; nous plongeons en lui; « *en lui nous vivons, en lui nous avons le mouvement et l'être* », dit S. Paul. Et pourtant il est des lieux que lui-même a choisis pour y être spécialement honoré, pour en faire descendre sur nous de plus notables bienfaits. — Quand il voulut se réserver un peuple au milieu de la corruption générale, il lui marqua expressément la Palestine pour patrie terrestre, et, dans cette patrie, Jérusalem pour la ville sainte du culte et de la loi; chacun y dut faire tous les ans son pèlerinage. « *J'ai sanctifié,* dit le Seigneur à Salomon (III Reg. 9), *cette maison que tu m'as élevée, afin d'y établir mon nom pour toujours, et mes yeux et mon cœur seront là éternellement.* » Après le songe où Jacob vit la mystérieuse échelle et Dieu se manifestant à lui, il s'écriait, dans son admiration : « *Ah! le Seigneur est vraiment en ce lieu, et je ne le savais pas!* » Et, saisi de crainte à cette pensée : « *Combien terrible est ce lieu!* ajoutait-il : *ce n'est rien de moins que la maison même du Tout-Puissant et la porte du ciel...* » Paroles appliquées depuis à nos sanctuaires par la sainte Église.

Et, sous la loi nouvelle, après que le Fils de

3

Dieu eut daigné nous apporter lui-même l'enseignement divin, la rédemption et le salut, que de lieux sanctifiés spécialement, rendus chers à la piété, soit par un choix particulier de sa providence, comme le siége du gouvernement de la catholicité, soit par les grâces qu'il y a plus magnifiquement répandues, soit par les mystères adorables qui s'y sont accomplis, soit par les apparitions de Marie, des anges ou des saints ! Est-ce que la grotte de Bethléhem, le mont des Oliviers, la sainte maison de Nazareth, la montagne du Thabor et celle du Calvaire, peuvent rester pour nous des endroits comme d'autres ? est-ce que la présence de Dieu n'y est pas plus sensible ? est-ce que Dieu n'y semble pas plus près de nous ? est-ce que sa voix ne s'y fait pas entendre plus puissante, plus miséricordieuse, plus attrayante ? Regarderons-nous du même œil tout point du globe (Dieu étant partout) et ces autres lieux où Marie s'est révélée, où les martyrs ont souffert, où les miracles ont éclaté ? Irons-nous au tombeau des SS. Apôtres avec les mêmes dispositions que dans un cimetière ordinaire ? — La raison des pèlerinages est dans cette différence.

Et d'ailleurs, combien nous sont-ils précieux par les émotions saintes qu'ils nous causent, par les sentiments qu'ils font surgir dans les cœurs, par les relations nouvelles qu'ils établissent pour nous dans le domaine de la vie spirituelle! La pensée qui nous y amena fut celle de la piété; elle nous a remplis durant le voyage, remuant jusqu'au fond du cœur tout ce que nous avons de foi, ranimant notre confiance, nous faisant apprécier plus chrétiennement la gravité des fautes qui nous séparent de la sainteté divine, nous portant à secourir par l'aumône les pauvres qui seront nos intercesseurs, comme le dit l'Écriture, et enfin nous induisant à pénitence par les difficultés du chemin, l'éloignement des nôtres, les privations et la fatigue de la route. À ce point de vue seul, les pèlerinages seraient encore une chose sainte. Voyageurs au désert de la vie, comme les Israélites nous cherchons la montagne sacrée, et comme eux Dieu nous y attend pour parler à nos âmes le langage qui est une lumière, une règle et une force. — Plus on est instruit, remarque le théologien Bergier, mieux on sent que la piété a besoin d'être aidée par les sens. La vue des reliques d'un

saint, de son sépulcre, de sa prison, de ses
chaînes, des instruments de son martyre, fait
une tout autre impression que d'en entendre
parler de loin. Les miracles que Dieu y a souvent opérés excitaient la curiosité des infidèles
mêmes, et furent plus d'une fois la cause de
leur conversion. Et combien de mauvais chrétiens, à ce même spectacle, ont changé leurs
voies pour revenir à celles de leurs meilleurs
jours !

Les pèlerinages sont donc saints par leur
objet, saints encore par les fruits qu'ils produisent.

IV.

Les Pèlerinages dans l'antiquité et chez les infidèles.

« La dévotion des pèlerinages, dit M. Michaud, a été encouragée dans toutes les reli-
gions ; elle tient d'ailleurs à un sentiment
naturel à l'homme. » Nous venons de le constater. Nous avons rappelé brièvement ceux
que le peuple de Dieu faisait avec régularité à

Jérusalem, et, avant la construction du temple, dans la bourgade où avait été déposée l'Arche d'Alliance. Immense était le concours à ces lieux vénérés ; et lorsque, dans ces derniers temps, avec les facilités fournies par les perfectionnements modernes, nous avons vu reparaître et s'étendre les pèlerinages en Terre-Sainte, c'était la tradition reprise, la tradition suivie par tous les prophètes, par Marie, par Jésus, et si populaire au moyen-âge, comme nous le dirons bientôt. Tous les hommes, à moins d'empêchement capital, étaient obligés de se trouver à Jérusalem aux trois grandes solennités de Pâques, de la Pentecôte et des Tabernacles, et il était permis aux femmes d'y venir aussi. Les pèlerins étaient donc très-nombreux. Chacun se parait, dans ces circonstances, de ce qu'il avait de plus riche. La joie était dans toutes les familles. Les tentes se dressaient autour de la ville, incapable de loger tant de monde ; et, pour se faire une idée de cette multitude, composée de Juifs de toutes les parties du monde, il faut se souvenir que le siége de Jérusalem par Titus, l'an 70 de Jésus-Christ, fit périr *onze cent mille* de ces malheureux, réunis alors

pour l'une de leurs solennités. — Aujourd'hui
encore, le vœu le plus cher au cœur d'un
Israélite est de ne pas mourir sans avoir pu
pleurer sur les ruines du Temple. — Un autre
calcul nous donnera l'idée de ces multitudes
accourant à Jérusalem en pèlerinage. L'an 66
de Jésus-Christ, Cestius Gallus, gouverneur de
Syrie, y vint d'Antioche et voulut savoir le
nombre des Juifs présents, et l'envoyer à
Rome, afin de montrer à l'empereur que cette
nation n'était point aussi à mépriser qu'il le
pensait. Pour cet effet, les sacrificateurs comp-
tèrent les victimes que l'on immolait le jour
de Pâques, dans l'espace de deux heures, de
trois à cinq de l'après-midi : ils en trouvèrent
255 600. C'était l'agneau pascal, et pour le
manger, dit Fleury, ils s'assemblaient au
nombre de dix personnes au moins, et quelquefois jusques à vingt. A dix personnes seulement par victime, c'était *deux millions*
556 000 au total ! Et ils dépassaient ce chiffre
à ce moment, car il en sortit environ trois
millions au-devant de Cestius.

La même pensée de pèlerinage, nous la retrouvons chez les païens. Qu'on nous permette
de citer ici quelques pages de M. l'abbé Orsini,

dans son intéressant et bel ouvrage intitulé
La Vierge : — Histoire de la Mère de Dieu.

« Tous les peuples, dit l'élégant écrivain,
ont eu des lieux consacrés, où ils se sont fait
un devoir de se rendre à certaines époques
commémoratives, pour se pénétrer plus vivement des bienfaits de la Divinité en visitant
les sites qu'ils ont crus sanctifiés par sa présence ou par ses miracles. Les pèlerinages sont
aussi anciens que les sociétés elles-mêmes. Ceux
de l'Orient se rattachent presque tous, ainsi
que le remarque fort judicieusement Boulan-
ger, à des réminiscences diluviennes. En effet,
ces pèlerinages, dont l'institution se perd dans
la nuit des siècles, ont généralement pour objet
les hautes montagnes où se forma le premier
noyau des grandes nations de l'Asie, qui veulent descendre, comme leurs fleuves, des entrailles rocheuses de leurs monts. — Les Chinois, qui se prétendent fils des montagnes,
gravissent à genoux les flancs escarpés du
Kieou-hou-chan. Les Tartares orientaux vont
vénérer, comme tige de leurs hordes, le Chan-
pa-chan, et quelques Indous le Pyr-pan-jal.
Les Japonais entreprennent, au moins une fois
dans leur vie, le périlleux pèlerinage d'Isje,

montagne d'où descendirent leurs ancêtres.
Les Apalachites ou Floridiens sauvages vont,
au retour de chaque saison, sacrifier sur le
mont Olaïmi, pour rendre leurs actions de
grâces au soleil, qui sauva, disent-ils, leurs
pères d'un déluge. — Ces pèlerinages sont
fondés sur des traditions corrompus par le
temps, mais certainement historiques: on y
retrouve les traces, on y voit les effets, de la
pensée de profonde terreur qui se traduisit,
dans la plaine de Sennaar, par l'érection de la
fameuse tour de Babel. Découragées par la
confusion des langues, les peuplades post-di-
luviennes, ne pouvant se réfugier dans des
tours qui montassent jusqu'aux nuées, s'éta-
blirent du moins sur les hautes montagnes,
pour se garantir, s'il était possible, des chan-
ces désastreuses d'un nouveau déluge. Ce ne
fut que lorsque le sol manqua, et refusa de produire les gerbes nécessaires à l'alimentation
des colonies naissantes, qu'on les vit s'établir
dans les plaines, qu'elles durent souvent dessé-
cher avant d'y descendre. De-là vient le respect
des Orientaux pour leurs monts sacrés, respect
qu'ils témoignent par des visites annuelles, ac-
compagnées de vœux, d'offrandes et de prières.

» Après avoir vénéré le berceau des peuples, on vénéra celui des cultes, puis les sites qui rappelaient de grands souvenirs, puis les hommes qui s'illustrèrent par des actes héroïques ou religieux. C'est ainsi que la reconnaissance du peuple juif conserve, depuis des siècles, le tombeau d'Esther et de Mardochée, où tous les Hébreux répandus dans l'Asie vont en pèlerinage depuis deux mille ans. Chose étrange, que le tombeau de deux exilés, élevé par la reconnaissance de quelques captifs, ait survécu au grand empire des Assyriens, et qu'il sauve seul de l'oubli les ruines d'Ecbatane !

» L'homme est comme le lierre : il faut qu'il s'appuie quelque part, il faut que quelque chose le soutienne pour qu'il ait le courage de vivre. Quand il ne trouve ni sympathie ni consolation parmi ses semblables, il évoque instinctivement les habitants d'un monde meilleur, et réclame d'eux ces secours que la société lui refuse, ou qu'elle est impuissante à lui accorder. Rien ne prouve mieux cette pente de l'âme que la conduite des Indiens opprimés par les premiers vice-rois portugais : ces peuples désarmés et inoffen-

sifs, ne trouvant plus ni protection ni appui
chez les successeurs d'Alphonse d'Albu-
querque, venaient s'asseoir, en suppliants, au
pied de la tombe de ce grand homme, pour
demander à l'illustre mort, couché sous le marbre monumental, cette justice que les vivants
ne voulaient accorder ni à leurs droits ni à
leurs larmes. »

Une vieille tradition des rabbins raconte que
les enfants d'Adam vinrent plus d'une fois en
pèlerinage pour contempler de loin l'enceinte
du paradis terrestre, et que plusieurs des enfants de Seth fixèrent leur demeure sur la
cîme d'une montagne où l'on pouvait l'apercevoir, espérant toujours que le Libérateur
promis les y ferait bientôt rentrer.

Présentement encore, à quelque distance de
Bagdad, on conserve le tombeau d'Ezéchiel,
où l'on a bâti un bel édifice : pendant la fête
des Tabernacles, on y vient en pèlerinage de
toutes les contrées voisines ; on y a compté par
année jusqu'à soixante et quatre-vingt mille
Juifs, sans parler des Arabes. Tous ceux de
cette dernière nation qui vont de ces pays au
tombeau de Mahomet passent près du sépulcre
d'Ezéchiel pour y déposer des dons et des of-

frandes, et ils lui adressent leurs vœux en ces termes : « Mon maître Ezéchiel, si je reviens sain et sauf, je te ferai un beau présent, et, si je retrouve cette bourse que je te confie, je te remercierai toujours. » Et ils déposent là leurs objets précieux, auxquels nul n'oserait toucher.

Les Égyptiens possédaient également des sanctuaires où ils accouraient, à certaines époques de l'année, par troupes considérables. Citons seulement le temple d'*Apollinopolis Magna* (aujourd'hui *Edfou*, au sud de l'ancienne Thèbes) et celui de Jupiter Ammon. Le premier avait été construit par les Ptolémées en l'honneur d'Horus, dont les Égyptiens célébraient la naissance le 25 décembre, et qui était, suivant eux, le fils d'Osiris et d'Isis. Alexandre se rendit avec son armée à celui d'Ammon, et c'est là qu'il se fit proclamer fils de Jupiter.

Que dire des innombrables lieux de pèlerinage chez les Grecs ? Délos et Delphes pour Apollon, Athènes pour Minerve, Samos et Mycène pour Junon, Byblos pour Adonis, Dodone pour Jupiter, Paphos et Cythère pour Vénus, Éphèse pour Diane, etc., attiraient de tous les coins de l'Orient des pèlerins innom-

brables, qui s'avançaient en somptueuses processions et se livraient à des cérémonies religieuses où trop souvent l'aveuglement des
païens mêlait les plus abominables désordres.
Ces sanctuaires avaient donné naissance à plusieurs villes, et c'est du concours des pèlerins
qu'elles tirèrent ensuite leurs principales ressources et leur opulence. Les Actes des Apôtres, au chapitre XIXᵉ, nous le font voir clairement pour Éphèse. S. Paul y prêchait l'É-
vangile et gagnait à Dieu beaucoup d'âmes.
« Un certain orfèvre, nommé Démétrius, qui
» faisait de petits temples d'argent sur le mo-
» dèle de celui de Diane, et qui par-là donnait
» beaucoup à gagner à ceux de sa profession,
» les ayant assemblés avec les autres du même
» métier, leur dit : — Mes amis, vous savez que
» de ces ouvrages vient tout notre gain : ce-
» pendant vous voyez vous-mêmes et vous en-
» tendez dire que ce Paul a détourné un grand
» nombre de personnes du culte des dieux,
» non-seulement à Éphèse mais dans presque
» toute l'Asie, en disant que les ouvrages de
» la main des hommes ne sont point des dieux.
» Et il n'y a pas seulement à craindre pour
» nous que notre métier soit décrié, mais que

» le temple même de la grande déesse Diane
» ne tombe dans le mépris, et que la majesté
» de celle qui est adorée dans toute l'Asie, et
» même dans l'univers entier, ne s'anéantisse
» insensiblement. — Ayant entendu ce dis-
» cours, ils furent transportés de colère, et ils
» s'écrièrent : Vive la grande Diane des Éphé-
» siens ! » Toute la ville est aussitôt remplie
de trouble et de confusion ; la sédition se gé-
néralise ; on n'entend que clameurs et menaces, on voit courir de tous côtés une foule
confuse et mutinée. Un disciple de S. Paul
essaie d'apaiser cette multitude, on le poursuit, pendant deux heures, du même cri : « Vive
la grande Diane des Éphésiens ! » et les ma-
gistrats ont toutes les peines du monde à dis-
perser les révoltés.

Chez les Romains, le même genre de culte
religieux, peut-être moins accusé cependant
dans le sens du pélerinage collectif, était répandu par toutes les provinces. Le temple de
la Fortune à Antium, celui de Jupiter Capito-
lin à Rome, celui d'Egnatia dont parle Horace
et où l'encens se consumait tout seul, celui du
Sérapis Égyptien à Pouzzoles, tant d'autres
qu'il est superflu de redire, étaient fréquentés

3 *

par des pèlerins venus de tous les points de la République, plus tard de l'Empire. Certaines eaux thermales, comme à Pouzzoles, étant d'une efficacité constatée pour les maladies, on les avait consacrées à des dieux, et un voyage aux eaux devenait un pèlerinage véritable, ainsi que l'ont prouvé les *ex-voto* trouvés appendus aux murs de ces anciens sanctuaires. Le musée Kircher, à Rome, conserve de cela un curieux monument : deux coupes d'argent laissées par un malade venu des extrémités de l'Espagne pour être guéri. Délivré de ses infirmités par la vertu des eaux, il fait, dans une inscription gravée autour des deux coupes, hommage aux dieux de sa santé reconquise, et au-dessous il a fait graver aussi toutes les étapes où il s'est arrêté dans son long pèlerinage : or, il se trouve que ces stations, de Gadès à Rome, sont exactement les mêmes qui servaient encore de relais de poste en Espagne avant la construction des chemins de fer.

Nos ancêtres les Gaulois fréquentaient de même en pèlerins, par foules énormes, les forêts sacrées et certains lieux désignés à leur vénération par les druides. Les Germains, ou Allemands, moins avancés dans la civilisation

avaient néanmoins les leurs, où ils allaient prier
et offrir des sacrifices au nom de la nation.
Tout le monde a lu ce que les historiens rapportent des mœurs des anciens Mexicains à cet
endroit. Au centre de l'Afrique, dans ces vas-
tes contrées que nous commençons à peine à
connaître grâce à l'intrépide courage de quelques explorateurs contemporains, on a trouvé
le même genre de dévotion populaire.

C'est en Asie surtout, parmi les Indous, les
mahométans, les bouddhistes, les Mongols, les
Japonais et les Chinois, qu'elle date de milliers d'années et qu'elle continue de fleurir.
Dans son ouvrage célèbre sur la Chine,
M. l'abbé Huc s'arrête plusieurs fois à contempler ces longues caravanes en marche pour
quelque visite à leurs faux dieux. «Mille pensées, dit-il, préoccupaient notre esprit en
voyant une reine et sa nombreuse suite poursuivant dans le désert leur lointain pèlerinage.
Les dépenses ne les arrêtaient pas plus que les
dangers, les fatigues et les privations du
voyage. C'est que ces bons Mongols ont l'âme
essentiellement religieuse ; la vie future les
occupe sans cesse, les choses d'ici-bas ne sont
rien à leurs yeux ; aussi vivent-ils dans ce

monde comme n'y vivant pas. Ils ne cultivent pas la terre, ils ne bâtissent pas de maisons; ils se regardent partout comme des étrangers qui ne font que passer : et ce vif sentiment, dont ils sont profondément pénétrés, se traduit toujours par de longs voyages. » Et l'excellent missionnaire ajoute: « C'est une chose bien digne d'attention que ce goût des pèlerinages, qui, dans tous les temps, s'est emparé des peuples religieux. » — A An-King, en Chine, province de Nanking, est un temple sur une colline, où le peuple vient en foule immoler des victimes, brûler de l'encens et offrir toutes sortes de parfums, de fruits et de fleurs. — Les Persans se rendent à Mecched-Ali, petite ville de l'Irak-Araby : ils y vénèrent une superbe mosquée où se trouve le tombeau du khalife Ali. — Aux Indes, les pèlerinages et les processions entraînent des multitudes effrayantes à voir : ce sont des deux et trois cent mille individus marchant, au son de la musique, derrière quelque statue ; ou se prosternant, le front contre terre, au seuil d'une pagode plus vénérée ; ou bien encore précédant le char triomphal en chantant des cantiques traditionnels, pendant que les plus fanatiques se précipitent sous les roues, et tiennent à honneur d'être écrasés sous le regard et sous le poids de leur idole.

Plus rapprochés de nous, les Arabes, et en général tous les mahométans, ne savent point de plus grand honneur au monde que d'avoir pu, une seule fois dans leur vie, faire le pèlerinage de La Mecque, la première de leurs villes saintes. Car ils en ont plusieurs autres, en Arabie, dans l'Asie proprement dite, au Maroc, en Algérie, pour lesquelles leur empressement est grand. Telle Aïn-Madin, à quelques lieues de notre possession algérienne de Laghouat, à l'entrée du grand Sahara : là se trouve un sanctuaire sacré pour eux, et une famille de marabouts devenue l'objet d'un véritable culte dans son représentant par ordre de primogéniture ; ils placent le bonheur et la gloire de leur existence dans un pèlerinage à Aïn-Madin, pour toute cette région du désert. Quant à La Mecque, le pèlerinage qu'on y a pu accomplir confère une sorte de noblesse, et le titre de *hadji* (pèlerin) est celui que le musulman poursuit avec le plus d'ambition, au prix de toutes les fatigues, de toutes les dépenses, de tous les intérêts sacrifiés. On sait que nos gouvernements français, depuis Louis-Phillippe qui commença, se sont crus obligés de transporter gratuitement, chaque année, les caravanes d'Arabes depuis Alger jusqu'au Caire, sur les navires de la nation très-chrétienne! Le bouleversement des idées et le sentiment élevé des choses en sont là pour nous! Nos catholiques, vraiment, seraient bien venus à réclamer pareille faveur pour leur piété, et le passage gratuit comme pèlerins de Jérusalem! Il est vrai qu'il ne nous rapporteraient probablement ni le choléra ni la peste, cadeau de retour familier à nos *hadjis* de la France africaine.

Si nous en croyons les musulmans, dans le lieu où depuis fut bâti La Mecque il y avait toujours eu, depuis la dispersion des enfants d'Adam, une colline de sable rouge où tous les peuples de l'Arabie venaient en foule faire leur prière pour obtenir les grâces qu'ils attendaient du Ciel, et ce lieu était dès-lors regardé comme le milieu de la terre habitable. Ils disaient aussi qu'Eve y était morte et qu'elle y avait été enterrée. Au reste, le grand sanctuaire de l'islamisme, la mosquée de la

Kaabah à La Mecque, peut être en réalité appelée une place en plein air, entourée de
plusieurs rangées de portiques en arcades. On
étend sur le pavé des nattes pour s'asseoir ou
pour faire les prostrations exigées. Mahomet
établit lui-même, d'une manière invariable et
permanente, le jour où tous les ans seraient
célébrées la fête du Pèlerinage et celle des Sacrifices. Il la fixa au commencement de mars,
à l'approche du printemps, pour la commodité des pèlerins. Or, il en vient ainsi au moins
cent mille par année ; on en a vu jusqu'à cent-
cinquante mille, partis de tous les points du
globe. Selon une opinion populaire, il ne peut
jamais y en avoir moins de soixante-dix mille,
parce que c'est le nombre arrêté dans les décrets du ciel, et que, s'il était par hasard infé-
rieur, les anges y suppléeraient d'une manière invisible et miraculeuse.

On nous pardonnera de nous arrêter un peu
sur ces grands spectacles, qui, s'ils contristent
la conscience d'un cœur chrétien, accusent
toutefois des sentiments religieux de nature à
humilier nos masses, gangrénées par l'athéisme
et le matérialisme. — Le grand corps des pèlerins, réuni à Damas pour toutes les provinces

et royaumes du Nord-Est, marche sous l'escorte d'une véritable armée, chargée de les protéger contre les attaques des Arabes nomades, surtout dans les déserts de la Syrie et de l'Arabie, et de les conduire jusqu'à la distance de trois journées de Médine. Là, ces pèlerins se réunissent à ceux d'Afrique, qui marchent également sous la garde de l'un des premiers beys d'Égypte. La sortie de la grande caravane, qui part du Caire dans les derniers jours du mois de décembre, et qui met quarante jours pour gagner La Mecque, se fait en grande pompe. Au jour fixé, toute la foule des pèlerins, logés sous des tentes en-dehors de la porte de la ville, se met en chemin, ayant à sa tête le chameau qui porte le tapis offert chaque année à la cité du prophète. —Tous les deux ou trois ans, les sujets de l'empereur du Maroc font aussi ce pèlerinage en corps, sous la conduite particulière d'un officier de ce monarque. — Les mahométans de la Perse, du Japon, des Indes et du reste de l'Orient, marchent d'ordinaire par bandes vers l'Arabie, et pourvoient par eux-mêmes à ce qui leur est nécessaire, tant pour la sûreté que pour la commodité du voyage. — Le chérif

de La Mecque reçoit le corps des pèlerins à la
tête de troupes nombreuses, chargées de veiller à leur salut pendant les stations hors de la
cité, soit avant soit après la célébration de la
fête des sacrifices, comme aussi de maintenir
l'ordre parmi le pèlerin eux-mêmes. Ce
n'est point là que les insultes d'une démagogie avinée attendent le pèlerin : cette triste
distinction sera le monopole de villes et de
bourgades européennes, françaises : tant la
libre-pensée grandit les intelligences, ennoblit les caractères et élève les cœurs.

Au surplus, cet acte religieux du pèlerinage
à La Mecque, au jour prescrit par la loi et
avec les observances marquées, est considéré
par tous les musulmans comme d'obligation
divine au moins une fois dans la vie. Le précepte qui l'ordonne est ainsi conçu : — « Le
pèlerinage au temple du Seigneur est un devoir imposé à tous les croyants qui sont en
état de l'entreprendre : ceux qui ne s'en ac-
quittent pas ne font tort qu'à eux-mêmes, car
Dieu peut se passer de tout ce qu'il a créé ».
Mahomet a prononcé à ce sujet : « Celui qui
meurt sans s'être acquitté du devoir du pèlerinage peut mourir, s'il le veut, ou juif ou

chrétien » : ce qui signifie, aux yeux de cet imposteur, que celui-là est maudit. — Le khalife Omar était tellement convaincu de l'indispensable obligation du pèlerinage, qu'il refusait le nom de musulman à quiconque, étant en état de s'en acquitter, en négligeait l'observation ; il ajoutait que, si ces impies lui étaient connus, il irait incendier leurs maisons, leurs personnes, leurs propriétés, tout ce qu'ils possédaient au monde. — En entrant dans la ville, les pèlerins récitent cette prière : — « O » mon Dieu, c'est ici ta région sainte. J'ai articulé les paroles de ton culte. Ta parole est » la vérité même. Celui qui entre dans ce » temple y trouve son salut. O mon Dieu, » préserve du feu ma chair et mon sang, et » sauve-moi de ta colère au jour de la résurrection de tes serviteurs ! » Il y a vingt-quatre stations, et à chacune d'elle est attachée une prière de ce genre. Donnons seulement la onzième, en s'approchant de la Pierre-Noire : — « Au nom de Dieu ! grand Dieu, » ô mon Dieu ! je crois en toi, je crois en ton » livre, je crois en ta parole, je crois en ta promesse. J'observe les décrets et les lois de ton » prophète. O mon Dieu, ce temple est ta mai-

» son, ta demeure, ton sanctuaire ; c'est le sé-
» jour du salut. J'ai recours à toi : sauve-
» moi des feux de l'éternité. »

Hélas ! malgré la beauté de ces formules,
malgré la ferveur de ces pauvres aveugles,
comme ils sont en-dehors de l'Évangile, unique vérité, ils ne sauraient jouir d'une lumière propre à les éclairer et à les purifier.
Ces observances extérieures ne vont point jusqu'à l'âme pour lui inspirer la sereine volonté du bien. Le voyageur Pelgrave, qui dans
ces dernières années parcourait l'Arabie et la
traversait de l'Ouest à l'Est, nous apprend
que nulle part la corruption des mœurs n'est
aussi horrible qu'à La Mecque, et tous ceux
qui ont pu voir de près nos Arabes d'Afrique,
hadjis ou autres, sont édifiés à ce sujet.

V.

Les Pèlerinages parmi les chrétiens.

Ce que nous venons de dire nous amène
naturellement à cette conclusion : L'instinct

et le besoin du cœur humain, par rapport à la visite des lieux sacrés, devaient rencontrer dans le christianisme des éléments magnifiques, et s'y développer dans d'admirables conditions. Que sont toutes les fictions déshonorantes ou grossières de la mythologie et du mahométisme à côté des divines réalités de l'Évangile ? « Il n'est point de nation, disaient autrefois les juifs, qui ait des dieux entrant comme le nôtre en communication avec ses enfants. » Que sera-ce donc maintenant que le Dieu éternel et tout-puissant a vécu parmi nous, a voulu se faire l'un des nôtres, et, se déclarant le premier-né de la race humaine, est descendu nous apporter, de son adorable main, nos titres à l'héritage céleste et les clefs pour y entrer ?

Mystères de miséricorde et de tendresse : maison de Nazareth, grotte de Bethléem, asile du divin fugitif en Égypte, lieu du baptême de Jean ; nos regards, notre vénération, notre culte, ne vous chercheront-ils pas ? Mystères de réconfort et d'espérance : sainte montagne du Thabor, colline où furent proclamées les béatitudes ; route de la Judée, de la Galilée, de la Samarie, où les pauvres furent relevés

de leur abjection, où se fit l'apaisement de
tant de douleurs, où tant d'infirmes revinrent
à la santé du corps et à celle de l'âme au com-
mandement du Sauveur, mont de l'Ascension,
cénacle où fut instituée l'Eucharistie, cénacle
inondé de l'Esprit trois fois saint : comment
laisser dans l'oubli le sol où s'accomplirent
ces réparations, où découlèrent sur nous ces
bienfaits ? Mystères de souffrance et d'expiation : jardin des Oliviers, maison de l'*Ecce
Homo*, colonne de la flagellation, voie du martyre, auguste Calvaire, tombeau où reposa la
victime et tout à la fois la vie du monde :
n'aurons-nous pas une ardeur extrême de
vous contempler, de coller sur votre poussière
nos lèvres frémissantes, de mêler humblement
nos larmes aux larmes, plus précieuses que le
diamant et que tous les trésors, qui y coulè-
rent aux jours de la rédemption, de chercher
dans vos profondeurs quelque goutte de ce
sang qui y fut pour nous versé à flots? — Et
la tombe des martyrs immolés pour Jésus-
Christ et pour le triomphe de la foi, la laisse-
rons-nous sans honneur? peut-elle devenir
pour nous un lieu vulgaire et commun, que
rien ne relève parmi les autres ? Si, dans ses

desseins de bonté, le Seigneur nous adresse
miraculeusement quelque ange, quelque
saint, la divine Marie, messagers de miséricorde, resterons-nous indifférents sur le théâtre de la céleste merveille ? Nous serions donc
moins hommes que les païens eux-mêmes?

Il n'en pouvait être ainsi, et cela ne fut pas.
Dès les premiers temps, les chrétiens ne se
contentèrent point de recueillir avec respect et
vénération les reliques de Jésus et des personnages évangéliques, ils entourèrent les lieux
mêmes d'un culte particulier, cherchèrent à
les visiter, y bâtirent des oratoires lorsque la
persécution le permit, et les considérèrent
comme terre sacrée. Les autels furent dressés,
pour le saint sacrifice, sur les ossements des
martyrs.

Mais c'est surtout après la paix rendue à
l'Église par Constantin, au commencement du
IVe siècle, que ce culte et ces pèlerinages se
dessinèrent avec leur vrai développement.
Nous rappellerons bientôt le zèle de Sainte
Hélène, mère de l'empereur, pour la visite des
lieux sacrés ; à sa suite vinrent des troupes de
pèlerins que les distances ni la fatigue ne pouvaient rebuter. A Rome, c'était un concours

journalier dans les catacombes, où pendant
trois siècles s'étaient réfugiés les adorateurs
du vrai Dieu et où reposaient leurs restes. S. Jérôme nous raconte comment, étant tout jeune,
il accompagnait les pèlerins dans ces souter-
rains sanctifiés par tant de vertus, l'administration de tant de sacrements, les reliques de
tant de martyrs et de saints, les bénédictions
de tant de pontifes, les pleurs de tant de pénitents, les joies de tant de réconciliations avec
le ciel. Retiré lui-même en Judée, quelques
années plus tard, il écrivait :

« On accourt ici de tout l'univers; Jérusa-
» lem est pleine d'hommes de toute nation.
» Tout Gaulois de distinction vient à Jérusa-
» lem. Le Breton, séparé de notre univers, s'il
» a fait quelque progrès dans la religion,
» quitte son soleil pâlissant pour chercher une
» terre qu'il ne connaît que de nom, et sur le
» témoignage des Écritures. Qu'est-il besoin
» de parler des Arméniens, des Perses, des
» peuples de l'Inde, de l'Égypte fertile en soli-
» taires, du Pont, de la Cappadoce, de l'une
» et l'autre Syries, de la Mésopotamie, et des
» essaims de fidèles que nous envoie l'Orient ?
» Selon l'oracle du Sauveur, *là où sera le corps*

» *s'assembleront les aigles*. Ils arrivent en foule
» en ces lieux, et nous édifient par l'éclat de
» leurs vertus. Leur langage est différent,
» mais leur religion est la même. »— Ce concours augmenta encore lorsque des nuées de
barbares se précipitèrent sur l'Italie, incendiant, démolissant, massacrant. On se jetait
dans un navire, et l'on disait au pilote de
tendre sa voile du côté des lieux où Jésus
avait apporté le soulagement spirituel de tous
les maux. Mais, avant même ces voyages, qu'on
pourrait nommer des migrations, tel était
l'entraînement vers les pèlerinages en Terre-
Sainte que des désordres avaient fini par s'y
introduire, et que quelques fidèles se croyaient
dispensés de toute autre vertu que celle de
s'agenouiller, au-delà des mers, là où Jésus
avait prêché, prié, souffert. S. Jérôme lui-
même s'alarma de cette disposition au relâchement, et à la substitution d'œuvres suréroga-
toires aux œuvres indispensables du christianisme. « A Jérusalem et en Bretagne, écrit-il,
le ciel est également ouvert aux fidèles ». Il
ajoutait qu'une foule innombrable de saints et
de docteurs jouissent de la vie éternelle sans
avoir vu Jérusalem. — S. Augustin parle

aussi de celà : « Le Seigneur n'a pas dit : *Allez en Orient et cherchez la justice ; naviguez jusqu'en Occident pour recevoir le pardon de vos péchés* ». Le même Père dit ailleurs : « Gardez-vous de projeter de longs pèlerinages ; là où vous avez la foi, là il faut vous tenir : car vous y trouvez Celui qui est partout, et c'est en aimant qu'on vient à lui, et non par le moyen d'un vaisseau ». S. Grégoire de Nysse s'exprime dans les mêmes termes, reprochant aux pèlerins les scandales dont plusieurs donnaient l'exemple contagieux, jusqu'en Jérusalem.

Il fallait que les pèlerinages eussent alors pris une immense extension, pour qu'un tel langage fût devenu nécessaire. Les pèlerins, du reste, ne se bornaient pas à la Judée ; ils passaient ordinairement en Égypte, où une armée de solitaires admirables peuplaient les déserts brûlants, pour s'y édifier au contact de leurs vertus et entendre de leur bouche quelque saint précepte pour le bon gouvernement de leur vie.

Cette pratique dura plusieurs siècles, et fut à peine diminuée par les conquêtes des musulmans en Terre-Sainte et leurs cruelles exactions sur les chrétiens. Le lecteur se souviendra que de là sont sorties les Croisades, ces expéditions trop souvent mal conduites, mais filles d'une haute et admirable pensée, et qui, en fin de compte, quoi qu'en puissent dire les historiens légers, ont sauvé l'Europe du sort que le mahométisme a imposé à l'Orient et à l'Afrique.

En 1064, un quart de siècle avant la première croisade, il y eut un de ces pèlerinages dont la mémoire doit être conservée, et que nous raconte ainsi M. Michaud.

Il se composait d'environ *sept mille* hommes, dont les chefs furent l'archevêque de Mayence, l'évêque d'Utrecht, les évêques de Bamberg et de Ratisbonne. Des chevaliers normands (les Normands sont partout, à cette époque), de pieux guerriers, vinrent les joindre de toutes les parties de la France, et tous se mirent en marche, vers l'automne, à travers l'Allemagne. Après une route difficile et des périls toujours nouveaux, les serviteurs de Jésus-Christ arrivèrent à Constantinople, où ils visitèrent les saintes églises, puis entrèrent en Syrie. Leur extérieur était magnifique ; l'or brillait sur les ornements sacrés des évêques. Ce luxe étonna d'abord les habitants des cités et des campagnes, et excita promptement leur cupidité. Lorsque les étrangers furent entrés sur les terres des Sarrasins, les Arabes bédouins, prévenus de leur arrivée, se ruèrent sur cette petite armée ; plusieurs pèlerins succombèrent dans cette attaque, et parmi eux l'évêque d'Utrecht; dépouillés de la tête aux pieds, ils furent laissés nus sur la poussière. Ceux qui restaient, ramassant des pierres dont le sol était couvert, essayèrent de défendre leur vie. Ils se retirèrent autour de vieilles ruines, où ils firent entrer les plus faibles d'entre eux. Le désespoir doubla leurs forces contre des ennemis dont la multitude augmentait à toute heure ; dans plusieurs sorties victorieuses, ils arrachèrent les armes et les boucliers de leurs adversaires, et bientôt se virent dans la situation de les pouvoir repousser. Les Bédouins s'étaient massés au nombre d'environ douze mille, et, voyant cette énergique défense qu'ils n'avaient pas prévue, ils résolurent de prendre les assiégés par la famine. Trois jours ils les tinrent serrés par leurs lignes de troupes, si on peut appeler troupes ces réunions confuses de voleurs armés. Lorsque les enfants de

Jésus-Christ, épuisés par la faim et la soif, allaient tenter une sortie, un prêtre leur cria : « Votre courage est brisé par la souffrance : mettons notre espoir en Dieu, et non dans nos armes ; rendons-nous aux ennemis, car nous voici sans forces, faute de nourriture. Le Seigneur, n'en doutons pas, fera éclater sa miséricorde. Les barbares qui nous combattent en veulent plus à notre or qu'à nos personnes : quand ils l'auront, ils nous renverront libres, et nous indiqueront même la route de notre pèlerinage. »

Ce conseil est approuvé. Ou choisit un interprète, qui revient au camp avec le chef des Arabes. L'évêque de Mayence lui adresse la parole. Une admirable dignité se peignait sur la figure du pontife : il offrit l'abandon de toutes les richesses, à la condition que la vie des pèlerins fût sauve. Le chef musulman répondit avec férocité qu'il n'avait pas combattu si longtemps pour recevoir la loi des vaincus, que lui et ses compagnons s'étaient promis de manger la chair et de boire le sang des chrétiens.

Aussitôt, détachant de sa tête le turban qui la couvrait, il en fit un lien qu'il jeta autour du cou de l'évêque. Celui-ci, ne pouvant supporter un pareil affront, lui donna en plein visage un si grand coup de poing, qu'il le renversa sur la poussière, en lui criant que c'était ainsi que devait être puni un malheureux assez audacieux pour porter ses mains impies sur un prêtre de Jésus-Christ. Aussitôt on lia les bras au chef des Arabes, avec tant de force que le sang coulait par les ongles ; on en fit autant à ses dix-sept compagnons, et, cela fait, les pèlerins se jetèrent avec impétuosité sur les Bédouins. Ceux-ci, croyant leur chef assassiné, se précipitent sur les chrétiens pour venger sa mort. Les chrétiens, incapables de soutenir un pareil choc, recoururent à un stratagème : ils amenèrent devant eux le chef enchaîné et ses compagnons ; un chrétien, tenant une épée nue, cria aux assaillants que, s'ils ne cessaient le combat, on allait se servir des têtes des captifs comme de projectiles. Les prisonniers eux-mêmes, épouvantés, criaient aux Arabes d'arrêter ; le fils du prince menacé, parcourant les rangs de ses Bédouins, les exhortait à suspendre des coups qui devaient frapper leur chef et son père : le combat cessa en effet.

Dans ce moment, un pèlerin qui, profitant
de la nuit, s'était réfugié à Ramla, vint avertir l'évêque de Mayence que l'émir de cette
ville, quoique sarrasin, devait bientôt arriver
pour les délivrer des Arabes, habitués à désoler
toute la contrée. Les barbares apprirent la
nouvelle, et dès cet instant ce ne fut plus parmi
eux que confusion, et chacun se sauvait comme
il pouvait. On aperçut en effet l'émir et ses
soldats; les portes du retranchement impro-
visé leur furent ouvertes, et l'émir lui-même
entra dans la salle où s'étaient réunis les évêques. On ne savait pas alors ce qu'on avait à
espérer ou à craindre de cet homme. Cette
perplexité dura peu : apercevant les Bédouins
enchaînés : « Vous nous avez, dit l'émir, déli-
vrés de nos plus dangereux ennemis! » Un
traité intervint : l'émir, moyennant une somme
qui fut fixée, donna une escorte de robustes
jeunes gens aux pèlerins, et la pieuse caravane, rassurée contre tous les périls, se mit en
marche pour Jérusalem, qui n'était plus éloi-
gnée. Elle fut reçue dans la cité sainte par le
patriarche Sophronyme, pontife que ses cheveux blancs rendaient vénérable. Ce fut au son
des cimbales, d'une musique délicieuse, et à la

lueur des torches, qu'ils firent leur entrée dans Jérusalem. Les fidèles les conduisirent dans toutes les églises, dans tous les oratoires.

Au printemps, ils profitèrent de l'arrivée d'une flotte génoise pour retourner en Europe. L'historien ajoute qu'ils voulurent, avant le départ, vendre toutes leurs marchandises : ce qui fait présumer qu'il s'était joint aux pèlerins des troupes de marchands qui profitaient du voyage de la pieuse caravane pour se rendre en Asie.

Nous avons raconté avec quelques développements ce trait curieux, afin de montrer ce qu'était au onzième siècle un pèlerinage, avec quelle ardeur on l'entreprenait, au milieu de quelles fatigues et de quels périls il se poursuivait, et quelle longueur de temps il exigeait. On peut dire que cette dévotion était peut-être la plus vivace et la plus universelle de cette époque. Princes, seigneurs, prêtres, religieux, roturiers, femmes même, jeunes gens, et quelquefois jusqu'aux enfants, franchissaient les mers, abandonnant tout pour aller visiter une seule fois le tombeau du Seigneur. — Socialement, ce fut un immense bien : le commerce y gagna, les peuples abaissèrent les barrières qui depuis l'invasion les séparaient comme nations rivales et ennemies; la féodalité en fut diminuée, soit par les sentiments de componction que la vue des saints lieux excitait dans l'âme des durs chevaliers qui opprimaient leurs serfs, soit par la nécessité où plusieurs se trouvèrent d'accorder à leurs vassaux de sérieuses franchises, moyennant des sommes d'argent qui leur permettaient de réaliser ces grands voyages. L'art de la marine s'en ressentit au même degré, et les croisades qui suivirent lui donnèrent une impulsion qui ne contribua pas médiocrement à la prospérité et à la richesse de l'Europe. — Remarquons, au reste, que parmi les croisés bon nombre furent mus bien davantage par le désir du pèlerinage que par l'impatience de se signaler dans les armes.

Enfin, c'est encore à une troupe de pèlerins normands revenant du saint tombeau qu'est due la formation du royaume de Naples. Ils étaient quarante. Leurs prouesses contre les Sarrasins envahisseurs de l'Italie furent le salut de la péninsule à ce moment, et certainement aussi de nos côtes méridionales de France. Et quelles fêtes à leur retour!

« Les trompettes retentissaient, dit un historien moderne ; les cloches de l'église de Bayeux sonnaient à pleine volée. Un peuple de dignes chevaliers, de nobles dames, de clercs en étole, de religieux et de serfs, entouraient les quarante pélerins normands, au teint noirci par de longues fatigues. Ils étaient tous révêtus de lourdes armures; un casque de fer couvrait leur tête ; ils portaient la cuirasse et le brassard ; seulement quelques-uns avaient encore le bourdon et la panetière, l'escarcelle de voyage et les coquilles, qui annonçaient à tous les chrétiens que les pauvres pèlerins avaient traversé les mers lointaines. Ils avaient vu le rivage de Syrie, le tombeau de Jésus-Christ ! Des larmes ruisselaient sur leurs joues quand ils racontaient les outrages dont le Saint-Sépulcre était l'objet de la part des mécréants. Braves chevaliers, ils avaient aussi d'autres aventures à conter. » Chacun les interrogeait, au sortir de l'église, où ils étaient allés d'abord rendre grâces à Dieu pour leur heureux retour ; à tous ils répondaient ; la fête était pour tous, la joie courait de village en village, de manoir en manoir, et il n'était si piètre habitant de ville ou de la campagne qui ne résolût en son cœur de se condamner aux plus pénibles sacrifices dans le but de parfaire un jour, lui aussi, le saint voyage aux lieux bénis.

Le bourdon que portaient les pèlerins était un long bâton de voyageur, orné à sa partie supérieure d'une gourde ou d'une piéce tournée en forme de pomme. Quand ils avaient réalisé leur vœu et prié sur le saint tombeau, ils laissaient ce bourdon à Jérusalem, et prenaient pour le retour un bâton de palmier. Ils couvraient aussi leur manteau de coquilles ramassées au bord de la mer, en témoignage de leur navigation.

De délicieuses légendes, qui firent la joie des veillées de nos pères, ont été recueillies sur les miracles obtenus par la foi de pèlerins de Terre-Sainte. Ici c'est un chevalier que son bon ange transporte tout-à-coup à la porte de de son manoir ; là, Marie elle-même apparaît à un captif des Sarrasins, brise ses liens et le dépose sur un navire ; ailleurs, le chevalier s'est endormi en Syrie, priant l'Étoile du matin, la divine Vierge, de le réunir bientôt à ses jeunes enfants, et le matin il entend le chant du coq de sa ferme et se réveille sur le seuil de son castel. Des sanctuaires ont été bâtis par la reconnaissance de ces pèlerins privilégiés, et aujourd'hui encore rappellent à notre génération combien poétique, mais combien réelle et profonde, fut la religion de ses aïeux. On les méprise, on les traite de barbares : ah ! si nous les valions !

Mais ce n'était pas à Jérusalem seulement que les pèlerins portaient l'hommage de leur foi et leurs saintes prières. Il y avait *Rome*, où on les vit arriver parfois, surtout aux époques de jubilé, au nombre de cent, deux cent et même trois cent mille. Des hôpitaux, des hospices, des hôtelleries gratuites, avaient été fondés pour eux, et existaient encore il y a peu d'années, avant l'invasion piémontaise.

A certains jours de la Semaine-Sainte, les plus grands seigneurs romains leur venaient laver les pieds, pendant que les princesses rendaient le même devoir aux personnes de leur sexe. C'est ainsi encore que ces pèlerins fournirent, par leurs aumônes, à la construction de nombreuses églises et chapelles nationales dans Rome : Bourguignons, Lorrains, Bretons, Français proprement dits, Allemands, Portu-

gais, Espagnols, Napolitains, Anglais, etc., possédaient des sanctuaires à eux appartenant, des-
servis par leurs prêtres, dotés pour leurs pèlerins, leurs malades et leurs pauvres. Ce qui fait,
avec beaucoup d'autres choses, que tout gouvernement chrétien avait le droit le plus incontestable à intervenir dans les bouillants exploits
de MM. les Piémontais, et d'exiger des comp-
tes lorsque ces libres-faiseurs ont jugé à propos de s'attribuer la capitale catholique.

Il y avait *Notre-Dame de Lorette*, la maison
de la Sainte Vierge apportée en Italie par les
anges, et dont les pèlerins faisaient trois fois
le tour à genoux ; *Notre-Dame du Puy* en
France, où le concours ne cessait pas ; *Notre-
Dame du Pilier* à Sarragosse ; *Notre-Dame d'Einsielden* ou *des Ermites* en Suisse ; *S.-Jacques de
Compostelle* en Galice, où la foule était toujours
si considérable, venant surtout de France, que
ses pas avaient tracé un large chemin jusqu'à
nos frontières. La multitude de ces pèlerins
fournit à Voltaire une de ses plus incroyables
facéties, dite par lui sérieusement, et non
moins gravement admise par nombre de ses
savants disciples. Comme on alléguait, en confirmation du récit de l'Écriture-Sainte sur le

Déluge, les coquillages de mer que l'on rencontre ensevelis dans le sol au sommet des Pyrénées et des hautee montagnes : « Cela ne prouve rien, écrivait-il : les pèlerins de Saint Jacques ont laissé là leurs coquilles en passant !... » Les ennemis présents de l'Église et de la révélation sont-ils beaucoup plus forts ? L'incrédulité pervertit les cœurs, mais elle n'est pas plus tendre à l'intelligence, on le voit.

VI.

Quelques saints célèbres par leurs pèlerinages.

L'auteur de l'*Imitation* a dit cette parole, souvent invoquée : « *Qui multùm peregrinantur rarò sanctificantur* : les longs voyages ne conduisent pas souvent à la sainteté. » l'*Imitation*, évidemment, n'a parlé que de l'abus de cette vie de pèlerin, passée sur les grands chemins, sans recueillement, sans esprit de componction, tout extérieure, et où la réforme du cœur n'entre sérieusement que par des velléités fugitives. Il parle d'ailleurs, on peut le croire, des voyages en général, encore qu'ils impliquent la dévotion à quelque sanctuaire. Mais le vrai pèlerin, celui qu'anime le désir de rendre à Dieu, à Marie, à quelque grand saint, à quelque immortel souvenir de la foi, les hommages de la piété ; celui qui recherche ce moyen de sanctification avec les dispositions uécessaires, celui-là en tirera toujours un notable profit pour son âme, alors surtout qu'au terme de sa course la réception des sacrements vient couronner le pèlerinage. Nous avons pour nous les exemples des saints.

Sainte *Hélène* d'abord, cette admirable mère de Constantin-le-Grand, que Dieu avait suscité pour être à la fois la gloire et le soutien de la religion, plus vivement attaquée par les rhéteurs et le rationalisme païen qu'elle ne l'avait été au temps où les bûchers et les amphithéâtres s'étaient exclusivement chargés de défendre les faux dieux. C'est une belle vie de pèlerinages que celle d'Hélène, dont l'Église a placé la fête au 18 août. Elle aussi, déjà âgée, avait été convertie par l'apparition de la croix à son fils : à partir de ce moment, son zèle et sa foi furent, selon l'expression de Rufin son contemporain, *incomparables*. En 326, âgée de quatre-vingts ans, elle part pour Jérusalem, chargée de surveiller et de diriger les travaux de la magnifique basilique que Constantin avait résolu d'élever sur le Calvaire. Elle avait, de plus, un désir extrême de dé couvrir le bois de la vraie croix ; nos lecteurs savent par quel miracle Dieu le lui révéla. Elle parcourut sans exception tous les saints lieux, répandant sur chacun d'eux ses larmes de dévotion, les trésors de sa charité, et les ornant d'édifices somptueux, dont quelques-uns subsistent encore. C'était dignement se préparer à paraître devant son juge ; à peine de retour à Rome, la vertueuse impératrice s'endormit dans le Seigneur. Une chapelle lui a été consacrée dans l'église de Ste-Croix-en-Jérusalem, à Rome, ainsi nommée parce que Constantin fit apporter de Palestine la terre qui servit aux assises des fondations.

Là est un couvent de religieux vénérés de toute la ville sainte : le piémontisme l'a pris pour en faire... un manége ! et ce sont des chevaux qui désormais, jusqu'au jour de la justice, — et nous l'espérons prochain, — piétineront sur ce sol doublement sacré... Le *progrès* le veut, paraît-il !

Une des plus anciennes relations de pèlerins, raconte M. Michaud (dans son *Histoire des Croisades* déjà citée plus haut), est celle de S. Porphyre, plus tard évêque de Gaza, qui vivait quelques années après Ste Hélène. Né à Thessalonique, d'une famille distinguée, Porphyre avait à peine atteint sa vingtième année qu'il se retira dans les déserts de la Thébaïde, pour y mener la vie austère des ermites. Après y être resté cinq ans, le pieux anachorète se sentit pressé d'aller à Jérusalem et de visiter les lieux consacrés par la présence de Notre-Seigneur et de sa divine Mère. Il était malade, une fièvre lente le consumait. Appuyé sur un bâton, il se mit en marche, accompagné de son disciple Marc, qui nous a laissé tous ces détails. Après une route péniblement achevée, Porphyre vit enfin la cité de Dieu. Dans la ferveur de sa piété, il chargea son disciple d'aller à Thessalonique vendre ses biens, afin d'en distribuer le prix entre les fidèles. Cette commission ter-

minée, Marc retourna à la cité sainte. Quel fut
son étonnement lorsqu'il vit son maître, jusqu'alors toujours dans un état maladif, plein
de santé et de force ! Il ne le reconnut pas d'a-
bord ; mais Porphyre, courant l'embrasser,
lui apprit bientôt la cause de ce changement
miraculeux. Un jour, étant allé, appuyé
comme d'habitude sur son bâton, vers le Calvaire pour prier Jésus-Christ de soulager ses
maux, Porphyre avait eu une extase : il avait
vu le Sauveur attaché à la croix et le bon larron à son côté ; plein d'étonnement, Porphyre
s'était écrié : « Seigneur, souvenez-vous de
moi quand vous viendrez dans votre paradis !»
Jésus, souriant, avait dit au bon larron : « Allez au secours de Porphyre. » Alors le bon
larron s'était subitement avancé, et, prenant
le pieux ermite par la main, l'avait conduit
auprès de Jésus, qui, touché de sa dévotion, lui
avait dit, en lui présentant sa croix : « Reçois
et garde ce bois, précieuse relique ». Porphyre,
l'ayant reçu, sortit de son extase, et ne sentit
plus aucune douleur.

Il distribua tous ses biens, comme il l'avait
promis, aux pauvres chrétiens, aux monastères de la Palestine et de l'Égypte ; comme

S. Paul, il voulut vivre du travail de ses
mains, et parmi toutes les professions il choisit une des plus humbles et se fit cordonnier.
Par la suite il fut évêque de Gaza.

Ste *Paule*, dont M. l'abbé Lagrange, vicaire-
général d'Orléans, nous a naguère si admirablement retracé la vie, doit avoir une place
particulière dans cette imparfaite nomenclature.

Née à Rome en 347, elle appartenait par sa
mère aux illustres familles des Scipions, des
Gracques et de Paul-Émile. Paule réunissait à
cet avantage des biens immenses et les plus
brillantes qualités de l'esprit. Elle et son mari
offraient à la ville de Rome, à tout l'empire,
l'édifiant spectacle d'une vie parfaitement
chrétienne. Les tribulations devaient visiter
son âme. A vingt-deux ans elle était veuve,
et, disant adieu au monde, elle résolut de
vivre exclusivement pour Dieu. L'austérité
la plus grande prit la place des plaisirs honnêtes qu'elle s'était jusqu'alors accordés ; elle
s'interdit l'usage de la viande, du poisson,
des œufs, du miel et du vin ; seulement les
jours de fête, elle assaisonnait avec un peu

d'huile les mets qui servaient à sa nourriture ; elle couchait sur un cilice posé sur la terre nue. Persuadée que les communications avec le monde entraînent peu à peu la ruine du recueillement, elle renonça à toutes les visites. Ses biens furent largement distribués aux pauvres, la liberté rendue à ses esclaves. Elle perdit encore deux de ses filles ; pour Eustochie, la troisième, elle voulut rester vierge et ne point se séparer de sa mère : l'Église l'a placée sur les autels.

Décidée à vivre désormais de la vie complète des solitaires, Paule eut la pensée qu'elle ne le pouvait mieux faire qu'auprès du tombeau de Jésus-Christ. Après avoir réglé l'avenir de ses enfants, elle s'embarque courageusement, parmi les pleurs de sa famille et de ses amis. Le vaisseau fait voile vers l'île de Chypre. — La sainte fut retenue dix jours à Salamine par l'évêque S. Épiphane. De Chypre elle passa en Syrie. « Qu'il était édifiant, dit ici Alban Butler, de voir cette femme, accoutumée à être portée en litière, faire de pénibles et longs voyages sans aucun appareil extérieur ! » Elle visita avec beaucoup de dévotion les cellules des plus célèbres solitaires d'Égypte et de

Syrie, et tous les lieux consacrés par l'accomplissement des mystères de notre salut. La vue des monuments de la rédemption la fit entrer dans les sentiments de la plus vive ferveur. Elle parcourut ainsi, faisant de larges aumônes et s'affermissant de plus en plus dans sa résolution, tous les lieux sacrés; après quoi, elle vint se mettre, à Bethléhem, avec Eustochie, sous la conduite de S. Jérôme, et se renferma dans un logis très-pauvre, où elle acheva de se sanctifier. Trois ans après, elle faisait bâtir une maison hospitalière, en faveur des pèlerins, sur le chemin de Jérusalem; on lui dut aussi trois monastères de femmes. Enfin, elle mourut auprès de la grotte où Jésus était né pour nous dans une crèche.

La vue de tous ces lieux touchants, les sacrifices qu'elle avait faits pour y arriver, contribuèrent grandement, comme elle l'a souvent écrit, à l'affermir dans son ardeur pour la sainteté.

Au VIIe siècle, S. *Antonin* parcourt les lieux saints avec un égal esprit de piété. Quelques particularités marquent ce pèlerinage. S. Antonin assure que, de son temps, lorsqu'on allait adorer le bois de la vraie croix conservé dans l'église bâtie sur le Golgotha, ce bois merveilleux s'avançait de lui-même, qu'une étoile du firmament venait se poser sur le sommet de la croix et s'y tenait pendant tout le temps de l'adoration ; qu'on apportait alors de l'huile la plus fine, et qu'on l'approchait du bois sacré afin de la bénir ; qu'au moment où elle le touchait l'huile entrait en ébullition, et qu'elle se serait entièrement évaporée si on ne l'avait retirée au bout de peu d'instants ; que, la cérémonie terminée, la croix retournait à sa place et l'étoile remontait au firmament.

Au siècle suivant, nous trouvons *S. Guillebaut*, évêque d'Eischataedt, en Bavière, visitant quatre fois Jérusalem. Ayant perdu la vue à Gaza, il fut pendant plusieurs mois obligé de se servir du bras d'un de ses compagnons pour marcher. Ce fut dans son second pèlerinage à la ville sainte que ses yeux se rouvrirent, au moment où il entrait dans l'église où la croix du Seigneur fut trouvée.

Citons *S. Bononius*, abbé d'un monastère

de Lucques. Ce saint homme avait conçu la
pensée du grand pèlerinage, mais avec la
même intention que S. François d'Assise, celle
de prêcher la foi aux musulmans de l'Égypte
et de la Palestine. Il obtint seulement la liberté
de tous les captifs chrétiens soumis au roi de
la ville de Babylone en Égypte, et, suivi de
cette troupe qui le bénissait, revint en Europe
par Constantinople. Il mourut en 1026.

Nous pouvons citer également Ste *Brigitte*.
Née en Suède en 1302, elle se distingua toute
enfant par sa grande piété. A l'âge d'environ sept ans, elle vit dans sa chambre
un autel sur lequel était la Sainte Vierge,
revêtue d'habits d'un éclat merveilleux, —
quelque chose comme l'apparition du Pont-
Main, — et qui, tenant une couronne de
grand prix, l'invitait à s'approcher et à la
venir recevoir : Brigitte se leva aussitôt, cou-
rut à cette Reine des anges, et reçut la couronne dans sa main. Les révélations qui lui
furent accordées sont célèbres. Souvent on
voyait apparaître auprès d'elle une jeune fille,
d'une beauté extraordinaire, qui l'aidait dans
son travail. Mariée au prince de Nericie, afin

de détacher complètement son mari des vanités du monder elle l'engagea à faire avec elle le pèlerinage de S.-Jacques de Compostelle, en Espagne. C'était une distance immense à parcourir; ils y souffrirent des peines incroyables.

Après la mort du prince, Brigitte commença de mener une vie plus parfaite encore, une vie d'oraison, et surtout de macérations dont le détail fait frémir la nature. Le monde ne comprend pas cette étonnante avidité pour les souffrances qui se retrouve dans tous les saints ; il la comprendrait s'il savait combien l'âme qui aime Notre-Seigneur éprouve d'ardeur pour se rendre semblable à lui, pour être avec lui crucifiée; il la comprendrait s'il savait combien il est nécessaire que les crimes ou l'infidélité du plus grand nombre des hommes soient contrebalancés par la pénitence de quelques-uns, unie à celle du Rédempteur.

Après avoir fondé divers monastères, Brigitte revint à sa dévotion pour les pèlerinages. Jésus-Christ lui-même lui apparut et lui commanda d'aller à Rome, afin de participer là aux grâces abondantes que tant de saints martyrs ont méritées par l'effusion de leur sang pour ceux qui visitent cette ville. Abandonnant

au plus tôt son pays et toutes ses connaissances, impatiente de vénérer le tombeau des
saints Apôtres et les autres lieux sacrés de la
métropole catholique, elle entreprit généreusement un voyage non moins long que le pre·
mier. On ne circulait point alors avec la facilité qui fait aujourd'hui des distances comme
une suppression complète.

En chemin, une infinité de lieux de dévotion s'offraient à notre sainte : elle ne voulut
pas omettre un seul de ceux qu'elle pouvait
visiter, y trouvant toujours des consolations
et une force nouvelles. Les fatigues de la route
ne la rebutaient ni ne l'arrêtaient quand il
s'agissait de rendre ses hommages aux saints
qu'on honorait dans ces divers sanctuaires, et
particulièrement à Marie, à qui la reconnaissance et la piété filiale ont dressé tant d'autels
en tous lieux. Au reste, ces dévots pèlerinages
furent habituellement récompensés par des
faveurs merveilleuses dont le Seigneur se
plaisait à combler son humble servante.

Mais quelles ne furent pas ses délices spirituelles dans Rome même! Elle ne pouvait
se rassasier de pieuses courses, en cette ville
où tout rappelle les grandeurs de la religion,

l'héroïsme des martyrs, la sainteté des pontifes, la miraculeuse protection de Dieu sur
son Église, et où se multiplient à chaque pas
les témoignages populaires et les monuments
de la gratitude chrétienne. Elle allait souvent
à pied aux églises des stations dans les temps
les plus fâcheux, bien qu'elle fût âgée et
qu'elle eût le corps exténué par ses mortifications. Animée par ce qu'elle y voyait, par les
exemples qu'elle y méditait, elle avançait toujours davantage dans l'esprit de sacrifice. Elle
se rendit jusqu'en Pouille, à l'église d'Ortoné,
où l'attiraient les reliques de l'apôtre S. Thomas, et dans plusieurs autres villes d'Italie.

Qu'on juge si une telle âme éprouvait le
désir de voir aussi Jérusalem. Accompagnée
de Ste Catherine sa fille, elle fit encore ce
pèlerinage, n'oublia aucun des lieux sacrés,
où continuèrent ses révélations, et où Dieu
plusieurs fois lui fit connaître l'avenir. — Elle
revint mourir à Rome, en 1373, et fut ense-
velie dans l'église de S.-Laurent *in Panis-
perná*, d'où on transporta plus tard ses reliques en Suède.

Un pèlerin bien extraordinaire fut, au

xviᵉ siècle, un carme nommé *François de la Croix*. Pénétré de la pensée de faire pénitence pour ses péchés et pour ceux des autres, il fit le voyage de Terre-Sainte et en revint portant, même pendant la navigation, une croix de bois sur ses épaules.

Parti le 16 mars 1643, à l'âge de cinquante-sept ans, de Vallisolet en Espagne, il vint en France, passa par la Savoie, Gênes, Milan, Parme, Florence, Rome, et remonta à Venise, où il s'embarqua pour Alexandrie. Il arrive enfin à Jérusalem. Lorsqu'il est aux portes de la ville, il chante le *Te-Deum*; puis, étant entré, visite avec une grande dévotion tous les saints lieux, plante sa croix sur le Calvaire, au lieu même où avait été celle de Notre-Seigneur, et passe là trois heures dans la prière et la méditation. Il repartit pour le Jourdain, toujours sa croix sur les épaules, visita Bethléhem, Nazareth, le Thabor et le Carmel, s'embarqua pour Trieste en compagnie d'un rabbin juif qu'il convertit, retourna à Rome, traversa les Alpes, la Provence et le Languedoc, ainsi que les Pyrénées au milieu de l'hiver, et reparut à Vallisolet et à Madrid, où sa croix, qui avait été bénite à Rome par l'ordre du Souverain-

Pontife, fut placée, en présence d'une foule immense, sur l'autel de l'église des Carmes.

Est-il nécessaire de dire toutes les difficultés, les angoisses, les humiliations, les insomnies, d'un pareil voyage?

Le B. *Benoît-Joseph Labre,* par lequel nous terminerons, appartient à la France. Il était né en Picardie en 1748, et mourut un peu avant la Révolution, en 1783. Son nom et sa vie ont été l'objet de bien des outrages de la part de l'impiété et de l'ignorance. *Animalis homo non percipit ea quæ sunt spiritûs Dei*, dit S, Paul. Non, quoi qu'en dise un siècle emporté par la frénésie des affaires, les moments consacrés aux exercices de la piété chrétienne, avec les mortifications qui l'accompagnent, ne sont pas un temps voué à l'oisiveté. Notre-Seigneur ne l'a-t-il pas déclaré à Marthe? et ce principe de bon sens et de foi aurait-il besoin d'être démontré? Ah! si les gens si chèrement occupés, qui se moquent de ce grand saint comme d'un oisif, avaient eu à passer un seul jour dans les conditions de privations et de macérations où Labre passait les siens!

Plein de dispositions pour l'étude, il en ressentit de plus pressantes encore pour la piété, et dès l'âge de quinze ans il songeait à se faire trappiste, détermination à laquelle s'opposèrent ses parents. Sa santé, toujours faible, le força de renoncer aussi à l'ordre des Chartreux, qui souriait à son ardeur de pénitence. Ce fut alors qu'il prit, en pèlerin, le chemin de l'Italie, où il espérait vénérer les reliques et les sanctuaires des saints, et ensuite trouver une maison religieuse où il pût servir Dieu dans la solitude. Il se rendit d'abord, le bâton à la main, le chapelet au cou, à Lorette, où il se prosterna devant la maison de la Sainte Vierge le cœur inondé de joie, puis à Assise où l'attendaient les souvenirs de l'apôtre de la pauvreté S. François d'Assise, et enfin à Rome. Il y visita, le cœur plein d'émotion, pendant neuf mois, les lieux et les objets propres à nourrir sa foi et à lui faire bénir Dieu; puis il en partit pour aller à Fabriano, dans les États-de-l'Église, vénérer les reliques de S. Romuald, fondateur des Camaldules, ordre religieux dont la vie est aussi pénitente que celle des Chartreux mêmes. Ce n'était que le commencement de ses pieuses excursions, dans lesquelles, du reste, s'il satisfaisait la piété de son cœur, il avait à souffrir de mille manières : soit à cause de sa pauvreté absolue, soit pour la faiblesse de son tempérament, soit encore par les insultes que ses misérables vêtements lui attiraient de la part des gens grossiers et des enfants des rues; plusieurs fois il fut couvert de boue et poursuivi à coups de pierres par ces ignobles gamins qui, dans tous les pays, infestent la voie publique. Mais notre saint pèlerin acceptait avec une angélique patience ces outrages, ces privations, ces fatigues, pourvu qu'il lui fut donné de baiser les reliques précieuses qu'il allait chercher si loin, et de méditer sur les vertus des saints à l'endroit même où elles avaient brillé.

Les sanctuaires de la divine Vierge lui étaient chers entre les autres : c'est ainsi qu'il retourna à Lorette ; et, par deux fois, partant de Rome, se rendit au fond de la Suisse, à Notre-Dame d'Einsielden, pèlerinage dont nous dirons tout-à-l'heure un mot. Il partit encore pour le royaume de Naples, à Bari, où sont les reliques de S. Nicolas de Myre, d'où découle une huile miraculeuse, et au mont

Gargano, célèbre par l'apparition de l'archange
S. Michel. Dans ces longs et fréquents
voyages, il marchait le plus souvent nu-pieds,
hiver comme été, vêtu d'une redingote qui
tombait presque en lambeaux, sans compa-
gnon de voyage, pour n'être pas distrait de
ses méditations, et sans provisions pour le lendemain. Il vivait d'aumônes, mais ne mendiait
point, ne gardait rien au-delà du strict nécessaire, et partageait avec les autres pauvres
ce qu'on lui donnait par charité. Son air de
douceur et sa piété, malgré un équipage si misérable, excitaient l'intérêt des bonnes âmes ;
mais, s'il s'apercevait qu'on ressentît pour lui
quelque estime, il partait aussitôt, et ne passait
plus par ce lieu-là.

Six années furent employées à ces exercices
de dévotion et de pénitence ; après ce temps,
il revint à Rome, et n'en sortit plus que pour
faire chaque année le pèlerinage de Lorette.
Son temps se passait à rester dans les églises,
la journée entière, priant, à genoux ou debout,
pour lui, pour les pécheurs, pour l'Église catholique, pour la conversion des infidèles ; le
soir, il allait entendre une instruction que
l'on faisait aux pauvres, puis il se retirait

dans un enfoncement de murailles ruinées qui se trouvaient près du Colysée. L'incommodité de ce séjour le força enfin de le quitter et de se retirer dans un hôpital, où il demeura jusqu'à sa mort.

Voilà donc les véritables pèlerinages, ceux qui plaisent à Dieu et qui profitent à l'âme. Quitter son pays, sa famille et ses affaires, pour se transporter à un sanctuaire où le Ciel fait éclater ses prodiges et verse en abondance ses bénédictions , c'est quelque chose sans doute, mais ce n'est pas tout; et, pour obtenir les biens que l'on sollicite, il y faut apporter l'horreur du péché, le désir d'aimer Dieu, la ferveur, la confiance, l'aumône.

IV.

Sanctuaires de Marie les plus célèbres.

Cette longüe introduction au sanctuaire du Pont-Main, dont nous avons à redire l'histoire et où nous allons porter nos pas à titre de

croyants et de pèlerins, n'aura pas été inutile,
nous l'espérons. Avant d'y arriver cependant,
il nous semble à propos de jeter un coup-d'œil
sur les pèlerinages principaux où la divine
Mère est honorée. Chacun d'eux est marqué
par quelques-uns des plus éclatants bienfaits
ou des plus signalés miracles dus à Marie, à
une époque ou à l'autre. Cette revue ne sera
point non plus sans intérêt pour la piété, et il
nous paraît qu'elle servira utilement à comparer les merveilles anciennes avec celle qui
vient de s'accomplir dans un village de notre
Maine.

I.

EN ITALIE.

« Mon Dieu, qu'ils sont utiles aux pécheurs
les lieux dédiés à la piété de la T.-Ste Vierge »,
écrivait M. Olier, l'admirable fondateur de la
compagnie de S. Sulpice. Où en trouverons-
nous de plus intéressants et de plus pieux
qu'en Italie ? « L'Italie, cette terre d'amour et
de prédilection, que le Très-Haut a choisie de
toute éternité pour en faire d'abord la conqué-
rante des nations, la reine, par droit de con-

quête, de l'univers entier, et ensuite le centre de l'empire de son Fils, le séjour habituel de son vicaire en ce monde, le cœur de ce grand corps qu'on appelle l'Église ! L'Italie ! Oh ! que ce nom réveille de doux souvenirs, d'agréables pensées, de pures et délicieuses joies, dans l'esprit de tous ceux qui ont visité cette terre que le Seigneur a bénie ! [1] »

La *Sainte Maison* de LORETTE d'abord. C'est, après le Golgotha, le lieu le plus sacré de l'univers : car nous y trouverons Jésus, Marie et Joseph ; c'est le tabernacle de la sainte Famille.

Lorsque les Romains, conduits par Vespasien et Titus, l'an 71 de l'ère chrétienne, eurent pris, ravagé, incendié Jérusalem et le temple, la ville de Nazareth, comme toutes les autres de la Palestine, fut à son tour tellement dévastée, qu'au IVᵉ siècle elle n'était plus qu'un misérable hameau. Les fidèles, toute-

---

[1] *Culte catholique de Marie*, par M. l'abbé Sauceret, t. III, p. 60 : ouvrage excellent, que nous recommandons à nos lecteurs comme l'un des plus attrayants et des plus instructifs dont ils puissent nourrir leur piété.

fois, environnaient d'un tel culte l'humble demeure où avait vécu la T.-Ste Vierge, où s'était passée l'enfance de Jésus, qu'elle fut en grande partie préservée de la destruction générale. Ste Hélène la fit environner d'une église, et au frontispice on grava cette inscription : *C'est ici le sanctuaire où fut jeté le premier fondement du salut des hommes.* Cette église vit venir les plus illustres pèlerins : Ste Paule, S. Jean Damascène, le fameux Tancrède de Hauteville, S. Louis roi de France, S. François d'Assise. Or, dix ans après le départ de S. Louis, la situation des chrétiens en Orient devint plus alarmante que jamais, par suite d'une irruption de musulmans d'Égypte, qui détruisirent le temple bâti par Ste Hélène. Dieu ne permit pas que ces infidèles renversassent la sainte maison elle-même, et accomplit pour elle le miracle suivant, inouï dans l'histoire, miracle qu'il est impossible de nier quand on en a étudié les preuves solides et nombreuses, qu'on peut voir dans les livres spéciaux.

Le 10 mai 1291, on aperçut tout-à-coup, sur une colline de la Dalmatie, en face de l'Italie du côté de l'Orient, une petite maison,

ou plutôt une espèce de chambre, d'une construction étrangère, et quelques-uns des habitants assurèrent l'avoir vue suspendue dans
les airs avant qu'elle s'arrêtât sur la hauteur.
Au bruit de ce prodige, on accourt de tous les
côtés, et l'on constate avec étonnement que le
nouvel édifice est posé, sans fondement ni
appui, sur un terrain inégal ; que sa struc-
ture annonce un monument ancien, et que les
pierres dont il est composé sont différentes de
de celles qu'on emploie dans le pays. On pénètre à l'intérieur, et on y trouve un autel
surmonté d'un crucifix, une statue en bois de
cèdre de la Ste Vierge et de l'Enfant Jésus ;
des peintures religieuses couvraient les murailles. En même temps Marie apparaît à l'é-
vêque de Thersate, ville voisine, le guérit
d'une maladie qui le tenait au lit, et lui annonce que cette maison est celle où elle reçut
la salutation angélique, où elle vécut avec Jésus et Joseph.

On commence aussitôt des investigations :
des députés sont envoyés en Terre-Sainte, où
ils constatent la disparition de la maison de
Nazareth ; les mesures qu'ils avaient apportées, la qualité de la pierre, toutes les autres

circonstances , concordaient parfaitement.
D'autres éclaircissements furent demandés à
la science, et enfin aucun doute n'était plus
possible.

Peu de temps après, le sanctuaire quitte de
nouveau le lieu où il reposait, et se trouve en
Italie, près de Récanati, dans un bois ; puis
il se place, cent pas plus bas, au milieu de la
voie publique, sur un sol inégal comme la première fois, auquel il n'adhère que par quelques
points, de sorte qu'en beaucoup d'endroits,
maintenant encore, on peut passer la main
entre la terre et l'assise inférieure. Le pape Boniface VIII désigna une nouvelle commission
pour examiner le prodige, et de nouveau il
fut démontré que les informations premières
étaient exactes. C'est là que se voit aujourd'hui
cet insigne monument, renfermé dans une immense et magnifique basilique. La forêt où
il s'était arrêté était un bois de *lauriers* : d'où
le nom de *Laurette*, et par corruption *Lorette* ;
à moins que l'on n'aime mieux admettre que
ce nom vient d'une pieuse dame, appelée *Lo-
retta*, qui aurait été, à ce moment, propriétaire
du bois.

Il serait superflu de dépeindre l'empressement des pèlerins à visiter ce lieu béni. Il fut tel, qu'une ville de 8 000 habitants s'y est formée peu à peu. Sous ses murs eut lieu, en 1860, le massacre des généreux défenseurs du Saint-Siége par le général Cialdini et ses Piémontais, à Castelfidardo.

La piété des peuples avait enrichi Lorette de dons splendides. Il y faut compter une statue en or, du poids de Louis XIV à sa naissance, présentée à la Ste Vierge par un ange en argent pur : ex-voto de la reine Anne d'Autriche. La riche statue disparut lors de l'invasion révolutionnaire, française hélas ! de 1799.

Le séminaire de S.-Sulpice possédait à sa maison de campagne, à Issy près Paris, une chapelle construite exactement sur le modèle et dans les dimensions de la *Santa-Casa* : les communards l'ont brûlée en 1871 !

Rome compte un grand nombre de lieux de pèlerinage à Marie : nous ne mentionnerons que la basilique de *Sainte-Marie-Majeure*, l'un des plus célèbres édifices de la ville sainte, qui en renferme un si grand nombre. On y vénère, dans la chapelle Borghèse, une Madonc attribuée à S. Luc l'Évangéliste, qui aurait été peintre aussi bien que médecin, et, dans la chapelle de S. Jérôme, le bois de la crèche de Bethléhem.

Au milieu du ive siècle, sous le pape Libère, deux nobles patriciens, Jean et sa femme, qui n'avaient pas d'enfants, ayant résolu de léguer tous leurs biens à la Ste Vierge, elle apparut en songe à l'un et à l'autre, aussi bien qu'au Souverain-Pontife, et leur enjoignit de faire bâtir en son honneur une basilique sur le mont Esquilin, à l'endroit qu'ils trouveraient le matin couvert de neige. On était au 5 du mois d'août. L'espace occupé depuis par le saint temple se trouva, en effet, tout blanc de neige, à cette époque des plus grandes chaleurs de l'été, et c'est là, dans les proportions indiquées par la neige même, que fut élevée Ste-Marie-Majeure, appelée encore *Notre-Dame-des-Neiges*.

Chaque année, à l'anniversaire de l'apparition, une messe commémorative est célébrée dans la chapelle Borghèse, et, pendant sa durée, de petites fleurs blanches ne cessent de tomber de la coupole : image charmante du miracle !

Notre-Dame de Galloro est située sur la route de Rome à Naples, près d'Albano, sur une colline renommée pour sa belle végétation et la magnifique vue dont on y jouit. On y conserve une image de Marie peinte sur une pierre revêtue d'un léger enduit de chaux, et qui fut découverte, au mois de mars 1622, par un jeune enfant en quête de quelques herbes. On suppose qu'elle avait été apportée en cet endroit, plusieurs siècles auparavant, par des religieux basiliens, à qui appartenait alors le terrain. Quoi qu'il en soit, la translation de l'antique image, faite avec pompe, attira plus de trente mille pèlerins ; plusieurs guérisons miraculeuses justifièrent et encouragèrent leur foi, et depuis ce temps Galloro n'a pas cessé d'être fréquenté par les Romains et par les étrangers. Plusieurs papes y sont venus rendre leurs hommages à la divine Mère : entre autres Clément VI, Benoît XIV, Clément XIII, Pie VII, Grégoire XVI, et sans doute aussi Pie IX.

Près de Naples, à un mille de Santa-Anastasia, nous rencontrons le sanctuaire de *Notre-Dame-de-l'Arc*, l'un des plus fréquentés de l'Italie, et où chaque année la fête patronale réunit presque toute la population de la capitale[1]. C'est peut-être la fête la plus populaire des Deux-Siciles. Les femmes stipulent encore, dans leur contrat de mariage, qu'elles auront toute liberté de s'y rendre, et cette condition est également exigée par la plupart des serviteurs avant de prendre un engagement.

Ce nom de l'*Arc* a été donné à l'église parce qu'elle renferme une représentation de la T.-Ste Vierge placée en face de l'arc d'un portail. Ce qui a motivé la grande dévotion des Napolitains pour cette image est le fait suivant. — Le lendemain de la fête de Pâques de l'an 1500, jour de la solennité de N.-D. de l'Arc, pèlerinage encore peu connu, un joueur de mail fit un faux coup, et perdit ainsi l'enjeu. Dans son dépit, il saisit la boule et la lance à la figure de l'image vénérée, qui, selon une constante tradition, parut ensanglantée à la suite de ce coup ; du moins la meurtrissure

---

[1] Nous continuons de donner à Naples ce nom, espérant bien que Dieu défera, dans sa justice, l'œuvre de l'iniquité piémontaise.

est-elle encore visible. Le bruit de cette merveille attira un concours inusité, et d'autres
miracles ne firent que l'entretenir et le développer. Dès l'année 1592, les autorités de la
ville de Naples écrivaient au pape Grégoire XIV : — « Très-Saint Père, l'église de
» Ste-Marie-de-l'Arc, aux portes de notre capi-
» tale, est devenue si célèbre par les grâces
» de tout genre que le Seigneur notre Dieu
» et sa très-sainte Mère ont daigné et daignent
» encore aujourd'hui accorder dans son en-
» ceinte, qu'elle est visitée à toute heure par
» un admirable concours de personnes de
» toute condition. » Plusieurs fois on a vu
l'image vénérée répandre quelques gouttes de
sang à la partie frappée autrefois, ou bien se
couvrir de brillantes étoiles, ainsi qu'il est
arrivé au Pont-Main, comme nous le dirons
dans l'apparition de la divine Marie. — La
famille royale de Naples, avant la trahison
qui l'a livrée, ne manquait jamais de se rendre à Notre-Dame-de-l'Arc une fois au moins
par an, pour y faire ses dévotions.

A Foggia, dans le même royaume, c'est
Notre-Dame des Sept-Douleurs. Le peuple avait

en elle une confiance filiale, lorsqu'un prodige, arrivé de nos jours, en 1837, l'augmenta
considérablement. C'était le moment du choléra, et ce fléau désolait l'Italie méridionale
comme il avait désolé le Nord de l'Europe. La
foule se précipitait chaque soir aux pieds de
Marie pour se mettre sous sa protection. L'un
de ces soirs, au moment où le prêtre enton-
nait les litanies, les assistants observent tout-
à-coup divers changements dans le visage et
le regard de la statue. Il semblait que Marie
s'unissait à la douleur de ses enfants et suppliait pour eux : car la sueur perlait à son
front, en quantité notable ; ses yeux se levaient
vers le ciel, et l'on voyait les prunelles se
tourner doucement jusqu'à la racine de l'œil,
de sorte que la prunelle, vive et brillante,
s'élevait presque, par un mouvement lent, à
la hauteur du sourcil, et ne laissait plus distinguer que la conjonctive blanche. Le visage
en même temps se décolorait, comme sous
l'impression d'une vive souffrance. Les lèvres
remuaient aussi, s'ouvrant et se fermant dans
l'attitude de la prière. — Accouru au bruit du
miracle, le comte Mérulli, commandant des
troupes royales dans la Capitanate, s'assura

de ces divers détails, et il en a écrit l'histoire.
« Dans un de ces moments de crise, dit-il,
l'effet de la douleur sur la sainte statue fut tel,
que, par une agitation violente, je dirais presque convulsive, de toute la tête, le visage de
la Madone se tourna un peu du côté où j'étais
placé, comme si, dans un premier saisissement, elle eût voulu éviter de voir ou d'entendre quelque chose d'extrêmement pénible.
Après la prière, elle abaissait ses yeux pleins
de compassion et les promenait avec une
grande affection sur nous, et ce sentiment de
compassion l'animait à prier de nouveau. Sa
physionomie, son attitude, durant tout le
temps que je fus dans l'église, fut celle d'une
femme en proie à la plus vive affliction, avec
une telle vérité d'expression, que, si auprès
d'elle on eût placé une femme vivante dans
une situation pareille, je n'aurais su dire
laquelle des deux souffrait davantage. Ce spectacle était pour nous si déchirant, qu'il péné-
trait le fond de nos cœurs. [1] » Beaucoup de

---

[1] *Principaux sanctuaires de la Mère de Dieu,* par
M. l'abbé Pouget, t. II, p. 76.

ces circonstances se retrouveront aussi dans l'apparition du Pont-Main, et c'est pourquoi nous y avons insisté.

Le prodige ne s'arrêta point là : les cheveux commencèrent, du côté gauche, à se développer sous la mante, comme si le lien qui les retenait se fût rompu, et à s'avancer lentement, couverts d'humidité, sur le front et sur le sourcil ; puis ils se partagèrent en trois touffes pendantes : ce qui dura une vingtaine de minutes, sous les yeux d'innombrables spectateurs. — Le tout avait duré une heure et demie, et le lendemain soir les mêmes merveilles se reproduisirent en partie, à la bénédiction du Saint-Sacrement. Marie voulait faire entendre à son peuple, sans doute, que, s'il était châtié, il l'avait mérité par ses péchés, mais que son cœur maternel ne cessait d'intercéder pour les coupables. De grands fruits de pénitence suivirent, en effet, la manifestation.

Dans son beau livre *De signis Ecclesiæ*, qui mériterait d'être traduit en français, Bozio disait déjà, au XVIIᵉ siècle, qu'on ne trouverait pas en Italie une seule ville qui n'ait quelque

église de Notre-Dame où il se fait des miracles ; or, depuis ce temps le nombre en a augmenté, bien loin de diminuer. A Rome il y en a
environ quarante-six dédiées à la Mère de Dieu ;
Naples en possède soixante-dix. La ville de
Sienne inscrivait jadis sur ses monnaies :
Sienne l'antique cité de la Vierge. — Partout
aussi les plus gracieux souvenirs. A Ste-Marie-
Majeure, par exemple, l'histoire rapporte que,
le pape S. Grégoire y disant la sainte Messe,
les anges répondirent en musique au *Dominus
vobiscum* : ce qui fait que maintenant, lorsque
le Souverain-Pontife célèbre dans cette basilique, le chœur, par respect, ne répond rien.

Notre-Dame de Consolation, que nous nous
reprocherions de ne pas indiquer, est située au
pied du Capitole, et elle doit son nom aux innombrables miracles qui s'y sont accomplis
depuis l'an 1471.

A Lucques, en Toscane, le pèlerin va saluer
l'église de *N.-D. de la Rose.* Vers l'année 1269,
un jeune berger qui menait ordinairement ses
brebis sur le fossé de la ville, où était bâtie
l'ancienne chapelle, s'aperçut qu'aucun de ces
animaux n'osait approcher d'une grosse motte

6

de terre extrèmement verdoyante. Des épines y croîssaient abondantes. L'enfant, curieux de vérifier, écarte les épines, et découvre au milieu une rose aussi fraîche qu'elle eût été au printemps, et c'était le mois de janvier. Il la prend et la porte à son père, qui à son tour vient examiner les lieux ; cet endroit était précisément celui sur lequel semblaient se porter les yeux de la Madone peinte dans la chapelle. Jusque-là, le prodige pouvait être contesté, mais ce qui le démontra c'est qu'à partir de cet instant le berger, qui était muet, recouvra la parole.

A Fiésolé, parmi les landes qui sont peu distantes de la ville, on remarque des rochers et on y va visiter *Notre-Dame du Roc.* Deux jeunes sœurs conduisaient là leur petit troupeau, et lorsque le soleil était plus ardent elles se retiraient dans l'ouverture d'un de ces rochers, où l'on avait depuis longtemps placé une image de la Ste Vierge. Les enfants, en entrant, se prosternaient pieusement et offraient à Marie leurs hommages. Un jour de la Visitation, 2 juillet, comme elles voulaient pénétrer dans la caverne, Marie leur apparut avec son divin Fils, sur un lieu élevé, au milieu d'une lumière resplendissante. Grande fut la terreur de ces enfants ; mais l'auguste Mère les rassura, et leur fit entendre d'aller chercher leur père. Elle se fit voir à lui de la même façon, et lui dit qu'elle aurait pour agréable qu'on lui bâtit une église en ce lieu. Le vieillard publia cette apparition et ce qui lui avait été enjoint. Il se fit aussitôt un concours général de tous les villages d'alentour : Marie daigna se laisser contempler par cette multitude, au même lieu et de la même manière. On était au 22 août de l'année 1490. Chacun s'empresse de mettre la main à l'ouvrage, mais un peu plus bas que le point marqué par la Ste Vierge : or, chaque nuit, le travail de la veille était détruit, et il fallut en revenir à prendre le lieu précis de l'apparition.

Nous devrions parler de *Notre-Dame des Anges*, près d'Assise ; de *Notre-Dame des Larmes*, près de Spolète ; de *Notre-Dame de la Garde*, près de Bologne ; de *Notre-Dame de la Colombe*, dans le même pays, dont l'étendue fut marquée miraculeusement par une colombe suivant la tradition ; de *Notre-Dame de Milan* ;

de *Notre-Dame de Génesta*, près de Gênes, etc.
L'espace nous manque, et nous n'avons d'ailleurs, dans notre plan, que des indications
générales à donner.

II.

EN ESPAGNE ET EN PORTUGAL.

Ce royaume d'Espagne, autrefois si catholique, en grande partie perverti aujourd'hui par
la Révolution, se proclamait jadis le *royaume
de Marie*. Et que de sanctuaires il lui a dédiés,
et combien richement il les dota ! Là on couvre
les statues de la Sainte Vierge de manteaux
magnifiques, qui changent avec les fêtes, et
dont plusieurs ont valu jusqu'à quatre et cinq
cent mille francs. Pour donner une idée de
cette pieuse prodigalité envers les lieux sacrés,
nous dirons que Sarragosse possédait un ostensoir grand comme une roue de carrosse, en or
pur et massif, avec des rayons couverts de
diamants ; il était estimé cinquante millions.
Ce chef-d'œuvre disparut lors de l'invasion
des Français, en 1808.

A Sarragosse même, des pèlerinages continuels se font à *Notre-Dame del Pilar* ou *du Pilier*; c'est un des sanctuaires du monde les plus connus et les plus révérés. — Lorsque l'apôtre S. Jacques vint évangéliser l'Espagne, le peu de conversions qu'obtenait son zèle l'avait découragé. La T.-Ste Vierge vivait encore ; elle lui apparut sur un pilier de jaspe, à cet endroit, et le consola grandement, l'assurant qu'il viendrait à bout, par ses successeurs, de ce qu'il n'aurait pu faire lui-même, et qu'au reste il ne s'affligeât pas davantage, parce qu'elle avait pris l'Ibérie (c'était alors le nom de l'Espagne) sous sa particulière protection. On croit que S. Jacques bâtit lui-même une chapelle en ce lieu ; c'est, depuis de longs siècles, un temple très-vaste et très-orné.

Citons, seulement sous forme de nomenclature, *N.-D. de la Garde* et *N.-D. du Mont-Serrat*, en Arragon ; *N.-D. de Pucha*, au royaume de Valence ; *N.-D. de Guadalupa*, en Andalousie ; *N.-D. de la Roche*, au diocèse de Salamanque ; *N.-D. des Délaissés*, à Valence.

A Madrid, à l'extrémité des promenades publiques, on visite le temple de *Notre-Dame d'Atocha*, ou *du Genêt*. Certains auteurs croient que l'origine de l'image que l'on y vénère date de l'an 431, époque où fut célébré le concile d'Éphèse contre l'impiété de Nestorius refusant à Marie le titre de Mère de Dieu. Les Arabes, maîtres de l'Espagne, consentirent à ce que cette chapelle fût respectée. Madrid n'était alors, au surplus, qu'une bourgade qui ne pouvait inquiéter beaucoup les vainqueurs. A une époque que les historiens ne précisent pas exactement, la sainte image se transporta d'elle-même à quelque distance, dans un buisson de genêts, et c'est là que fut, par les aumônes des chrétiens, construite la nouvelle chapelle, non sans de grandes difficultés de la part des musulmans, qui se persuadaient qu'on élevait, sous ce prétexte, une citadelle contre eux. Atocha est le lieu de pèlerinage de la cour d'Espagne ; c'est là que se font les cérémonies du mariage des princes, les actions de grâces publiques ; et la piété royale l'avait éclairée de cent grosses lampes d'argent ou d'or, qui brûlaient nuit et jour. On y dépose les étendards pris sur l'ennemi.

Cordoue, si célèbre par son incomparable

cathédrale, l'ancienne mosquée des Arabes (elle a 22 nefs en largeur, sur 32 en longueur), l'est aussi pour son sanctuaire de *Notre-Dame de Sainte-Fontaine*. Un malheureux ouvrier, de qui la femme était paralysée et la fille aliénée, ne cessait de conjurer Marie de lui venir en aide. Elle lui apparut dans la campagne, lui indiqua une fontaine et lui dit d'en puiser l'eau pour la guérison de ses deux malades, que la vertu de cette eau venait de son image, qui y était cachée entre les racines épaisses d'un figuier, à la source. La double guérison eut lieu ; on rechercha l'image, qui était une vieille statue de la Vierge, longue de 50 centimètres, en bois, noire, avec un manteau doré. Une église fut bâtie à l'endroit ; des masses de pèlerins y vinrent, et les miracles se renouvelèrent. C'est là que Thomas Sanchez, l'illustre théologien, obtint miraculeusement la délivrance d'une infirmité de langue qui l'empêchait de suivre sa vocation et d'entrer dans la compagnie de Jésus.

Lorsque, venant de l'Océan, on entre dans le Tage pour aller débarquer à Lisbonne, on aperçoit de loin le sanctuaire de *Notre-Dame d'Arrabida*, qui porte le nom du rocher élevé où elle est assise. Il y avait là naguère un couvent de franciscains qui faisaient l'édification du pays, et que la révolution de 1833 a chassés, comme tous les autres religieux. La proscription fut toujours le côté libéral et brillant de la Révolution. Avant cette fondation, un marchand anglais se rendant en Portugal était poussé par une furieuse tempête contre les rochers de la côte, avec péril imminent de naufrage, lorsqu'il se mit (c'était avant que l'Angleterre fût devenue protestante) à chercher une image de la Ste Vierge qu'il portait dans son navire pour faire ses dévotions ordinaires. Ne la pouvant trouver, il se lamentait en sentant redoubler ses craintes, lorsque, levant les yeux vers le rivage, il vit à la cîme de la montagne une lumière qui lui servait de phare et semblait lui marquer la route. En effet, il put pénétrer au port sans accident. Le lendemain matin, il monta avec ses compagnons sur la montagne pour s'assurer d'où provenait la belle lumière qui l'avait sauvé, car les habitants ne connaissaient rien là de nature à expliquer ce phénomène. Parvenu au terme de sa course, quelle est sa surprise de trouver, sur la pointe même du rocher, la sainte image que vainement il avait cherchée la veille! Tous ensemble se mirent à crier : « Miracle ! miracle ! » Quant au marchand, touché d'un sentiment de reconnaissance, il vendit aussitôt ce qu'il avait dans le vaisseau, bâtit à ses frais la chapelle devenue pèlerinage, et y passa le reste de ses jours, dans un ermitage, à servir la Reine du ciel.

Ce royaume nous offrirait encore *Notre-Dame de Nazareth*, *Notre-Dame de la Lumière* (différente d'Arrabida), *Notre-Dame de la Roche, de la Garde, du Cap, des Vertus ; Notre-Dame du Buisson, des Glaïeuls, de la Grotte, de Ceica; N.-D. des Forêts, de la Rivière, des Remèdes*, etc.: autant de noms touchants et gracieux.

III.

EN ALLEMAGNE, EN SUISSE.

Ici, c'est un volume à part qu'il nous faudrait, et nous n'avons devant nous que peu de pages.

Notre-Dame d'Einsielden, ou *des Ermites*, est une basilique admirable, située dans les montagnes de la Suisse. Ce ne fut, au commencement, qu'un petit ermitage au milieu d'une forêt, où s'était retiré S. Meinrad, de l'illustre famille de Hohenzollern, au neuvième siècle. La belle église actuelle fut édifiée par l'empereur Othon, à la suite d'un avertissement qu'il avait reçu du Ciel. Quand il s'agit de la consacrer, l'évêque résolut de passer en ce saint lieu, qu'il savait singulièrement chéri de la Reine des Anges, une bonne partie de la nuit, avec quelques religieux qui s'offrirent à lui tenir compagnie. Comme ils priaient avec ferveur, voici, vers minuit, que le Sauveur du monde, revêtu d'une chasuble violette, entre dans l'église. Les anges étaient autour de lui, qui encensaient continuellement l'autel ; les quatre évangélistes paraissaient aussi dans le cortége ; ils ôtaient et remettaient la mître que Notre Seigneur portait, suivant les cérémonies de l'Église catholique ; S. Pierre tenait la crosse, et S. Grégoire un autre insigne. Plusieurs autres saints étaient présents et remplissaient diverses fonctions. La consécration se fit ainsi.

Lorsque, le matin, l'évêque raconta aux autres prélats ce qu'il avait vu, ils prirent ce récit pour celui d'un songe, et prétendaient

passer outre, à la cérémonie prescrite par l'É-
glise ; mais on entendit une voix qui par trois
fois dit ces mots : « Arrêtez, frères, arrêtez ! la
consécration est faite ! » — On ne saurait se
figurer le concours qui s'y voit, encore aujourd'hui, de tous les points de l'Europe.

En Styrie, sur le territoire de l'empire au-
trichien, la famille impériale et tout le peuple
se portent régulièrement au sanctuaire de
Mariazell, mot tiré du latin *Mariæ cella*, maison de Marie. Ce pèlerinage est si populaire,
que chaque année un édit de la chancellerie
impériale prescrit le jour où l'on se réunira
pour y aller prier, et chaque province a le
sien ; puis on part, bannières en tête, chapelet à la main, en priant et en chantant des
cantiques. Les diverses fractions se rejoignent
à un endroit traditionnel, pour entrer toutes
ensemble dans la cité de Marie. Le site est
à peu près celui de Notre-Dame de la Garde à
Marseille, de Notre-Dame d'Afrique à Alger,
de Fourvières à Lyon.

En 1157, ce lieu sauvage, peuplé de bergers ignorants et à peine chrétiens, fut
évangélisé par un religieux envoyé d'une

abbaye voisine, qui s'y construisit un ermitage. Il avait apporté avec lui une petite statue de la Ste Vierge, d'un pied et demi de hauteur, faite en bois de tilleul, avec le divin Enfant sur le bras, offrant à sa Mère un fruit rouge. Plusieurs miracles, de conversion d'abord, puis de guérison, attirèrent la foule auprès de cette image ; de-là le sanctuaire.

Notre-Dame de Luxembourg, dans le voisinage de cette ville, est un sanctuaire érigé, en 1624, par les Pères de la Compagnie de Jésus, pour obtenir les bénédictions de Marie sur le pays. Des guérisons éclatantes s'y opérèrent, et le concours de la piété y amena jusqu'à 60 000 pèlerins en quatre ou cinq mois. On y a institué une confrérie sous l'invocation de « Marie consolatrice des affligés ». En 1666, le conseil du gouvernement choisit, par un décret perpétuel, Notre-Dame de Consolation pour patronne de la ville.

A Fribourg en Suisse, on voit la chapelle de *Notre-Dame de Lorette*, construite, vers 1648, par la ville elle-même, sur le modèle de la sainte Maison conservée en Italie.

L'Allemagne et les Pays-Bas possèdent *Notre-Dame de Crupne,* en Bohême ; *Notre-Dame de Cajau, Notre-Dame de Hautmont, Notre-Dame de Dittelbach, Notre-Dame d'Aix-la-Chapelle,* et cent autres sanctuaires fréquentés par la foule des pèlerins, à la suite de prodiges et de grâces de toutes espèce.

IV.

EN FRANCE.

Aucune contrée, du reste, ne l'emporte sur la France pour le nombre des sanctuaires dédiés à l'auguste Reine du ciel. Lorsque, dans ces dernières années, Marie a daigné se faire voir aux hommes, c'est le sol français qu'elle a choisi, c'est aux trois extrémités de notre patrie qu'elle a posé son pied divin, et, dans ce temps de bestialité libre-penseuse, qui ne croit qu'à ce qu'elle palpe et ne connaît d'autre morale que celle qu'elle se forge (toujours commode et large, il faut le dire), notre nation s'est inclinée de nouveau devant ces manifestations de la miséricorde et de la puissance. Car une nation se compose,

à parler vrai, de ce qui l'élève et l'honore par
la vie intellectuelle et supérieure, et non des
couches dégradées qui tentent de l'entraîner
en bas : comme le fleuve est la masse des eaux
s'écoulant majestueusement, et non l'écume
souillée qui rase le rivage et s'y agite sans
fruit et sans but. Aussi sommes-nous le
royaume *très-chrétien*, et nos monarques ont
été appelés les fils aînés de l'Église.

Dans ses *Révélations*, Ste Brigitte raconte
qu'elle vit un jour le bienheureux apôtre de
la France, S. Denys, s'adresser à Marie, dans
le ciel, et la supplier instamment de secourir
le royaume pour lequel il avait autrefois tant
travaillé ; et elle entendit la divine Mère répondre avec tendresse qu'elle le ferait toujours. « Qu'elle le ferait toujours ! » voilà le
secret, peut-être, de ses apparitions dernières,
et, en tout cas, un doux sujet d'espérance,
parmi des tempêtes où il paraît que tout est
perdu. Nous marchons de crise en crise ; rare-
ment un peuple en éprouva de plus terrible
que celle du moment présent, où, sous un
calme de surface, on sent monter la sève de
la corruption, les miasmes de la décomposition latente et profonde se répandre partout,

et gagner jusqu'aux âmes longtemps inaccessibles. Mais Marie a promis de veiller toujours, et sous son manteau nous trouverons la fin des tempêtes, ou du moins nous aurons la force de les braver.

Non loin du lieu où s'élève maintenant le sanctuaire de Lourdes, et à quelques kilomètres de Tarbes, les pèlerins vont visiter, depuis la fin du xve siècle, *Notre-Dame de Garazon,* ou de *Guérison.* — Une petite fille de douze ans, qui gardait ses brebis dans une lande, était assise près d'une fontaine quand la Mère de Dieu lui apparut. Marie semble avoir pour les bergers une prédilection, elle la divine Bergère de nos âmes ! Elle dit à cette enfant d'avertir les autorités du lieu de bâtir une église en son honneur à l'endroit où elle lui parlait. Sans se troubler, la fillette répond qu'elle le veut bien, mais que la Dame devra garder son pain et son sac, pendant qu'elle s'en ira porter la commission. Ainsi fut fait. Quand elle revint, Marie avait disparu ; la bergère visite le sac, et, au lieu de son pain noir, trouve un beau pain blanc qui ravit sa simplicité. Quant aux autorités, elles avaient

ri du message. Le curé, cependant, qui exa-
mina les faits, reconnut qu'ils étaient réels,
et fit appel à la charité de ses paroissiens, et l'é-
glise fut construite. La quantité de miracles
qui s'y opérèrent prouva bien qu'il n'y avait
pas eu d'illusion ; de tromperie, on n'en pouvait supposer dans la simple fille.

Roc-Amadour, dans le Lot, est encore plus
célèbre. On y montait autrefois par 278 degrés, dont il ne reste plus guère que 200.
Le pieux pèlerin a coutume de fléchir les
genoux en abordant cette échelle sacrée, et
de gravir jusqu'au sommet dans cette posture
humble et suppliante, en récitant quelque
prière.

Un pieux solitaire du nom d'Amadour s'é-
tait retiré sur ces rochers, à une époque très-
reculée, au troisième siècle probablement, et y
porta la sainte image qu'on vénère aujourd'hui.
Des livres ont été composés sur les miracles
dus à Notre-Dame de Roc-Amadour. Parmi
les pèlerins qui y vinrent s'agenouiller, on
remarque Charlemagne, Henri II roi d'Angleterre, Raymond comte de Toulouse, le comte
de Montfort, le roi S. Louis, la reine Blanche,

Alphonse III de Portugal, les rois Charles-le-Bel et Louis XI, etc.

A Clermont d'Auvergne, c'est *Notre-Dame du Port*, un des beaux monuments religieux de notre France, fondé au vi^e siècle par l'évêque S. Avit. Son nom lui vient du marché voisin, qui alors s'appelait *le port*. Ce sanctuaire servit de cathédrale jusqu'en 979. C'est là que fut chantée, par ordre du pape Urbain II, la messe d'ouverture du fameux concile où fut décidée la première croisade. Or, cette illustration est peu de chose auprès de celle qu'assurèrent au pélerinage les miracles dont la Reine du ciel le favorisa, et auprès de la dévotion et du concours extraordinaire dont Notre-Dame du Port a été tout temps l'objet. On y voit une statue extrêmement ancienne, noire, dont l'origine n'est pas connue. Tout le monde sait que le moyen-âge, interprétant à la lettre un passage du Cantique des Cantiques, *Nigra sum sed formosa*, aimait à peindre Marie sous cette couleur. La Vierge est assise tenant dans ses bras l'Enfant Jésus, noir comme elle. Elle a un pied de hauteur.

Notre-Dame du Puy est appelée aujourd'hui
Notre-Dame *de France*, depuis qu'on a élevé,
avec les canons pris à Sébastopol, une statue
gigantesque de la Sainte Vierge au sommet
du rocher qui domine la ville. L'édifice, qui
est la cathédrale, est aussi l'un des plus curieux et des plus magnifiques qui soient en
Europe. L'image de Marie est, dit-on, celle que
S. Louis apporta de Terre-Sainte en 1252, et
qu'il tenait du soudan d'Égypte, à qui elle était
venue sans doute à la suite de quelque pillage
d'église par les musulmans. La Sainte Vierge
elle-même, d'après une vieille tradition, aurait guéri à cet endroit une femme malade
qui l'invoquait, et lui aurait déclaré qu'elle
voulait être honorée en ce lieu-là. On croit
aussi, communément, que l'église fut consacrée par des anges, et un double miracle, annoncé par une apparition, en fut la preuve
pour l'évêque : des lumières parurent tout-à-
coup dans le sanctuaire, les cloches sonnèrent
d'elles-mêmes, et les portes s'ouvrirent seules
devant le pontife, comme il s'avançait pour
entrer. L'érection de la nouvelle statue, qui
domine tout le pays, y attire un nombre plus
considérable de pèlerins.

Rien de plus aimable, de plus délicieux, que l'histoire de *Notre-Dame du Folghoat,* au diocèse de Quimper. — Au commencement du xiv° siècle, vivait dans une forêt un pauvre fou appelé Salaün, qui jamais n'avait pu apprendre que ces deux mots de la salutation angélique : *Ave Maria.* Il s'était retiré là après avoir perdu ses parents, vivait d'aumônes, couchait dans le creux d'un arbre, et, le jour, se balançait tristement sur une branche, en répétant sans discontinuer : *Ave Maria ! ô Maria !* Il lui restait assez de raison pour comprendre qu'il faut aimer Dieu et sa sainte Mère. Chaque matin il se rendait à la messe d'un village voisin, et là il n'avait qu'une prière : « O madame Vierge Marie ! » Si les enfants l'insultaient et le poursuivaient en route, il ne se vengeait point, mais, se tournant vers eux, il leur disait : *Maria ! ô Maria !* il leur distribuait les fruits de la forêt qu'il avait cueillis. Pour solliciter un peu de nourriture, il s'exprimait ainsi : « Salaün mangerait bien du pain s'il en avait. » Il passa quarante années dans cet état de privation et de patience. Admirable bonté de Marie ! voici qu'un beau lys croît sur la tombe de Salaün, et sur chacune de ses feuilles on lit en lettres

d'or : *Ave Maria*. On creuse, et l'on trouve que
la tige prenait racine dans la bouche qui si
longtemps ne s'était ouverte que pour louer la
sainte Mère... Une église très-belle fut bâtie
sur le lieu même du prodige. Des ducs de Bretagne, des rois de France, des évêques, des
ministres, d'illustres généraux, y sont venus
prier, rendant hommage tout à la fois à l'humilité exaltée par le Seigneur et à la tendresse
du cœur de Marie pour tous ceux qui seulement prononcent avec amour son nom.

Les Pyrénées sont riches en pèlerinages, et
nous rencontrons là encore *Notre-Dame de Bétharram*, à quelque distance de Pau. *Bétharram*,
dans la langue du pays, veut dire *beau rameau*.
Il y avait déjà longtemps que la chapelle existait sous un autre nom, dans le site charmant
où nous la voyons, lorsqu'une jeune fille
tomba dans les eaux du Gave, qui passe tout
auprès. Elle allait se noyer. Elle s'adresse, par
un élan du cœur, au *Secours des chrétiens*, et
aussitôt une branche se trouve sous sa main,
pour l'aider à regagner la rive. Par reconnaissance pour la Sainte Vierge, qu'elle proclamait
sa libératrice, la jeune fille plaça sur son autel

une branche aux feuilles d'or, qui frappa les regards du peuple : de-là le nom de *Bétharram.*

Ce furent encore deux petits enfants qui, à l'origine, reçurent de la Sainte Vierge avis qu'elle voulait une chapelle à cet endroit, où ils venaient de découvrir une statue de Marie. Sans les écouter, on plaça la statue dans l'église de la paroisse ; mais elle retourna d'elle-même au rocher, et cela plusieurs fois de suite.— On y a aussi dressé en plein air un chemin de la croix magnifique, où du matin au soir on rencontre les pèlerins agenouillés.

Notre-Dame de Liesse, au département de l'Aisne, est la confirmation de ce que nous disions plus haut relativement aux croisades. Vers la fin du XIIᵉ siècle, trois chevaliers picards s'étaient enrôlés pour l'Orient, afin de défendre les saints lieux contre les infidèles. Faits prisonniers en Égypte, le soudan essaya vainement de leur arracher une apostasie, et pour cela leur envoya sa fille Ismérie, qui, les entendant parler de la Sainte Vierge, désira voir son image. Les pauvres captifs ne l'avaient point. Mais, le lendemain matin, ils en trouvent une auprès d'eux, parfaitement sculptée et environnée de lumière. Ismérie entre à ce moment, tombe à genoux et se déclare chrétienne. En même temps, les fers des prisonniers se brisent ; ils s'enfuient du Caire et cherchent à gagner Alexandrie ou Damiette, espérant trouver un navire et pouvoir s'embarquer. Marie apparaît à la jeune fille et lui ordonne de suivre les chevaliers, jusqu'au pays où elle aura la liberté de se faire baptiser et d'embrasser l'Evangile. La lassitude oblige les quatre fugitifs à prendre quelque repos. A leur réveil, de quel étonnement ne sont-ils pas frappés lorsque, promenant leurs regards autour d'eux, ils se trouvent en France, près de Marchais, village du pays de Laon ! Ils rentrent dans leur demeure, portant la miraculeuse statue ; mais le lendemain elle était retournée d'elle-même au lieu où ils s'étaient vus à leur réveil. Instruit de ces évènements, l'évêque de Laon baptise lui-même Ismérie, lui impose le nom de Marie, et fait élever le sanctuaire de Notre Dame de *Liesse*, c'est-à-dire *de joie*.

Au diocèse de Sèes, dans la commune de Couterne, c'est *Notre-Dame de Lignou*, simple chapelle en grande vénération. La petite statue de la Sainte Vierge qu'on y voit, quittant une église des environs, vint se placer en ce lieu-là, sur un églantier aux fleurs blanches ; deux fois reprise, deux fois replacée sur son autel, elle revint à Lignou, où enfin fut bâtie la chapelle.

L'an 633, à *Boulogne-sur-Mer*, le peuple était assemblé à l'église pour la prière, lorsque Marie apparut et annonça à ces fidèles qu'un vaisseau entrait dans leur rade, portant son image, et que cette image devait être placée dans l'église. Elle ajouta qu'en fouillant la terre, à cet endroit, ils trouveraient un trésor qui les mettrait en état de construire un édifice plus convenable. Le vaisseau en effet était dans le port, avec la statue, sans un seul matelot, et sans qu'on pût découvrir d'où il venait. Telle est l'origine du pèlerinage de *Notre-Dame de Boulogne*, extrêmement fréquenté de nos jours même.

La chrétienne ville de Lyon, aujourd'hui sous l'étreinte du jacobinisme, ne désespèrera ni d'elle-même ni de la France, tant qu'elle restera sous la protection de *Notre-Dame de*

Fourvière. C'est un des sanctuaires de Marie les plus fameux, et par l'immense concours qui s'y fait chaque jour et par l'histoire des faveurs célestes qui y ont été obtenues depuis S. Pothin : car c'est à ce grand évêque, disciple de S. Polycarpe, au second siècle, qu'on rapporte l'image vénérée dans cette église.

Que de choses n'aurions-nous pas à dire de *Notre-Dame de la Garde* à Marseille, de la dévotion de cette grande ville pour son sanctuaire, de la procession de la statue qui s'y fait chaque année, parmi des flots de peuple ; des invocations et des actions de grâces qu'y viennent apporter à toute heure les marins, les voyageurs, ceux qui s'embarquent et ceux qui sont de retour !

Nous ne pouvons que nommer, non plus, *Notre-Dame des Victoires*, à Paris, et son Archiconfrérie ; — *Notre-Dame de la Treille*, à Lille ; — *Notre-Dame de Ceignac*, près de Rhodez ; — *Notre-Dame de la Drèche*, au diocèse d'Alby ; — *Notre-Dame de Brébières*, dans celui d'Amiens ; — *Notre-Dame de Bon-Encontre*, près d'Agen ; — *Notre-Dame de Sarrance*, dans les Basses-Pyrénées ; — *Notre-Dame de Grâce*, à

Honfleur, à Toulouse et à Arles ; de *Bonne-Nouvelle*, à Rennes ; — *de Myans*, en Savoie ; — *de la Daurade*, à Toulouse ; — *du Château*, à Tarascon ; — *d'Orcival*, en Auvergne ; — *Notre-Dame des Pauvres* (nom touchant!), dans l'Aveyron, — *de Bon-Espoir* à Dijon, — de *Bon-Secours* à Rouen et à Nancy, — *de Buglose* dans les Landes, — *des Anges* dans la forêt de Bondy près Paris, — *des Doms* et *de Lumière* à Avignon, — *du Laus* à Gap, — *de Verdelais* à Bordeaux, — *de Mont-Rolland* à Dôle, — *de Pradelles* au diocèse du Puy, — *des Ardilliers* à Saumur, — *de Cléry* à Orléans, — *du Cros* près de Cannes, — *de l'Épine* près de Châlons-sur-Marne, — *de Font-Romeu* dans les Pyrénées-Orientales, — *de l'Éspinar* en Provence ; — *Notre-Dame-la-Riche* en Touraine, — *d'Avesnières* à Laval, — *du Chêne* près de Sablé, — *de Thil* en Picardie, — *de Torcé* au diocèse du Mans ; etc, etc. La nomenclature est inépuisable. Voilà bien le *Regnum Galliæ regnum Mariæ :* « Le royaume de France c'est le royaume de Marie ! »

Nous ne saurions, toutefois, omettre la basilique de *Notre-Dame d'Afrique*, élevée par le vénérable évêque d'Alger, Mgr Pavy, et desservie par les prémontrés. Le monument se dresse sur une des collines de l'Atlas, auprès de la mer. C'est le premier objet qu'aperçoit sur la côte d'Afrique le navigateur qui vient de France : il se trouve ainsi placé entre Notre-Dame de la Garde à Marseille, et Notre-Dame d'Afrique en Algérie. Chaque samedi, un office y est célébré pour les âmes de ceux qui ont péri dans les flots, avec absoute solennelle donnée sur la terrasse, en face de la Méditerranée. Puisse la divine Mère répandre sur cette vaste colonie les bénédictions dont elle a besoin, et amener le cœur des infidèles, musulmans ou incrédules, à cete vraie foi sans laquelle rien ne se fonde, rien ne se développe, rien n'a vie ! [1]

[1] N'y a-t-il pas lieu de s'étonner, après ce que nous venons d'emprunter à l'histoire, d'entendre un politique trop connu, historien lui-même, déclarer à la commission de permanence de l'Assemblée Nationale que « les pèlerinages *ne sont point entrés* dans nos mœurs... » ?

LIVRE SECOND.

LE PONT-MAIN.

« O pia Virgo, non immeritò ex ore tuo
pendet consolatio miserorum, redemptio
captivorum, liberatio damnatorum, salus
deniquè universorum :

« *O Vierge pleine de bonté, ce n'est point*
sans cause que de vos lèvres découlent la
consolation des malheureux, le rachat des
captifs, la délivrance des condamnés, le
salut de tous en un mot. »
(S. BERNARD, *Homil.* IV).

Préliminaires.

Oui, si la terre appartient tout entière au
Seigneur, si on le doit humblement invoquer
partout, il y a certains lieux cependant où il
aime à faire éclater davantage sa présence et
ses bienfaits. Là il est en quelque sorte plus
près de nous, là nous nous sentons plus près
de lui, là nos cœurs s'abandonnent avec plus
de bonheur aux sentiments de la foi, de la

confiance et de l'amour. Est-ce qu'il n'est
pas également le créateur, le maître et le
père de toutes les âmes, encore qu'il en élise
quelques-unes pour être l'objet privilégié de
ses inspirations et de ses grâces ? Qui osera
demander compte de ses préférences et de ses
desseins à cette adorable Majesté ? Le chrétien
considère, admire, remercie, et travaille à recueillir pour sa vie personnelle le fruit de ces
manifestations et de ces miracles de tendresse :
c'est, en pareil cas, tout ce qu'exige de lui la
Providence.

Or, les lieux ainsi choisis deviennent à leur
tour l'objet du concours et du culte des fidèles : ce sont les pèlerinages. Nous venons de
voir qu'ils furent de tout temps en usage dans
l'Église, que l'Église les approuve et les bénit, attachant à leur fréquentation des indulgences précieuses, plénières quelquefois. Elle
même nous en prescrit quelques-uns dans
la sainte liturgie : car qu'est-ce que les processions, sinon des pèlerinages abrégés ? Chaque dimanche avant la grand'Messe, chaque
année aux reposoirs de la Fête-Dieu, ou quand
le prêtre, suivi de sa paroisse, parcourt les
champs pour invoquer sur eux la fécondité

qui vient du ciel, c'est un pèlerinage qui s'accomplit.

Nous avons vu encore avec quel universel et contagieux empressement l'Europe catholique, pendant de longs siècles, se porta aux lieux où le Fils de Dieu a vécu et pour nous est mort, et aux sanctuaires illustrés par quelque prodige. — Ces sanctuaires, nous en avons tracé le tableau, du moins pour les plus célèbres, après avoir indiqué plusieurs des saints qui les ont fréquentés avec une plus grande dévotion, et qui y trouvèrent un aliment pour le développement de la vie surnaturelle en eux. Nous sommes allés de pays en pays, de basilique en basilique, de chapelle en chapelle, relevant avec joie, particulièrement, — puisque tel est ici notre but, — soit les témoignages de l'intervention maternelle de Marie dans le pèlerinage terrestre de ses enfants, soit la reconnaissance de ceux-ci et les monuments qui l'attestent, au courant des siècles et de l'histoire.

Ces origines, pour la plupart, sont merveilleuses, autant qu'aimables et touchantes. Eh bien, au moment où le zèle des bons se réveille pour les voyages de la piété ; lorsque

nous voyons dix, trente et quarante mille pèlerins, deux cent mille même (comme cela
vient de faire en Hongrie), reprendre, avec le
bourdon, le chemin des sanctuaires sacrés, et
faire entendre les hymnes de la foi publique
aux oreilles de l'impiété qui blasphème, mais
qui frémit, nous nous sentons pressé de dire
à ces pèlerins fervents : Nulle part plus qu'au
Pont-Main Marie ne s'est montrée miséricordieuse, ne s'est montrée mère digne des hymnes de la gratitude et de l'enthousiasme. De
quelque côté, dans quelque détail, sous quelque préoccupation qu'on étudie cette apparition, il est un caractère dominant qui sur
tous les points triomphe : une ineffable tendresse ! Les circonstances, le lieu, les dispositions, les paroles écrites, les enfants, les signes célestes, font un ensemble d'une douceur infinie, dont il n'y a pas, croyons-nous,
d'autre exemple aussi parfait dans les annales das hommes. On s'en convaincra tout-à-
l'heure.

La foule s'est portée dans cet humble village ; tous les jours elle s'y presse, tous les
jours on voit couler de ses yeux des larmes
d'émotion devant la statue bleue, couverte

d'étoiles, dressée au-dessous du point où la Reine des anges s'est laissée contempler et a daigné signer pour nous une lettre de délivrance prochaine ; mais cette foule augmentera ; elle remplira la vaste église dont les fondations commencent, et de tous les cœurs s'échappera le même cri : « Jamais parmi les hommes on n'entendit semblable chose ! »

En écrivant, au début du xviie siècle, son livre, si riche et si plein, de la *Triple couronne de la Mère de Dieu* « tissue de ses principales grandeurs », le P. François Poiré, désireux d'y faire entrer tout ce que les siècles ont produit de plus pieux, de plus grand, de plus éloquent, à la louange de Marie, remarque que l'offrande d'une *couronne* est l'hommage qui représente le mieux les sentiments dont son ouvrage doit être l'expression. Mais, dit son récent éditeur en l'analysant, une simple couronne n'eût pas exprimé suffisamment la haute royauté de la Reine du ciel. Sur la terre, l'Eglise ceint le front du Vicaire de Jésus-Christ d'une couronne triple, pour signifier la plénitude de la royauté spirituelle qui réside en lui : Marie devait, à plus forte raison, recevoir les honneurs du *trirègne*, et avec d'autant plus de justice que nous honorons en elle trois qualités principales dans lesquelles se résument toutes ses grandeurs. Ces trois qualités sont *l'excellence, le pouvoir et la bonté !* — *L'excellence* consiste dans une prérogative tellement élevée, qu'on ne peut concevoir au-dessus que la Divinité même : c'est la maternité divine. Le *pouvoir* de Marie procède de son excellence même, et n'a pas de limites : elle règne après Dieu et avec Dieu, La *bonté* est l'apanage de cette immense suprématie : la Mère de Dieu devient par adoption la mère des hommes et de toute créature ; le sceptre de la miséricorde est placé entre ses mains.

Excellence pouvoir, bonté, s'unissant par une triple alliance sur le front de Marie : tel est le diadème dont elle paraît spécialement ornée dans l'événement qui nous ocupe. L'excellence, car elle s'y montre en reine, ayant à ses pieds la terre ; le pouvoir, car elle commande, et les étoiles se rangent autour d'elle comme des serviteurs empressés, la bonté, car c'est la paix qu'elle annonce, et en l'annonçant elle sourit aux messagers d'espérance qu'elle a choisis.

Ne prolongeons pas trop ces réflexions. Et pourtant, comment taire entièrement toutes celles que suggère une si extraordinaire et si consolante apparition ?

De toute évidence, elle ne s'est pas produite au hasard. Ce n'est pas même un de ces miracles que nous appellerions *de détail*, et qui ne s'adressent directement qu'à une seule âme ou au petit nombre : il a des rapports significatifs avec l'état de la France et de l'Église, et il semble naturel de le rattacher à un plan de miséricorde, envers notre malheureux pays surtout.

De tout temps la France appartint à Marie. Nous entendions, quelques pages plus haut, la révélation de Ste Brigitte qui la concerne ; nous signalions le grand nombre de lieux de dévotion envers elle qui couvrent nos provinces ; mais cette dépendance apparaît mieux encore depuis le vœu de Louis XIII consacrant solennellement le royaume à la Mère de Dieu par son édit du 10 février 1638. — « Nos » mains, y est-il dit, n'étant pas assez pures » pour présenter nos offrandes à la pureté » même, nous croyons que celles qui ont été » dignes de la porter en feront des hosties

» agréables... A ces causes, nous avons déclaré
» et déclarons que, prenant la très-sainte et
» très-glorieuse Vierge pour protectrice spé-
» ciale de notre royaume, nous lui consacrons
» particulièrement notre personne, notre Etat,
» notre couronne et nos sujets, la suppliant
» de nous vouloir inspirer cette sainte con-
» duite, et défendre avec tant de soin ce
» royaume contre l'effort de tous ses ennemis,
» que, soit qu'il souffre le fléau de la guerre
» ou jouisse des douceurs de la paix que nous
» demandons à Dieu de tout notre cœur, il ne
» sorte point des voies de la grâce, qui con-
» duisent à celles de la gloire. » Noble et chrétien langage, où l'on reconnaît avec joie que
le progrès n'avait point encore séparé la société
de Dieu, et constitué la loi sur un athéisme
plus ou moins avoué ! Et la France comprit
alors et accepta ce langage, et, sauf les années
de la barbarie jacobine, elle a continué de le
comprendre et de l'accepter, en faisant chaque
année, le 15 août, fête principale de Marie,
dans une procession publique, mémoire et
renouvellement de ce vœu.

La France donc appartient à Marie, et, si
nous scrutons l'action de cette bonne Mère sur

nous, nous la trouvons l'exerçant à chaque époque désastreuse qu'il nous faut traverser.

— « Étonnante nation que ces Français, disait un pape au siècle dernier : ils passent la journée à faire des sottises qui tueraient tout autre peuple, et pendant la nuit le mal est réparé par enchantement! » La main de Marie, n'en doutons pas, est cet instrument de notre salut social.

Quand éclata l'horrible tempête de la Révolution, qui devait faire couler tant de sang, détruire les institutions séculaires, porter au timon de l'État les scélérats les plus hideux, c'était le moment de l'expiation, dès longtemps prévu, dès longtemps annoncé, et notre divine protectrice, en laissant se développer l'orage, ne lui permit pas de sévir jusqu'à la ruine complète. A elle sont dus, nous le croyons, cet incomparable courage, cette sublimité d'attitude, cette résignation héroïque et profondément chrétienne, des victimes frappées par le bourreau de la *liberté*, de *l'égalité*, de la *fraternité* révolutionnaires : résignation, attitude et courage, qui sont l'honneur peut-être le plus incontestable de notre histoire. Et cependant, à la vue de tant de crimes, au

spectacle d'une si monstrueuse inhumanité,
d'une impiété forcenée qui outrageait en face
Dieu, la justice, la raison, le monde, la Sainte
Vierge fit comprendre sa douleur. C'est l'époque de ces madones nombreuses qui, devant
des milliers de témoins, versèrent des larmes
dans les sanctuaires d'Italie. Les récits, attes-
tés avec toutes les garanties possibles, en ont
été faits souvent, et occupent plusieurs pages
de l'histoire de l'Église.

En 1830, la Révolution se donne de nouveau
carrière, et l'usurpation, qui l'a déchaînée à
son profit, est impuissante à la contenir. Les
croix sont abattues, l'archevêché de Paris
pillé, le clergé insulté, l'existence même de
l'Église menacée; la Révolution, écrasée par
l'indignation et le mépris, relève la tête et
prétend continuer son œuvre interrompue.
Les bons tremblent, les méchants se réjouissent à grand orchestre. « Jusqu'en 1830, écrivait il y a peu de jours M. Louis Veuillot, la
religion avait été insultée et persécutée, mais
non pas atteinte dans le cœur des populations.
Les bourreaux et les spoliateurs, malgré leur
puissance et leur richesse, restaient notés
d'infamie. Le débordement de 1830 submergea

la conscience publique. Ce fut le régime de
Louis-Philippe qui commença véritablement
de détruire la foi et de ruiner l'âme chrétienne
de la France. Ces hommes qui n'étaient plus
chrétiens, ce roi qui se laissait appeler le dernier voltairien de son royaume, ne surent pas
ou ne voulurent pas savoir pour quelle part
dominante le christianisme entrait dans le
sentiment de la patrie. Ils crurent que la foi
se pouvait remplacer par le drapeau tricolore,
l'Évangile par le livre des *Victoires et conquêtes*
et le Code civil, le Dieu-Christ par le dieu-
Napoléon. Ils livrèrent l'enseignement moral
au maître d'école, au journal, à la caricature. »
Les dangers de perversion se faisaient aussi
redoutables que jamais, et le triste, le désolant
avenir que nous devions traverser se montrait
déjà dans ses germes.

Marie vient à nous, dans ces crimes de la
horde impie, dans ces périls de la religion et
des âmes : apparaissant à une sœur de la
Charité, elle veut qu'on ait recours à l'Immaculée Conception, qu'une médaille soit frappée
en son honneur, et promet de veiller spécialement sur ceux qui la porteront. C'était encore
œuvre de vigilante commisération. Sa voix est

entendue; la médaille se répand, les fidèles
l'acceptent et la bénissent comme une sauvegarde, et d'innombrables miracles, dont on a
fait des volumes, justifient la confiance et
récompensent la prière.

Ici, qu'on nous permette de reproduire une
excellente page insérée, le 20 avril 1872, dans
la *Semaine religieuse* de Laval.—«Tout le monde
a remarqué, y est-il dit, que les apparitions
miraculeuses se produisent plus fréquemment
à certaines époques que dans d'autres. Ainsi,
au XVIIIᵉ siècle on dirait vraiment que, en présence de la négation du surnaturel, et de la
défense faite à Dieu de rien modifier à l'ordre
établi par lui, sa justice a paru obtempérer,
jusqu'à un certain point, à l'insolence de nos
mécréants, afin de les abandonner à leurs
ténèbres et à leur sens réprouvé. Mais, sitôt
après la cruelle expiation subie par la France,
avec quelle abondance se sont manifestés les
témoignages des miséricordes divines! Les
héritiers du positivisme ont eu beau s'enfoncer
dans la matière et déclarer que, à l'égard des
faits extraordinaires, l'épreuve des sens et le
contrôle de la science étaient nécessaires, les
faits surnaturels ont surgi plus nombreux. Ne

pas croire à un événement à moins qu'il ne se soit accompli en forme, et devant une commission nommée par l'Institut, était passé en règle de foi ; *mais*, dit l'Écriture, *ils se sont égarés au milieu des ténèbres ; Dieu confond la sagesse des superbes.*

» En Belgique, à Paris, à Poitiers, à la Salette, à Lourdes, les faits les plus authentiques sont venus renverser leurs stupides négations. Des millions de croyants leur ont prouvé qu'ils n'avaient nul besoin de leurs prétendues formules scientifiques pour être convaincus de la vérité de faits palpables, appuyés par tant de témoignages divers. Malgré les objections d'une prétendue science, en effet, le bon sens a toujours pu constater des guérisons que la médecine, impuissante, ne pouvait espérer. »

Et l'auteur ajoute, sur le Pont-Main : « Mais voilà qu'aujourd'hui la Providence semble vouloir bafouer nos aveugles savants et se rire de leur outrecuidance en se manifestant authentiquement. Ce n'est pas à des académiciens ni à des savants, ni à des hommes d'un âge mûr, qu'elle s'adresse, mais à de simples enfants, à peine sachant lire et écrire. O orgueil

de la science, qui ne veux pas comprendre
qu'en fait d'objets de foi ta puissance ne peut
s'éleverbien hautsanssebriser infailliblement,
c'est à toi que s'adressent ces coups de massue
sous lesquels tu murmureras quelques mots
sonores qui n'expliqueront rien, et qui ne
feront pas tomber les écailles de tes yeux !

» C'est ainsi que la croix de Migné, près
Poitiers (26 décembre 1826), apparue à la
clôture d'une mission, en présence de trois à
quatre mille témoins, catholiques et protes-
tants, à une heure à laquelle ni le soleil ni la
lune ne pouvaient produire la moindre illusion d'optique, a couvert une paroisse entière
sans ébranler l'incrédulité systématique de
nos savants. Il en a été de même des faits de
la Salette (1846), de ceux de Lourdes (1856),
où l'opposition combinée du pouvoir et de
certains savants n'a fait que constater plus
authentiquement leur mauvaise foi et leur
ignorance.

» Enfin, il en sera encore ainsi du Pont-
Main. Là encore, ce ne sont pas les savants ni
les habitants d'une ville opulente qui ont été
témoins de faits irrécusables, mais un village
ignoré, et six enfants dont l'aîné n'avait pas

13 ans. On aura beau se rejeter sur la supercherie, l'illusion, le mensonge : tous les détails sont sérieux, d'une précision écrasante pour l'impiété. Non, de quelque côté que l'incrédulité se tourne, elle se heurte à l'absurde et fait ressortir avec plus d'évidence la vérité de l'apparition du Pont-Main. »

Mais les temps se préparent à devenir pires encore. Le travail public du dimanche , le mépris pour les commandements de Dieu affecté par la bourgeoisie du régime de Juillet, les blasphèmes dont à chaque instant et partout l'oreille chrétienne est déchirée, les aberrations d'une pseudophilosophie qui n'établit rien et nie tout, les emportements d'une presse scandaleuse qui ne respecte absolument rien, et qui distille à plaisir le poison sur les masses égarées, vont susciter une autre fois la divine justice, lui mettre le fouet à la main. Marie est toujours là, protégeant le pays qu'elle aime, attentive à ses épreuves : tout-à-coup, en 1846, on apprend qu'elle s'est montrée à deux petits bergers, annonçant les châtiments près d'éclater et invitant les pécheurs à pénitence. C'est du haut d'une montagne

qu'elle parle, dans cette solitude élevée devenue si célèbre, depuis, sous le nom de la *Salette*.

Nous n'avons rien dit de ce pèlerinage, au
chapitre où nous parcourions les plus connus :
la place était vraiment ici, où apparaît la
liaison de ces manifestations diverses.

Donc, à la Salette Marie nous avertit du
courroux divin ; elle porte sur la poitrine un
crucifix, avec les instruments de la Passion :
ses larmes ruissellent sur l'image de son
Fils. Et c'est bien, ainsi que l'observe un récent écrivain, le mot de plusieurs Pères de
l'Église, que Marie est la véritable croix, le
véritable autel, sur lequel Jésus s'immole
pour nous. — « Au calvaire, elle était debout,
elle voyait son Fils : ici, elle est seule, et elle
tombe accablée ; son Jésus est absent. Elle n'en
porte que l'image crucifiée sur sa poitrine.
Dix-huit siècles ont passé sur les fruits de la
Rédemption, l'expérience en est faite : le sang
de son Fils a été inutile au grand nombre des
hommes, et l'avenir ne semble lui montrer encore qu'un abus coupable de ses lois et de ses
sacrements ! A cette vision, son âme entre dans
une sorte de tristesse divine ; sa tête appesan-

tie s'incline, ses mains défaillantes ne la peuvent plus soutenir : elle va s'asseoir tristement sur un rocher solitaire, semblable à Jésus sur la montagne des Oliviers ; mais pas un arbre n'est ici pour l'abriter de son ombre, dans ce nouveau Gethsémani. Et que nous dit-elle ? *Depuis le temps que je souffre pour vous* ! Quel doux reproche ! Oui, voilà bientôt deux mille ans qu'elle souffre pour le monde, et le monde n'y songe pas ! [1] » Elle souffre, non pas pour elle, non pas même en elle, car Marie est à jamais glorifiée, mais en nous et pour nous, qui en tenons si peu compte.

Les avertissements de Marie ne convertissent pas la multitude ; ceux qui se croient savants se prennent à sourire, les esprits grossiers ricanent, les infirmes de morale s'irritent, les politiques flairent une déception, une conspiration même, et dissertent de gendarmes... Beaucoup croient, pourtant ; des milliers de pèlerins graviront les côtes abruptes, les impraticables sentiers de la sainte

---

[1] *La Salette, Lourdes, Pontmain*, par M. le comte Lafond, p. 91.

montagne ; la piété y dressera un édifice
vraiment catholique ; les miracles confirme-
ront cet empressement, cette confiance et cette
foi. Ils devaient suffire à dessiller les yeux
des insensés et des distraits. Il en fut peu de
chose, pas assez : car, un peu de temps encore,
et la société, démoralisée par le régime bâtard
et corrupteur qu'elle s'est donné, va se trouver inopinément sur la pente d'un gouffre
d'où les nations ne se lèvent pas. Les pavés
détruisent à grand bruit, en 1848, ce qu'a-
vaient fait les pavés de 1830, et voici que la
France tombée tout-à-coup sous les mains qui
tuent, n'ose croire à son lendemain !

Après les horreurs de juin, un peu d'ordre
se fait cependant ; beaucoup, éclairés par les
lueurs sinistres de la tempête, ont semblé re-
venus à Dieu et résolus à pratiquer des voies
meilleures. Combien de temps ont duré ces
bons propos ? Nous le savons tous. Quelques
années à peine s'écoulent, et déjà la guerre à
Jésus-Christ se rouvre avec une frreur inima-
ginable. On ne prêche plus que le bien-être,
on se raille du désintéressement et de la fidélité ; une presse éhontée verse sur le chef au-

guste de l'Église des flots de rage, de calomnies, de méchancetés perfides, et lâche sur
lui, de connivence avec un gouvernement
aveuglé, des bandes de routiers et de malan-
drins incapables d'un autre sentiment que
celui de leurs appétits. Toucher à son Église,
c'est toucher Jésus-Christ à la prunelle de
l'œil : il se lèvera. *Exurgat Deus, et dissipen-
tur inimici ejus !*

Un orage plus épouvantable que les autres
est à nos portes ; la langue des rhéteurs s'ai-
guise, en même temps que le stylet ou l'arme
à feu des assassins ; les antres de la démagogie se repeuplent, retentissent d'effroyables
projets où la société, dans ses bases essentiel-
les, reçoit les mêmes outrages que Dieu, car
les ennemis de Dieu sont aussi les ennemis de
ses œuvres : c'est justice.

Marie vient une troisième fois nous avertir,
nous inviter à la pénitence, dans la grotte de
Lourdes.« Pénitence ! pénitence ! pénitence ! »
répète-t-elle à l'enfant qu'elle honore de ses
communications. Elle se montre sous le nom
de l'Immaculée-Conception : elle tient ses yeux
fixés sur ceux de Bernadette ; et, quand la
foule se presse autour de la voyante, de temps

en temps Marie promène ses regards sur la foule avec une douce tendresse. Elle ne menace plus ; mais elle invite à venir à elle ; elle sollicite, pour ainsi dire, la confiance de tous : car elle sait que bientôt, grâce à la multitude des pèlerins qui accourront la supplier en ce lieu, elle intercèdera plus efficacement auprès de son Fils pour nous obtenir des jours d'apaisement et de pardon.

De quelle nécessité ils sont pour nous, ô mon Dieu ! quels renversements, quelles catastrophes, quelles convulsions ne subissons-nous pas, et surtout n'avons-nous pas lieu de prévoir ! La société présente vit sur deux ou trois mensonges dont elle se gonfle, sans réfléchir que le mensonge ne peut autre chose que faire périr ses adorateurs. Dans une des audiences accordées pendant le mois de mai 72, le Souverain-Pontife le disait avec tristesse à des dames étrangères qui lui présentaient une adresse de dévouement : « Non-seulement tou» tes les âmes vraiment chrétiennes, mais » toutes les âmes élevées et droites, songent à » la situation présente de la société humaine. » En la voyant comme un navire agité par les » vents au milieu d'une mer orageuse, exposée

» à perdre, d'un moment à l'autre, le gouvernail
» qui sert à la diriger, pour être abandonnée au
» milieu des écueils du communisme, de l'in-
» crédulité, du socialisme, elles élèvent toutes
» les voix au ciel et s'écrient : Seigneur, sauvez-
» nous ! secourez-nous, parce que nous allons
» périr ! Secourez-nous avec votre bénédiction
» pour éloigner le péril et replonger dans les
» profondeurs de l'enfer tous ces professeurs
» de doctrines diaboliques qui voudraient
» faire de la société une réunion de bêtes
» féroces, destinées à se dévorer à plaisir ! »

Elles sont venues, les bêtes féroces, et nous
savons ce qu'elles ont fait, ce qu'elles promet-
tent encore de faire si la Providence ne les mu-
selle à temps. La pensée recule consternée
à l'image d'un nouveau jour de triomphe pour
elles. On a beaucoup prié, des communautés
ferventes se sont livrées à des expiations solennelles ; d'autres sont restées prosternées, le
jour et la nuit, aux pieds de Jésus-Christ dans
son tabernacle ; des âmes possédées de l'amour
du bien et de l'amour de leur patrie ont multipliés prières et aumônes pour apaiser l'éternelle justice.

Mais la guerre à déjà dévoré ses victimes, la Commune attend les siennes, et prépare au monde une de ces saturnales sanglantes qui jettent le désespoir au fond des cœurs. C'est alors qu'une troisième fois Marie se montre à la France pour l'exhorter à deux choses : *prier*, *espérer*. Oh ! qu'elle a été justement nommée, au Pont-Main, *Notre-Dame de* l'Espérance !

A la Salette, elle pleure ; ses paroles sont des reproches et l'annonce des malheurs attirés par les péchés des hommes ; à Lourdes, elle veut qu'on la supplie avec plus d'unanimité ; au Pont-Main, elle sourit en contemplant les enfants, et elle vient proclamer, si nous prions toujours, la fin de nos terribles épreuves.

Plusieurs saints personnages (c'est la remarque d'un écrivain chrétien), comme Léonard de Port-Maurice et Anna-Maria Taïgi, avaient dit-on, prédit que la définition du dogme de l'Immaculée Conception serait l'aurore de beaux jours pour la sainte Église. Or, depuis cette définition, la barque de Pierre est cruellement battue par les flots. Quatre ans après, Marie, en venant à Lourdes (1858) affirmer son immaculée conception, ne semble-t-elle pas

vouloir raffermir la foi chancelante de tous
ceux qui, trop impatients, oubliaient que Dieu
est éternel, et que pour lui les années sont
comme si elles n'étaient pas ? « Enfin, voici
que, au sein des calamités les plus effroyables,
la divine messagère daigne se manifester : nouvelle colombe échappée du ciel, elle vint sur la
terre annoncer la fin du déluge de tant de fléaux
conjurés contre l'Eglise et contre la France.

Priez, mes enfants ; mon Fils se laisse toucher :
paroles pleines de douceur, bien propres à
augmenter l'espérance et la foi au cœur du
vrai chrétien ! Depuis le miracle accordé à
l'humilité de l'empereur Constantin, c'est
peut-être la première fois qu'une inscription est remarquée dans l'atmosphère. L'historique *In hoc signo vinces* (tu vaincras par cet
étendard) recevait toute sa force de la présence simultanée de Notre-Seigneur et de la
croix miraculeuse : de même les promesses de
paix au Pont-Main sont garanties par la présence de celle que l'Église « affirme être puissante comme une armée rangée en bataille »[1].

---

[1] *Semaine religieuse de Laval,* 27 mai 1871,

Oui, cette vision, nous le répétons, a surtout un caractère consolant. Pendant cette apparition de trois heures, la Vierge sourit aux enfants presque sans interruption : elle veut les rassurer, et par eux leur famille, leur pays, sur ces catastrophes lamentables que, dans un état de choses qui repose sur le néant du bien et sur l'exaltation des passions mauvaises, chacun prévoit, prédit et redoute. Et à ceux qui aimeraient à envelopper leur ingrate quiétude dans l'indifférence ou dans la négation du prodige nous dirons, avec le P. Vandel [1] : « Il n'y a rien d'étonnant que Marie descende du ciel pour visiter ses enfants dans leur malheur, pour les consoler et les relever. C'est le contraire qui surprendrait. Dans les temps extraordinaires, Dieu intervient d'une manière extraordinaire. Or, les maux qui affligent la France depuis deux ans ne sont pas ordinaires. Il y a du surnaturel d'en-bas, par l'action combinée de l'Enfer et de la Révolution : pourquoi n'y aurait-il pas du surnaturel d'en-haut, par l'action combinée du Ciel et

---

[1] *Impressions d'un pèlerin*, ou l'École de Marie à Pontmain, p. 15.

des enfants de Dieu ? C'est l'histoire de l'humanité dès le commencement du monde. »

Le même auteur ajoute en note cette remarque : « Dans l'apparition de la médaille miraculeuse, il y a des paroles, une inscription, des manifestations variées : il n'y a qu'un témoin, une sœur de Charité. Dans l'apparition de la Salette, en 1846, il y a des paroles, des manifestations variées : deux enfants sont témoins. Dans l'apparition de Lourdes, en 1858, il n'y a qu'un témoin, la jeune Bernadette ; mais la vision est répétée dix-huit fois ; des milliers de personnes voyaient l'enfant pendant l'apparition ; il y a eu des paroles. Dans l'apparition *de* Pontmain, en 1871, il y a eu six témoins pendant trois heures ; il y a eu une inscription et des manifestations merveilleuses. — A la suite de chacune de ces quatre apparitions de la Très-Sainte Vierge en France, de nombreux et éclatants miracles se sont opérés. — En 1830 et 1832, Marie apparaît dans une chapelle, près de l'autel ; — en 1846, elle se montre sur une montagne ; les deux enfants la voient d'abord assise sur une pierre, puis debout auprès d'eux ; — à Lourdes, en 1858, elle est élevée,

dans une grotte du rocher ; en 1871, à Pont-
main, elle paraît dans les airs, à plusieurs
mètres au-dessus d'une maison. » Comme si
elle eût voulu protéger les habitations des
hommes contre la fureur des sauvages préten-
dus civilisés qui les brûlent au nom du progrès anti-chrétien.

Mais il est temps, après ces observations, de
pénétrer dans le cœur de notre sujet.

Afin de présenter les choses avec cette clarté
qui les fait saisir plus nettement, et qui est un
besoin de tout esprit de bon lieu, nous divi-
serons la matière en plusieurs chapitres :
— *le lieu* de l'apparition ; — *les circonstances*
dans lesquelles elle s'est produite ; — *les personnes* qui y remplissent un rôle ; — *le fait*
lui-même avec ses détails ; — comment il a
été apprécié par l'autorité ecclésiastique ;
— comment il s'impose à la bonne foi de tous,
et combien vaines sont les objections ; — comment la Très-Sainte Vierge l'a confirmé par
des grâces singulières de toutes sortes ; —
l'instruction que nous en devons retirer ;
— l'état présent du pèlerinage, le concours
des pèlerins.

I.

Le lieu.

L'ancienne province du Maine, et surtout la partie qui a reçu le nom de Bas-Maine, appartient à cette zône de l'Ouest de la France qu'on appelle le *pays bocage,* célèbre par les guerres de la Vendée et de la Chouannerie. Humide et assez froide, elle est couverte d'une admirable végétation. Prairies toujours vertes, ruisseaux abondants, rivières nombreuses aux cours les plus capricieux, arbres magnifiques, haies vives autour des prés et des champs, chemins creux et pittoresques, formes onduleuses du sol imitant souvent vallées et montagnes : voilà sur quoi se repose partout l'œil ravi du voyageur, pourvu qu'il y arrive pendant les quatre ou cinq mois de la belle saison : restriction toujours nécessaire lorsqu'il s'agit de ces contrées appelées, par euphémisme sans doute, les latitudes *tempérées.*

Or, dans un coin du Bas-Maine, qu'on

nomme plus spécialement encore le Petit-Maine, à l'extrémité Nord-Ouest du département de la Mayenne et confinant à l'Ille-et-Vilaine, se trouve un modeste bourg, peuplé de quatre à cinq cents habitants, si l'on y joint les villages environnants qui relèvent de la paroisse, et de deux cents seulement pour l'agglomération principale : c'est le PONT-MAIN [1].

---

[1] Nous devons compte à nos lecteurs de l'orthographe de ce nom tel que nous l'écrivons ici. La plupart de ceux qui ont publié des travaux sur l'apparition, les journaux de Laval même, quelques livres de piété imprimés pour l'usage des pèlerins, écrivent *Pontmain*, sans l'article et sans la division du mot. Quant à cette division, respectée encore dans quelques-unes des affiches que l'on voit au Pont-Main même, et dans le premier récit imprimé de l'événement (il est dû, croyons-nous, à Mme Bezeau, de Nantes, zélée propagatrice du culte de la Sainte Vierge), on s'assurera bientôt, par l'histoire du lieu, qu'il est convenable de la maintenir. L'article est plus indispensable encore, on le verra également. Les anciens actes, consultés, le portent généralement, et les habitants ne disent jamais que *Le Pont-Main* : « Nous allons *au* Pont-Main, — Nous revenons *du Pont-Main*, — Nous avons passé par *Le Pont-Main*. » C'est donc faire fausse route que d'orthographier autrement. A qui arrivera-t-il de dire : « Je sors *de* Mans, *de* Hâvre, *de* Rochelle, *de* Puy, *de* Ciotat ; Je pars pour Hâvre, Puy,

Le Petit-Maine proprement dit, arrosé par les rivières de la Bignette et de la Fustaye (ou d'Airon), qui constituent sa frontière du côté de la Bretagne, forme une espèce de presqu'île. Le Pont-Main, dans ses beaux jours, en était la capitale, du moins par le séjour des seigneurs. Capitale peu importante, croyons-nous en dépit des assertions rétrospectives de plusieurs historiens que les derniers évènements ont mis en éveil, et qui suivent trop complaisamment la pente, maturelle en tel cas, à tout grossir, à tout exagérer. Si le Pont-main avait eu la grandeur qu'on lui prête, les annales du Maine en feraient une mention plus

Rochelle, Mans, etc. »? Le vieux dicton rimé du Petit-Maine n'est pas moins exprès sur ce détail :

« *Lorsque Paris se brûlera,*
Le Pont-Main se relèvera. »

Ce point, nous en convenons, est de peu d'importance, mais encore était-il bon de le signaler, et de ne pas donner lieu de croire que nous innovons sans droit et sans motif. Un ecclésiastique savant et distingué du Mans, M. l'abbé Lochet, a le premier appelé l'attention publique sur ce chef, et il conclut comme nous le faisons après lui. — Remarquons, enfin, qu'un autre centre de population des environs s'appelait *Le Pont-Aubrée* ou *Aubrays*.

fréquente ; et ce qu'elles en disent ne mène guère qu'à des conjectures.

Quoi qu'il en soit, ce n'est aujourd'hui qu'une humble paroisse, encore que les fermiers des environs aient conservé l'habitude de dire, quand ils partent pour y venir : *Je vais en ville.* Le vallon où elle est assise, humble et délaissée jusqu'à ces derniers temps, offre le paysage le plus pittoresque. Au loin, le regard s'étend sur le vaste rideau des grands bois dits de la Fustaye, et des haies épaisses, verdoyantes, coupées de barrières rustiques, entourent des champs bien cultivés et fertiles, où croissent, à côté du froment, le chanvre, le sarrazin, les pommes de terre. On y peut faire de délicieuses promenades, parmi les plus gracieuses beautés de la nature, extrêmement accidentée au Pont-Main et dans les environs.

De quelque part qu'on y pénètre, on s'avance sous une double rangée d'arbres puissants et variés qui font au nouveau sanctuaire une avenue royale. « On cherche le Pont-Main, on ne l'aperçoit pas : il est enseveli dans le feuillage comme un Eden mystérieux. C'est la foule des pèlerins et leur attitude plus recueillie qui vous annoncent enfin que vous êtes arrivé [1]. »

Le Pont-Main n'est plus, avons-nous dit, qu'un petit *bourg* d'une quinzaine de maisons

---

[1]. M. le Comte Lafond, p. 272. — Les ouvrages publiés jusqu'à présent sur le *Pont-Main* sont, à notre connaissance, les suivants :

Relation d'une apparition de la Sainte Vierge à Pont-Main (sic), *canton de Landivy (Mayenne)* ; in-12 de 13 pages, sans nom d'auteur. Ce petit volume, qu'on a réimprimé avec les phothographies des personnes et des lieux, paraît être, nous l'avons dit, l'œuvre d'une pieuse servante de Marie, Mme BEZEAU, de Nantes. qui depuis est venue se fixer au Pont-Main, où elle a fondé une maison pour les croix, médailles, statuettes, scapulaires, images, et autres objets de piété à l'usage des pèlerins.

L'Événement de Pontmain (sic), *diocèse de Laval (Mayenne)*, par M. l'abbé A.-M. RICHARD, aumônier des Sœurs de l'Espérance : in-18 de 80 pages, à Paris chez Palmé. Ce récit compte douze ou quatorze éditions, et on en a donné récemment une in-8° ornée de 11 gravures en chromo, et qui est aussi belle que le fond est recommandable par le talent de l'écrivain et à tous autres égards. L'auteur est mort dans le courant de 1872.

Les impressions d'un pèlerin, ou l'École de Marie à Pontmain (sic) *en 1871*, par le R. P. VANDEL, missionnaire du Sacré-Cœur (Issoudun) : in-18 de 134 pages ; *seconde édition 1872 ;*

La Salette, Lourdes, Pontmain (sic): *Voyage d'un croyant* : par M. le comte LAFOND (Paris, Bray et Retaux, 1872) ; in-12 de 420 pages.

au plus. Entre *ville* et *village*, dans beaucoup de nos provinces, il n'y a pas de terme moyen : il n'en va pas ainsi dans tout l'Ouest, où le *bourg* se place entre les deux. On donne en général ce nom à tout endroit central d'une commune, ou bien à celui où se trouve l'église paroissiale. Ce dernier cas est celui du Pontmain, dépendant de la commune de S.-Ellier, mais possédant une église avec un desservant. Le Bas-Maine, si fréquemment ravagé, ainsi que la Normandie, par les Anglais dans leurs diverses guerres avec la France, s'était hérissé de forts, de châteaux et de citadelles, pour la défense du territoire. Le sol accidenté, montueux, coupé de cours d'eau, s'y prêtait d'ailleurs admirablement. On conçoit que les habi-

---

Apparition miraculeuse du Pontmain, par M. l'abbé AUGER, curé de Bagneux.

Une série d'articles remarquables dans la *Semaine du Fidèle* du Mans, écrits par M. l'abbé LOCHET, directeur de cette excellente revue hebdomadaire.

Nous nous sommes entouré de ces divers travaux pour compléter le nôtre et lui assurer une exactitude scrupuleuse. Plus d'une fois nous leur avons fait, et leur ferons encore, des emprunts que les pieux auteurs voudront bien nous pardonner, et pour lesquels nous leur offrons ici nos remerciements.

tants s'empressèrent de s'abriter, autant qu'ils le purent, à l'ombre de ces remparts : et de là tant de *villes* dans cette partie de la France qui a formé le département de la Mayenne. Lassay, Gorron, Ambrières, Ernée, Villaines-la-Juhel, pour le seul arrondissement de Mayenne, qui forme la troisième partie du département, ont le titre de *villes*. Le Pont-Main, plus affaibli et plus désert depuis longtemps, simple hameau si l'on veut, eut pourtant le même honneur. Lui aussi fut fortifié et peuplé.

L'ancien cimetière de la cité offre à l'investigation un certain nombre de cercueils antiques ; on y a trouvé des monnaies des diverses époques de notre histoire, et de temps en temps encore le laboureur en rencontre çà et là dans les champs.

Derrière les dernières maisons, vers l'endroit appelé les Fustayes, un chemin étroit, boueux une bonne partie de l'année, conduit dans un fourré voisin d'un étang. Là, sous les hauts chênes, on découvre les ruines d'une forteresse dont les dimensions peuvent être aisément reconnues. D'un côté, une double enceinte de douves en défendait l'approche, et de l'autre l'étang la protégeait contre toute attaque imprévue. Là fut jadis le château, la forteresse, le point central du Pont-Main, châtellenie relevant de la terre de Mayenne. Ce manoir féodal fut à moitié détruit par les Anglais, et entièrement anéanti pendant les guerres du xvie siècle.

Entrons dans quelques détails : plusieurs de nos lecteurs nous en sauront gré, et ceux qu'ils n'intéresseraient pas peuvent recourir aux chapitres qui suivent.

Nous aurons pour guide, dans ces recherches, M. l'abbé Richard, qui a étudié à fond la question du Pont-Main sous toutes ses faces, et de qui les indications n'ont pas été contredites.

Le Pont-Main, du canton et à 4 kilomètres de Landivy, de la commune de S.-Ellier, sur les confins de la Bretagne et du Bas-Maine, paraît remonter à une assez haute antiquité. Ce coin charmant du pays bocage, bien que ne se trouvant aujourd'hui sur aucune route fréquentée, dut être habité de bonne heure, et pour l'agrément du site et pour les productions d'une terre excellente et riche. Le *Grand*

Dictionnaire de Géographie universelle de M. Bes-
cherelle, qui s'occupe des moindres hameaux,
de ceux même où l'on ne compte que quinze
et vingt habitants, n'a pas un mot pour la
vieille cité mancelle, tout au moins bourg et
paroisse si elle n'est plus ville. Cette ignorance
ou cette incurie n'eût pas été possible au
temps où advint dans le Petit-Maine, vers 863,
le prince breton *Méen* ou *Main*. La prospérité
du lieu allait commencer, pour durer et grandir pendant plusieurs siècles.

Méen ne bâtit pas le Pont-Main, qui existait déjà comme centre de population, mais il
construisit ou répara le vieux château-fort sur
les bords de l'étang, et de lui est venu le nom
de *Pont-Main*, ou plutôt *Méen*. Est-ce bien là
l'étymologie véritable? On en peut douter;
et, pour nous, peut-être inclinerions-nous à
à adopter une version différente, qui verrait
dans le *Pont-Main* le *Pont-de-Main* : plusieurs
ponts, en effet, sur la Bignette ou la Fustaye,
donnaient entrée de la Bretagne au Petit-Maine,
et nous remarquerons que Méen, et les chevaliers qu'il amena certainement avec lui, venaient précisément de Bretagne. Le nom de
Méen, d'autre part, a fourni celui de la ville

de *Mayenne*, autrefois *Méenne*. — L'historien
Guyard de la Fosse, et c'est d'ailleurs chose
reconnue, nous apprend que ce Méen fut un
fort puissant seigneur, dont les domaines s'é-
tendaient de Fougères à Mayenne : ce qui
constituait assurément une très-belle et vaste
principauté. — Quant aux dénominations
latines, retrouvées dans des chartes et sur des
sceaux officiels, conservés aux abbayes du
Mont-S.-Michel et de Savigny, c'est *Pons
Menonis, Castrum Medoni, Pons Meduœ,* que
l'on traduit mieux par *Pont* ou *Camp* du
Maine, ou *Château-fort* du Maine, à moins de
supposer que *Meno (Menonis* au génitif) est le
nom latinisé de Méen lui-même.

Mais à quelle occasion, comment et pourquoi, le seigneur Jehan de Méen vint-il s'é-
tablir en ce lieu ? Était-ce un héritage, un
fief qu'il avait reçu de son suzerain ? c'est ce
qu'on nous laisse ignorer. En fait, le berceau
de l'illustre famille des barons de Mayenne
aurait donc été le Pont-Main, du moins quant
à la prise de possession du pays. Cette famille,
observons-le en passant, n'est point celle, qui
a joué un rôle autrement important, des *ducs
de Mayenne.* Mayenne fut érigé en marquisat

pour un des Guises, Claude Ier, et en duché-
pairie, en 1573, pour Charles de Lorraine, qui
prit le titre de *duc de Mayenne* ; il était petit-
fils de Claude. C'est ce Claude Ier de Lorraine,
en même temps duc d'Aumale, grand-veneur
à la cour de François Ier, qui fonda la fortune
de ses enfants les Guises.

Le château du Pont-Main, ainsi habité par
Méen, devint ce que le moyen-âge appelait
tête ou chef de châtellenie, ayant dans son
ressort quatorze paroisses, lesquelles formaient
une agglomération de bourgs, villages, hameaux et fermes, désignée par le terme de
Haies de Mayenne. Le Pont-Main, naturellement, devint aussi une ville, où le seigneur
exerçait haute et basse justice, levait des troupes, et jouissait de tous les droits et priviléges
que la loi féodale accordait à telle situation.

Les choses se maintinrent ainsi jusque vers
l'an 1000, c'est-à-dire pendant un peu moins
d'un siècle et demi. A cette époque, Juhel Ier,
cinquième descendant de Méen, après avoir
relevé le château de Mayenne, alla s'y fixer
avec sa famille, abandonnant le Pont-Main,
ou n'y faisant que de courtes apparitions,
sans entretenir son manoir, qui, attaqué deux

fois par les terribles Anglais, ravageurs sans merci de nos provinces de l'Ouest (1373 et 1431), finit par tomber en ruines. La ville elle-même fut rasée, ce qui montre la crainte qu'elle inspirait à nos ennemis, et il n'y resta plus que quelques maisons.

Ici se placent deux faits assez curieux, inexplicables même, mais certains. Une double prédiction circula dans ce peuple malheureux, et s'est perpétuée, à travers quatre siècles, dans la bouche des habitants de l'ancienne châtellenie : — la première, que le Pont-Main redeviendra ville alors que Paris sera brûlé ; — la seconde, qu'un trésor lui sera donné qui lui permettra de se rebâtir...

> « Lorsque Paris se brûlera,
> Le Pont-Main se relèvera. »

Les bonnes gens avaient rimé leur espoir ! Il ne sera point déçu : car avant peu d'années, si l'on en juge par ce qui a été bâti déjà depuis l'apparition de la Sainte Vierge, le bourg, le village, le hameau si l'on veut, doit se transformer en un centre considérable. L'affluence des pèlerins, qu'il faut nourrir et loger, leur piété, qui veut emporter quelque souvenir, oblige d'une part à construire, et de l'autre va donner de l'essor au commerce. Fasse Dieu que la simplicité vertueuse des habitants n'y périsse pas !

Quant à la seconde prophétie, nul, bien certainement, n'avait espéré que le trésor promis serait la divine Mère elle-même. On interpréta au plus court, et l'on s'imagina que les sires de Méen et de Mayenne avaient enfoui des sommes énormes, avec l'intention de s'en servir pour rendre tout son lustre à leur ancienne ville seigneuriale, ce que les guerres et la mort ne leur avaient pas permis d'exécuter. En conséquence, vers 1836, la pioche des chercheurs d'or fouilla l'emplacement, puis les vieux murs du château : sans succès, on le pense bien ! Les seules découvertes furent celle de nombreuses pièces de monnaie des anciens ducs de Bretagne et des rois anglais de la guerre de Cent-Ans. On découvrit encore, selon M. l'abbé Richard, un cachet remarquable. L'empreinte représente Notre-Dame portant sur son bras gauche l'Enfant Jésus ; la main droite, étendue, tient un lys ; un religieux, à genoux, les mains jointes, a les yeux fixés sur la Mère de Dieu et semble prier avec ferveur. Et maintenant ce sont les foules venues de tous les points de notre France catholique, de plus loin encore, qui s'agenouilleront devant Notre-Dame d'Espérance, Notre-Dame du Pont-Main ! Cette découverte était-elle un symbole, une annonce de ce qui allait arriver trente-cinq ans après ?

Le Pont-Main passa successivement, avec les seigneuries de Mayenne et d'Ernée (les seigneurs de Mayenne avaient élevé eux-mêmes le château de cette dernière ville, qui prit alors naissance, ou à peu près, et qui compte présentement près de 4 000 habitants), dans les mains de plusieurs familles, les Lorraine, les Gonzague, les d'Aumont, les Grimaldi ; Mazarin l'eut dans son apanage.

Les sceaux de la châtellenie ont varié avec ces changements. L'un, de 1335, est entouré de la légende PONT-MAIN, ainsi orthographiée ; un autre, plus récent d'une trentaine d'années, portant les armes de France, augmentées d'une multitude de fleurs-de-lys, donne une variante qui pourrait bien être l'expression de de la manière dont le peuple, grand corrupteur de grammaire, prononçait le nom : *Chastellenie* DU POUMAI ; mais encore y trouve-t-on l'article. Plus tard, vers 1400, on lit sur le

sceau des contrats : *Chastellenie* DU POUMAIN.
Il se peut, à la rigueur, que, dans la légende
Poumai, une lettre ait été effacée par le temps,
ou bien omise par un graveur inhabile.

Nous avons dit que le Petit-Maine, dont le
Pont-Main fut quelque temps le chef-lieu,
comprenait plusieurs bourgs et villages com-
posant un fief à part. Ce fief fut exempt de
toutes tailles, ou impôts pesant sur ceux qui
n'étaient pas nobles, jusqu'en 1789. On croit
que, une reine de France étant venue faire ses
couches au Pont-Main, le roi son époux
accorda le privilége à la châtellenie en souvenir de cette hospitalité. De date et de nom,
point ; simple tradition populaire, et c'est là
souvent que réside la vérité historique. — On
a dit aussi que, parmi les pays du royaume qui
se distinguèrent dans leurs offrandes pour
payer à l'Angleterre la rançon du roi Jean-le-
Bon, fait prisonnier à la bataille de Poitiers,
en 1356, on signala au Roi le Petit-Maine, et
que l'exemption fut décrétée par le prince en
faveur de si loyaux, si généreux et si fidèles
sujets.

Au point de vue religieux, disons que cette partie du Maine, comme la Bretagne, comme la Basse-Normandie, comme la Vendée, le Bocage en un mot, s'est toujours fait remarquer par la pratique ostensible et persévérante des devoirs du chrétien, et par son attachement à la foi catholique. Le protestantisme ravagea ses provinces, brûla ses villes, démolit ses églises et ses châteaux, profana ses sanctuaires et jeta au vent les reliques de ses saints, mais n'y fit presque aucun adepte. On ne connaît pas assez, par exemple, les horreurs commises par le fameux Coligny, si cher à l'histoire libre-penseuse, et par les huguenots sous ses ordres. — « M. l'admiral, » dit Brantôme, voïoit bien le naturel de ses » huguenots ; que s'il ne les occupoit et amu- » soit au-dehors, que pour le seur ils recom- » menceroient à brouiller au-dedans, tant ils » les cognoissoit brouillons, remuants, fré- » tillants et *amateurs de la picorée*. »

Comme tous les châteaux-forts, celui du Pont-Main eut son aumônier et sa chapelle, dès que le sire de Méen y eut été installé, au neuvième siècle. L'aumônier avait les pouvoirs ordinaires de curé, et vraisemblablement

même la chapelle fut érigée en église paroissiale. On ne conçoit guère autrement une ville,
surtout dans ces âges de foi. Le Pont-Main
pris, ruiné, incendié par les Anglais, en 1374,
l'autorité épiscopale, qui était celle du Mans,
transféra la cure à Saint-Ellier, village voisin,
auquel profitaient les malheurs du Pont-Main.
Toutefois, la chapelle de celui-ci continua
d'être desservie, mais à simple titre de succursale, et par un des deux vicaires de Saint-
Ellier. On a trouvé sur ce chef plusieurs documents, des archives paroissiales, et le vicaire
délégué y est nommé *Vicaire desservant le Pont-
Main*, *Chapelain du Pont-Main*, *Vicaire de la
chapelle succursale du Pont-Main*. On possède la
liste de ces ecclésiastiques depuis 1575 jusqu'en 1829. Nous remarquerons de nouveau,
dans ces désignations, qu'il est question *du*
Pont-Main, et non *de* Pontmain. — Afin de
s'acquitter plus facilement de leur mission, ces
vicaires finirent par résider au Pont-Main
même et y faire tous les offices paroissiaux :
de sorte qu'on s'habitua à les considérer comme
des curés véritables.

Lorsque la Révolution se chargea de continuer en France l'œuvre de destruction des

Anglais et des huguenots, et que, sous le beau
prétexte de liberté, elle défendit, à peine de
mort, de penser autrement qu'elle, et surtout
d'honorer Dieu parce qu'elle l'avait expulsé
comme un *ci-devant* qu'il est (sans compter
qu'il est bien aussi un peu *ci-après*, pour les
ébats futurs de ces solennels imbéciles),[1] le pasteur qui gouvernait ce petit troupeau depuis
cinq ans était un vénérable prêtre du diocèse
de Coutances, M. Bazin. Comme il avait refusé
de souiller sa conscience par le serment à la
constitution civile et schismatique du clergé,
la liberté républicaine s'empara de lui, le jeta
sous les verrous de la fraternité, et, au nom de
l'égalité des citoyens, le déporta dans l'île de
Jersey, en compagnie de 402 prêtres du diocèse du Mans, aussi criminels que lui. Ce
fut dès les commencements de ce régime *libérateur*, car un peu plus tard on les aurait, de

---

[1] Des quantités d'actes de la République, condamna-
tions à mort surtout, renferment cette expression stu-
pide : *le ci-devant Bon-Dieu..*, Ces brutes sanguinaires
s'imaginaient avoir fait leur 14 juillet et leur 10 août
contre la royauté divine ! Il n'y manquait, à leurs yeux,
qu'un 21 janvier. Mais leurs héritiers comptent le parfaire.

plus en plus au nom de ladite fraternité et de la non moins dite liberté, conduits égalitairement à l'échafaud, parmi les outrages de la huaille *régénérée et indivisible*, comme elle aimait à se qualifier. M. Bazin resta en exil pendant six années, le temps strictement nécessaire pour que les bêtes fauves se dévorassent l'une l'autre ; ce qui ne manqua guère. Mais le digne pasteur avait l'œil sur ses paroissiens, qui de leur côté n'oublièrent ni ses enseignements ni sa personne. Une correspondance écrite s'établit entre eux, qui maintint au Pont-Main des sentiments religieux, que l'esprit de cet abominable temps entamait néanmoins, à la grande douleur de M. Bazin. Lorsqu'un peu de répit fut accordé aux honnêtes gens, et que, même avant le Concordat, les églises commencèrent à se rouvrir sur divers points de la France, il quitta Jersey, en 1799, et revint au milieu de ses enfants, heureux de le retrouver et d'avoir pour directeur de leurs consciences un confesseur de la foi. Pendant dix années encore il demeura au milieu d'eux, puis fut nommé à la cure de Saint-Ellier, dont le Pont-Main dépendait comme chapelle vicariale. C'était un prêtre modèle,

plein d'une tendre piété pour la Sainte Vierge.
Il fit prendre à ses paroissiens l'habitude de
réciter le chapelet, habitude aujourd'hui universelle au Pont-Main, et qui explique peut-
être la distinction dont l'a honoré Celle qu'il
aime à invoquer. Pendant le carême, chaque
famille le dit tous les jours en commun, comme
cela se fait en Italie chaque soir; ceux qui
sont au travail ou en marche n'y manquent
pas davantage, et si quelqu'un se voit, un
dimanche, dans l'impossibilité d'assister aux
offices, il récite trois chapelets pour remplacer
la sainte Messe, deux pour les Vêpres. Nous
reviendrons sur ces pratiques générales de
piété au Pont-Main.

M. Bazin avait été remplacé par M. l'abbé
Tencé, qui mourut en 1829, comme M. Bazin
lui-même. Après sa mort, le Pont-Main resta
sans prêtre, et sa chapelle fut, comme auparavant, desservie par le vicaire de S.-Ellier.
Cette situation était regrettable. Nous dirons
de quelle manière elle cessa, et quel apôtre
Marie réservait à ses enfants.

Telle est, sommairement, et autant qu'il
nous a été possible d'en relier les fils épars,
l'histoire du lieu que l'apparition de la Très-

Sainte Vierge vient de rendre si célèbre, et qui le deviendra plus encore, nous en restons assuré, à mesure que la faveur qui lui a été faite sera mieux connue, et que se multiplieront les gages miraculeux de la protection de Marie.

II.

Le temps.

Le livre de Job, au chapitre 31ᵉ, nous dit une parole que la Providence se charge de justifier à toutes les pages de l'histoire humaine : « *Numquid non perditio est iniquo, et alienatio operantibus injustitiam ?* La ruine n'est-elle pas préparée pour le pervers, la désolation pour ceux qui commettent l'injustice ? » Et, au 7ᵉ chapitre de l'*Eclésiastique*, l'Esprit-Saint complète cette menace. « *Mors, sanguis, contentio, rhomphæa, oppressiones, fames, contritio et flagella : super iniquos creata sunt hæc omnia :*—La mort, le sang, la contention, le glaive,

l'oppression, la disette, le brisement et les
fléaux, voilà le lot disposé pour le méchant. »
La justice tarde quelquefois à nos yeux, courts
dans leurs vues, mais elle arrive pourtant, et
il est vrai de répéter avec l'Écriture : *Non est
pax impiis*, l'impie ne conquerra point la
paix. »

La France paraissait à l'apogée de sa prospérité et de sa gloire : les nations étaient ac-
courues l'admirer en 1867, du fond même des
Indes, dans cette fête immense et splendide
de l'Exposition universelle. Le monde était
plein de sa renommée, et il semblait que les
autres peuples vécussent du rayonnement
scientifique, littéraire, intellectuel et artisti-
que, qui partait d'elle. L'hymne au progrès,
à la richesse publique, à la stabilité de ces
grandeurs, était sur toute lèvre. Les puissants du moment levaient fièrement la tête, et
redisaient sous mille formes : « A nous la victoire, à nous la domination de l'univers, à
nous la durée ! » Et ils ne s'apercevaient pas
que Dieu commençait à se retirer, et ils ne sa-
vaient pas la sentence du Psalmiste : « *Nisi
Dominus custodierit civitatem, frustrà vigilat
qui custodit eam :* Si Dieu ne garde la cité, vai-

nement la sentinelle la protége de sa vigilance. » Non plus que cette autre : « *Deus non
irridetur*, on ne se moque pas de Dieu ! »

Un jour du mois de juillet 1870, le ministre des Affaires Étrangères monte à la tribune
du Corps Législatif, — c'était le jour même de
la fête du légitime héritier de S. Louis jeté
par la trahison sur le rivage de l'exil, — et il
annonce qu'une guerre est déclarée, celle de la
France contre la Prusse, la Prusse ce royaume
de second ordre, agrandi, cela est vrai, mais
plus d'une fois forcé de se rouler à nos pieds
en demandant grâce de la vie !

Notre cause était juste, notre renom de valeur sans égal : les vainqueurs d'Iéna, de
Sébastopol et de Solférino, trembleront-ils devant un Brandebourg ? Cela ne se pouvait, et
voici nos troupes en marche... pour Berlin...
Chacun le dit, du moins ; on se déshonorerait,
on commettrait un crime de lèse-patriotisme,
si l'on en doutait. Et de fait, au regard humain, ce triomphe était assuré ; l'Europe le
croyait comme nous.

Est-ce en invoquant Dieu que l'on part?
Non : ce refrain chanté avec frénésie, répété

par tous les échos et qui envahit jusqu'à la demeure impériale, c'est celui des jours de sang et d'apostasie, c'est la hideuse *Marseillaise*, qui s'en ira remuer, jusqu'aux dernières couches sociales, les instincts indisciplinés et pervers de la tourbe déchristianisée, ardente à la luxure et à la révolte. Le mot d'une vieille prédiction qui longtemps occupa les esprits, la prédiciion d'Orval, se vérifiait à la lettre : « Hurlez, fils de Brutus : appelez par vos cris les bêtes qui vont vous manger ! » Les bêtes arrivaient, et tous disaient que nous les musèlerions au premier choc.

Hélas ! dans son bagage l'Empereur qui nous commande emporte de trop sûres conditions de défaite, si le jour du Seigneur est venu. *Numquid non perditio est iniquo ?* — Le souffle révolutionnaire réveillé en Italie ; une odieuse connivence avec les larrons de couronnes ; le roi de Naples trahi, le grand-duc de Toscane (un bienfaiteur !) trahi, le duc de Modène trahi, la duchesse de Parme (une fille de France, une femme, une mère !) trahie, abandonnée à la rapacité savoyarde ; — à l'intérieur, la Société de S. Vincent de Paul persécutée, la franc-maçonnerie, par contre,

protégée, organisée; —l'âme des jeunes enfants
livrée aux expérimentations empiriques d'un
docteur pour qui la plus noble créature de
Dieu est un produit de singe et de guenon ; les
cavernes de la démagogie rouvertes aux plus
exécrables appétits, et où la sainteté, que dis-
je ? l'existence de Dieu est mise en problême,
où les plus cyniques outrages à la personne
adorable du Sauveur peuplent des discours
inspirés par l'Enfer ; — une presse avilie dont
les forfaits journaliers contre la décence des
âmes et la bonne santé des intelligences sont to-
lérés, favorisés peut-être, pourvu qu'elle tolère
et favorise elle-même le régime qui lui assure
telle licence ; — les exhibitions et les couplets
impurs autorisés dans ces innombrables cafés-
concerts où la multitude savoure à longs
traits le poison de la démoralisation ; — mais
surtout le Souverain-Pontife jeté sous la
griffe du renard qui le guette, l'hypocrisie
d'une protection simulée qui pas un jour
n'arrêta l'envahisseur ; le massacre, à Castelfidardo, des défenseurs de l'Église, élite de l'antique et noble société française et chrétienne,
massacre indirectement approuvé, en tout cas
non vengé, quand il y suffisait d'un carré de

papier griffonné de deux on trois mots comme
en sut écrire la France sous la dictée de ses
monarques légitimes ; la spoliation du Pape
s'étendant, se consolidant, grâce à une indé-
niable complicité : — voilà ce que le chef
emportait derrière lui ! et Dieu a ses heures.

L'une de ces heures-là avait sonné. « Personne, dit de Maistre, n'a mangé du Pape
qu'il n'en soit mort. » Nous l'allons voir une
fois de plus, et une autre fois encore, bientôt !
et ce sera vers l'Italie que se tourneront nos
regards. Une exécution de la Providence se
fera là aussi, pas de chrétien qui n'en soit sûr.
Il y a quinze cents ans que S. Chryso-
stôme le prédisait, sur la parole du Sauveur :
« Quoique l'Église ait à lutter contre les atta-
» ques de l'ennemi et contre les tempêtes du
» monde, qu'elle que soit la violence des va-
» gues qui la viennent battre, elle ne peut
» faire naufrage, parce qu'elle a le Fils de
» Dieu pour pilote ! *Naufragium facere non*
» *potset, quia Filium Dei habet gubernato-*
» *rem.* [1] »

---

[1] *Homilia* 23, ante fin.

On a dit que la cause de nos désastres fut dans l'absence de préparatifs suffisants : soit; le fait paraît évident. Mais cet aveuglement étrange, ces triomphateurs d'hier, courant sans prévoyance au-devant du canon qui les va broyer, d'où peut venir cela, je le demande, et n'y reconnaissez-vous plus le Maître qui endurcissait le cœur du Pharàon lorsque, à la tête de son armée puissante, poursuivant des fugitifs désarmés, le roi d'Égypte alla se précipiter dans les flots subitement entr'ouverts de la mer Rouge? « Je confondrai la sagesse » des sages, est-il écrit, et je réprouverai la » prudence des prudents : *Perdam sapientiam* » *sapientium, et prudentiam prudentium repro-* » *babo* [1]. » Oui, cet aveuglement, cette présomption insensée, recèle quelque chose de surnaturel; nous y voyons, pour nous, le doigt de Dieu. « Ce fut un temps de grande misère », pour employer l'expression du livre des Machabées (II, 6) : *Erat ergò videre miseriam.* Mais, avec le saint livre, nous ajouterons : C'est pour notre bien que Dieu frappe,

---

[1] I Corinth. I, 19.

et non pour notre mort : *Obsecro eos qui hunc librum lecturi sunt ne abhorrescant propter adversos casus, sed reputent ea quæ acciderunt non ad interitum sed ad correptionem esse generis nostri.*

Les revers commencent : nul n'y veut croire. Nos braves soldats, nos généraux, nos officiers de tout grade, se font héroïquement hacher : ce sont des géants, et l'ennemi leur paiera le tribut de cette justice dans ses bulletins. Mais, par d'inexplicables retours, cet ennemi farouche, qui n'a pas dans son cœur rétréci un coin pour y loger la générosité, avance de ville en ville, de citadelle en citadelle, saccageant, incendiant, tuant. Le Waterloo du second Empire se fait : il s'appellera Sedan ! Captif, détrôné, écrasé sous les coups du sort, l'homme qui naguère fut le puissant des puissants en Europe n'obtiendra, dans l'immensité de ses malheurs, ni un appui chez les souverains amis, car il proclama la mortelle doctrine de *non-intervention* ; ni le droit à une protestation quelconque, car il enseigna la légitimité du *fait accompli*. Une main invisible l'a brisé, comme lui-même brisa les innocents.

En nous laissant aller à cette exposition chrétienne et philosophique de l'histoire présente, palpitante devant nous, Dieu garde notre âme de s'associer aux indignes représailles de la bande qui déclara Nopoléon III déchu et s'empara du pouvoir, sur les ruines de la patrie, sans droit, sans mission, sans forme! Ce n'est pas au moment où l'ennemi l'a jeté dans les fers, sur un champ de bataille, qu'une nation qui s'estime se sépare de son souverain. Nous avons, Français, d'autres antécédents avec Jean II, avec François Ier. Pour ces lâchetés il fallait le régime qui suivit! D'ailleurs, ce que la démagogie poursuivait dans Napoléon III, ce n'était par le coup d'État (elle-même vit de cela seul), c'était *l'autorité :* qu'on ne s'y méprenne jamais. Nous nous bornons, pour ce qui nous regarde, à le répéter : l'œil de Dieu passe sur l'homme qui laissa crucifier le Vicaire de J.-C., et qui, imprudent copiste de Pilate, se lava froidement les mains devant la multitude ; sur l'homme que l'illuminisme révolutionnaire enchaîna à l'écart des vraies lumières, et qui contribua, de toutes ses erreurs calculées, à réaliser parmi nous le tableau de la corruption générale tracé

par S. Pierre : — « Faux docteurs qui intro-
» duisent des sectes de perdition, et qui, renon-
» çant le Seigneur qui les a rachetés, attirent
» sur eux-mêmes une ruine soudaine. Beau-
» coup suivront leurs déportements, et la voie
» de la vérité sera par eux exposée aux blas-
» phêmes des hommes. Vous séduisant par
» des paroles artificieuses, ils trafiqueront de
» vos âmes pour satisfaire leur cupidité. Leur
» condamnation s'avance à grands pas, et la
» main qui les doit frapper n'est point endor-
» mie [1]. »

Elle avait frappé, cette main, et ses coups
tombaient sur la France entière, qui avait
plus ou moins scandaleusement écouté ces
maîtres de dépravation, suivi ces leçons de
déchéance. Le châtiment devait durer. — Un
sentiment d'honorable patriotisme, dénué
pourtant d'intelligence, engage les nouveaux
maîtres à prolonger une lutte impossible
désormais. Voici donc toute la jeunesse de
France, cette jeunesse amollie, gâtée par une
éducation sans grandeur, ces enfants du calcul,

---

[1] II *Petri*, II, 1 et seq.

si souvent, les voici lancés à la gueule du canon prussien, à travers les neiges, les fureurs du vent, toutes les privations! Et combien en reviendra-t-il, ô mon Dieu? Que de larmes vont couler à chaque foyer! que de cœurs saignent maintenant jusqu'à la mort! Le devoir est noblement accompli par chacun, et les catholiques de Charette et de Cathelineau sont au premier rang. Pourquoi faut-il qu'au loin l'œil honnête et chrétien frémisse d'apercevoir la chemise rouge des ennemis de l'Évangile et de Dieu, audacieux à piller les séminaires, les évêchés et les couvents, plus qu'à se présenter au feu des batailles? Ces hordes ne nous défendront pas : car, aussi bien que le souverain tombé, plus que lui peut-être, elles traînent derrière elles la malédiction divine. Voilà ce qu'elles nous apportent!

Et cependant l'ennemi avance toujours. Il a ravagé l'Alsace, la Lorraine, la Champagne; il est sous les murs de Paris. Encore quelques jours, et son casque détesté apparaîtra dans les plaines de l'Orléanais, de la Normandie, des pays de Blois, du Maine, de la Touraine; il se dirige vers la vieille Armorique. Quelques semaines de plus, et, si Marie ne se hâte d'intercéder pour son peuple, la captivité de Babylone va commencer.

Une sombre terreur a succédé aux premiers et nobles élans de l'honneur national et de la bravoure. On compte les vides, on interroge le lendemain : l'épouvante, en dépit de proclamations boursouflées et mensongères, circule, comme une annonce de mort, jusqu'au fond du dernier village; elle s'assied au chevet de tout Français assez âgé pour penser. La dernière illusion s'est, hélas! dissipée.

Que faisait-on dans l'humble village du Pont-Main? On priait, on priait encore, on priait toujours. Matin et soir, l'église se remplissait des pères, des mères, des sœurs, alarmés pour leurs frères, pour leurs enfants; c'était Marie qu'on invoquait surtout. Et on l'invoquait aussi dans le reste du diocèse, sur les recommandations du pieux évêque de Laval, Mgr Wicart.

C'était vers le milieu de janvier. Le danger augmentant à toute heure pour le département de la Mayenne, le Prélat, suivi d'une foule compacte, se rend solennellement au sanctuaire de Notre-Dame-d'Avesnières, pélerinage

célèbre dans la ville même de Laval; il monte
en chaire, après avoir exposé le T.-S.-Sacre-
ment, et prononce, au nom de son peuple,
cette prière et ce vœu :

« O Marie, Mère de Dieu et notre mère, vous qu'on
n'invoqua jamais en vain, nous voici prosternés à
vos pieds dans le sanctuaire béni où, dans la suite
des siècles, tant d'âmes ont imploré vos miséricordes et ressenti les effets de votre médiation toute-
puissante auprès du cœur de votre divin Fils. Dans
le péril suprême qui nous menace, nous venons,
d'un même cœur, dans un même sentiment de foi,
d'espérance, d'amour et de profond repentir de nos
péchés, vous supplier, vous conjurer, au nom du
sang de Jésus-Christ répandu pour nous sur le
Calvaire, d'abaisser sur nous un regard de pitié.
O vous que l'Église appelle *le secours des chrétiens,*
vous que dans la sainte liturgie elle déclare *terrible
comme une armée rangée en bataille,* couvrez de votre
protection, comme d'un bouclier, cette cité de
Laval qui vous a été spécialement consacrée, vous
le savez, ô mère bien-aimée, ô Notre-Dame d'Avesnières! préservez-la des maux qui sont près de fondre sur elle et sur ses enfants, qui sont aussi les
vôtres.

» Si vous daignez vous montrer propice à nos
malheurs et exaucer nos prières; si, par l'efficace
vertu de votre crédit auprès de Dieu, vous procurez
la victoire à nos armes dans la lutte qui se prépare
en ce moment, ou du moins si vous nous préservez

11

des suites terribles d'une défaite, l'incendie et le pillage,

» Nous tous ici assemblés dans ce sanctuaire, au nom de nos frères absents et en notre propre nom, en présence des anges et des saints dont vous êtes la reine dans le ciel, et devant Jésus-Christ qui réside sur cet autel, tous, fidèles ouailles et pasteur, nous nous engageons solennellement à restaurer, dans l'espace de dix ans, la tour et la flèche de cette église d'Avesnières.

» La flèche ainsi restaurée portera vers les cieux l'humble témoignage de la reconnaissance de vos enfants, en même temps qu'elle le perpétuera sur la terre; et nos cœurs, fidèles au souvenir de ce nouvel et immense bienfait, s'efforceront, par leur piété, leur dévouement à votre gloire et la pratique des vertus dont vous leur avez laissé l'exemple ici-bas, de mériter constamment les bénédictions de Dieu et les vôtres en ce monde, et de parvenir un jour à l'éternelle félicité dont vous jouissez auprès de Dieu dans le ciel. »

Quelques jours encore, et Marie viendra elle-même à cet appel de la confiance et de la foi. — « Oh! combien de fois dans sa miséricorde, s'écrie S. Antonin, cette Vierge très-sainte a-t-elle fait révoquer la sentence des terribles châtiments que méritait le monde par ses péchés! *O quot sententias terribilium flagellorum, quæ meruit mundus propter pec-*

*cata sua, hœc sanctissima Virgo misericorditer
revocavit !* »

III.

Les personnes.

Il était difficile de rencontrer, au moment
de ces malheurs, une communauté paroissiale
plus digne que celle de l'humble Pont-Main des
tendresses de la divine miséricorde. Ce qu'on en
raconte, et tout est certain, reporte le lecteur
aux meilleurs âges de la foi. Là, sur ce coin
béni du diocèse de Laval, pas une des folies du
jour n'avait trouvé ses dupes ; pas une âme
n'eût estimé se grandir en s'éloignant de Dieu
et en le blasphémant ; pas un père n'eût songé
à demander pour ses enfants l'éducation athée
après laquelle hennit ailleurs une foule in-
tempérante, étiolée de cœur, aveuglée par des
haines pleines d'insanité. La jeunesse y est
élevée dans l'obéissance respectueuse, le bon

ordre intellectuel, la sérieuse observation du
devoir, l'amour d'une condition laborieuse,
honnête, sans ces instincts de désertion qui
encombrent les villes de misères lamentables,
de déceptions anxieuses, de corruptions préco-
ces, profondes, immenses. Le travailleur, au
Pont-Main, n'est point cet oisif raisonneur qui,
les mains dans les poches, hurle des refrains
patriotiques, sanguinaires ou orduriers ; c'est
cet homme aux bras actifs qui force, péniblement mais avec joie, la terre de fournir, suivant l'ordre de Dieu, le pain à sa famille ; ou
bien l'ouvrier consciencieux penché sur son
labeur, dans la paix, la régularité, le respect
de lui-même. — Jamais un blasphème n'y
contriste l'oreille du chrétien ; jamais on n'a-
percevra de violateurs du dimanche. Pendant
de longues années, on ne connut pas dans la
paroisse un adulte qui se fût abstenu du devoir pascal. Ah ! c'est une belle chose qu'une
vie éclairée, réchauffée fécondée au soleil du
christianisme ! Quelle harmonie, quel calme,
quelle sérénité sur les traits de ce visage !
quelles bonnes paroles sur ces lèvres ! Le côté
infirme de notre nature a ses moments il est
vrai, des défaillances apparaissent ici et là,

car de ce monde n'est point la perfection ; mais l'ensemble, qu'il est élevé au-dessus des utopies ampoulées de la morale de fabrique humaine !

Tous les habitants portent le scapulaire, grands et petits, et ne craignent pas de le laisser voir pendant le travail. Le respect humain n'y peut. Chacun possède encore un chapelet dont il ne se sépare pas. Les offices sont fréquentés de tous, la réception des sacrements une pratique générale le dimanche et les fêtes principales. Modeste, peu riche, mais entretenue avec le luxe de la propreté, la petite église inspire au pèlerin je ne sais quel recueillement particulier, qui sans doute tient à la ferveur dont on est entouré, autant qu'à l'émotion de se trouver près du lieu ou Marie a posé ses pieds divins. A tous ces égards, le voyage au Pont-Main laisse de délicats et délicieux souvenirs [1].

---

[1]. Il y a deux voies pour s'y rendre.—Par *Laval,* d'où la voiture de Fougères (en face le théâtre) emporte chaque matin le voyageur à *Saint-Mars,* où il trouve un omnibus de correspondance. Il y a, en tout, quatorze lieues de voiture. — *Fougères,* d'où la distance est bien moin-

Les choses ne furent pas complètement dans cette excellente voie après la mort de M. l'abbé Tencé, successeur de M. Bazin, comme nous l'avons dit. Cette mort arriva en 1829, et le Pont-Main, privé de prêtre à poste fixe, commença de déchoir quant aux devoirs religieux. La jeunesse se dissipa; on recherchale plaisir dangereux, on se livra parfois à la danse, qui cause ordinairement dans les campagnes bien des douleurs pour les familles, bien des écarts pour les consciences, il le faut proclamer à la face de nos romanciers sentimentaux, de nos chansonniers à libre morale, des Paul-Louis Courier des quatre points cardinaux. Pas d'école, de rares instructions par le vicaire de Saint-Ellier, que ses devoirs retenaient à la paroisse la plus grande partie

---

dre, mais il n'y a pas encore de service régulier pour le Pont-Main, bien que les occasions soient à peu près journalières. — Si l'on vient de Paris par le chemin de fer de l'Ouest, on peut s'arrêter à *Mayenne*, ce qui abrége la course; un service y existe également pour le Pont-Main, mais non quotidien. — En arrivant de Normandie, le mieux est de s'arrêter à *Lassay*, à *Ambrières* ou à *Gorron*, d'où l'on se fait conduire, à peu de frais, par voiture à volonté.

de la semaine et du dimanche. L'âme souffre
de la faim comme le corps, et, si sa nourriture
propre vient à lui manquer, comme le corps
aussi elle s'affaiblit, se débilite et ne sait
plus agir.

Cette situation malheureuse émut une pieuse
dame de Fougères, qui possédait des biens au
Pont-Main et chaque année y passait en villé-
giature la saison d'été. Madame Thérèse Blot,
épouse puis veuve déjà depuis longtemps de
M. Jacques *Morin*, se dévoua à l'œuvre de la
charité qui secourt et qui régénère. Elle commence par visiter les pauvres, les malades,
les pères chargés de famille, laissant à chacun,
avec de bons conseils toujours et de chrétiennes exhortations, un viatique aussi considérable que sa bourse et la multiplicité des besoins le lui permettaient. Et ce qui prouve la
bonté de cette population, c'est qu'elle était,
c'est qu'elle est restée, reconnaissante. Ceux
qui ont un peu d'expérience de ce monde com-
prendront la rare valeur d'un tel éloge. Lorsque au bout de quelques années Mme Morin eut
fait rétablir la paroisse, elle n'arrivait plus
dans le bourg, au sortir de Fougères, que la
cloche ne fût mise en branle, avec ses plus

joyeux carillons, par les habitants, heureux
de la revoir et de lui témoigner la gratitude
dont, encore aujourd'hui, ils sont restés remplis envers elle.

Mais aussi que de bienfaits de la part de
cette fervente chrétienne! Elle-même rassem-
blait parfois les enfants pour leur faire le
catéchisme. L'église abandonnée ne présen-
tait plus qu'une ruine; des autels délabrés,
des bancs pourris et en désordre; pas de linge,
pas d'ornements, pas de vases sacrés ni de
chandeliers; des toits qui menaçaient de s'ef-
fondrer, et, en attendant, laissaient arriver
l'eau jusque dans le sanctuaire. Le Pont-Main
n'étant ni paroisse ni commune, il n'y avait
ni municipalité ni fabrique pour veiller à l'en-
tretien et aux réparations. La généreuse dame
prit à elle seule le fardeau : peu à peu, grâce
à ses soins persévérants, à ses dons, à son travail personnel, le saint lieu redevint convenable; le prêtre y put être appelé de temps en
temps, à la parfaite satisfaction de ce petit
peuple. Espérant toujours qu'à la fin on pourrait obtenir un curé, Mme Morin disposa tout
pour cela. On manquait de maison curiale, sa
générosité y pourvut comme aux autres be-

soins ; le cimetière, terre sanctifiée par les bénédictions de l'Église et par la dépouille des chrétiens, fut remis en état et clos de murailles.

Il n'est pas nécessaire, assurément, de dire où la dévouée bienfaitrice allait puiser ce trésor de bonté et de générosité. Nous le savons en regardant autour de nous. Ces perles ne se forment qu'au sein de la piété, d'une piété éclairée, pratique, solide. « Les âmes aussi noblement libérales et aussi largement bienfaisantes ne se trempent que dans les eaux pures du christianisme ; ces cœurs fortement dévoués ne sont formés que par les pratiques, généreusement acceptées, de la dévotion et de la mortification chrétiennes. [1] » Ce ne sera point parmi les beaux diseurs, les diseuses élégantes, qu'il les faut chercher ; encore moins dans l'école de la libre-pensée, qu'il serait plus exact d'appeler la *vide*-pensée. C'est vraiment notre gloire à nous, et nulle secte ne nous la disputera, que, partout où s'établit

---

[1] M. l'abbé Lochet, *Semaine du Fidèle*, t. IX, p. 1045 (*Lettres sur le Pont-Main*).

un grand courant de charité, d'abnégation au profit d'autrui, le catholicisme est là, qui **a** fourni le dessein, formé les instruments, soutenu l'entreprise. L'histoire ecclésiastique et et les Vies des saints se passent forcément, en grande partie, à établir la succession de ces récits. L'Évangile édifie; ce qui n'est pas lui détruit.

La vertueuse veuve gémissait de voir les enfants du Pont-Main privés d'école et d'instruction. Elle résolut de diriger de ce côté aussi son zèle, et Dieu lui en offrit bientôt l'occasion. — Rappellerons-nous ces ineptes calomnies, semées dans le peuple avec une malice infernale, et qui dépeignent la sainte Église comme l'ennemie de l'instruction et des lumières? Nos congrégations enseignantes sont sans nombre, chaque année presque il s'en établit de nouvelles ; les enfants de nos écoles conquièrent les premières places dans tous les concours publics ; dans les charges qu'ils occupent plus tard, comme à l'armée ou dans les affaires, on les distingue pour leur intelligence, leurs connaissances acquises, leur conduite laborieuse et honnête. Alors que la société était plongée dans l'ignorance,

suite des invasions barbares, l'Église seule
sauva les lettres et les sciences, seule ouvrit
des écoles, seule distribua gratuitement, et à
tous, le bienfait du savoir, et racheta par
l'éclat du génie les profondes humiliations
imposées par les vainqueurs à la société civile.
S'il s'agit d'un évêque, son histoire nous le
montre fondant des écoles en chaque paroisse,
réveillant le dévouement des maîtres, activant
l'émulation, récompensant les travaux de l'esprit. Les ordres religieux ouvrent partout une
école à côté du monastère. Si quelque illustre
saint est proposé à notre imitation, nous trouvons invariablement qu'une de ses vertus les
plus louées est d'avoir eu la sollicitude de
l'instruction des enfants. Les malheureux qui
nous attaquent sur ce chef font donc exhibi-
tion d'une épaisse ignorance, ou d'une mauvaise foi sans pudeur et sans limites.

Vers 1831, à Laignelet près Fougères, (diocèse de Rennes) et sur les confins du Petit-
Maine, un bon prêtre, curé de cette paroisse,
M. l'abbé Le Taillandier (il est mort en 1870
seulement), se sentit inspiré de travailler pour
sa part à l'éducation de l'enfance, en associant
pour cet objet des institutrices chrétiennes.

Une autre pensée le poursuivait : celle de conjurer la colère de Dieu par l'expiation, à cette époque de la révolution de Juillet où l'impiété, partant de haut, s'était déchaînée sur la France et accumulait les scandales. Enfin, il lui semblait bon de songer aux malades, pour lesquels il n'y aura jamais trop de dévouements, jamais trop de tendresse et de soins. Aidé d'une pieuse personne de sa paroisse, Melle Boivent, institutrice elle-même, il élabora les premières règles d'un institut nouveau, embrassant ces trois objets, sous le nom de *Religieuses adoratrices de la justice de Dieu*. Une sainte idée, présentée aux cœurs chrétiens, germe toujours. Les vocations furent assez nombreuses pour que, dès 1834, la maison-mère dût se transporter dans un centre offrant plus de ressources, et ce fut Fougères. De-là se répandent sur tous les alentours, et au loin, de bonnes sœurs, simples, pieuses, instruites, pénétrées de l'esprit de sacrifice, n'attendant rien du monde et se donnant tout entières à ses misères dans les écoles et les asiles de la douleur, et consacrant leur immolation perpétuelle à la réparation de tant de crimes qui sollicitent la colère céleste. Elles ont présentement quatre-vingt-quinze maisons. L'arbre a grandi, il étend sur un vaste sol ses rameaux vigoureux ; mais il n'était guère qu'à son début lorsque Mme Morin s'adressa au vertueux fondateur en faveur de ses chers protégés du Pont-Main, et obtint de lui trois sœurs pour l'école qu'elle rêvait, et dont elle venait de disposer le local. Ce fut la seconde maison de l'ordre, suivant les dates. Dès-lors les enfants, petits garçons et petites filles, eurent un centre de réunion et d'étude, à la grande consolation des parents ; et les bonnes pensées, les habitudes de la piété, la connaissance de la religion et de ses devoirs, inculqués de bonne heure à ces jeunes cœurs, préparèrent le terrain pour les travaux du pasteur qui enfin va recevoir à cultiver ce champ du Père de famille. Ce fut M. l'abbé Michel *Guérin*, et nous devons lui consacrer quelques lignes, comme à l'un des personnages principaux de l'apparition miraculeuse.

Cet excellent prêtre, né à Laval en 1801, était vicaire de Saint-Ellier, desservant la chapelle du Pont-Main. Les dispositions dociles qu'il rencontra dans les habitants, mais

surtout les efforts généreux, les œuvres multiples de la charité de Mme Morin, la piété générale, qui ne demandait qu'à être dirigée et entretenue, l'émurent et lui inspirèrent la pensée
de se dévouer à ce petit troupeau. Mme Morin,
ayant apprécié dès le premier jour ce qu'il y
avait de vertu dans le digne ecclésiastique, avait
elle-même désiré l'avoir pour le Pont-Main.
Mgr Bouvier, évêque du Mans, permit à M. Guérin de suivre son attrait, et en 1836 il prenait
possession des 500 âmes confiées à son zèle.
La paroisse n'était pas reconnue par l'État ;
elle le fut cependant quatre ans après, en 1840,
à la suite de persévérantes démarches.

Plein de gratitude pour la T.-S. Vierge, à
qui il attribua toujours l'érection de sa chère
paroisse, M. Guérin la constitua la vraie patronne et gardienne de ceux qu'il appelait ses
enfants ; il fonda une messe à perpétuité pour
le bien spirituel des personnes qui avaient
contribué au bon résultat de cette affaire. Le
texte de cette décision, approuvée par la Fabrique et mentionnant l'autorisation épiscopale, fut affiché dans l'église. On lit, au-dessous, cette prière, écrite de la main de M. Guérin : — « O Dieu, qui aimez à pardonner et

» qui désirez le salut des hommes, nous sup-
» plions votre miséricorde et nous vous
» prions, par l'intercession de Marie toujours
» vierge et de tous les saints, de faire parve-
» nir à la béatitude éternelle nos associés,
» nos frères, nos parents, nos amis, nos bien-
» faiteurs défunts. — Pardonnez, Seigneur,
» pardonnez à votre peuple : ne soyez pas
» éternellement irrité contre nous. » — Les
œuvres de Mme Morin reçurent une impulsion
nouvelle ; le saint lieu acheva d'être convena-
blement décoré ; la visite des malades, la tenue de l'école, les prières paroissiales en semaine, se régularisèrent. Pieux comme un
ange (nous pouvons l'écrire, maintenant que le
digne ministre de Dieu a quitté la terre), le curé
du Pont-Main consacrait à la prière une bonne
partie de ses journées, et souvent de ses nuits.
Il croyait ne pas pouvoir opérer le moindre bien sans un secours particulier du Ciel,
et ce secours il l'implorait instamment, avec
la confiance et l'humilité d'un saint. Et quel
amour pour la T.-S. Vierge ! Sans cesse il
parlait d'elle ; ses instructions du catéchisme,
ses sermons, ses prônes, ses exhortations particulières, revenaient à ce sujet chéri. Il plaça

une statue de Marie à l'autel principal, et lors de la définition de l'Immaculée Conception, en 1854, il fit vœu d'allumer, durant les offices paroissiaux et dans les circonstances les plus importantes, quatre cierges disposés d'une manière particulière. Nous prions le lecteur de remarquer ce détail ; il reviendra dans l'histoire de l'apparition.

Les catéchismes disciplinèrent bien vîte la jeunesse ; les prônes, heureusement distribués, conçus dans un ordre méthodique, donnèrent aux habitants une ferme instruction religieuse : c'est là le fondement de tout, dans une paroisse. Comme sa bonté inépuisable, sa douceur et sa charité le faisaient aimer de tous, l'éminence de ses vertus lui attirait une estime égale. Fiers de leur pasteur, les habitants auraient d'ailleurs considéré comme un crime de le contrister en quoi que ce fût. Tous voulurent avoir de sa main le saint scapulaire et un chapelet bénit. Quand, par une intuition que Dieu donne à ses serviteurs privilégiés, il parlait des malheurs qu'il voyait prêts à fondre sur une société pervertie, on l'écoutait avec la conviction que l'heure du châtiment tarderait peu.

La guerre éclate enfin. Nous venons d'en
parler. Les défaites se multiplient, les appels
suivent, et la jeunesse doit abandonner le
foyer paternel. Redire les angoisses et les larmes des parents, l'inquiétude et la douleur
universelles, serait superflu. C'est alors que
M. Guérin fortifie les courages par des exhortations plus fréquentes, et surtout par des pratiques de dévotion. Il engagea ses paroissiens
à deux choses : l'expiation par le chemin de
la croix, l'invocation de Marie à toute heure
du jour. — Un fait miraculeux, que rapportè-
rent alors les journaux, au début même de
nos pires calamités, venait de se passer en Italie, à Soriano, petite ville du royaume de Naples, dans la Calabre ultérieure seconde. Le
15 septembre 1870, dans l'église des Dominicains, on célébrait la fête de l'une des apparitions de S. Dominique : tout-à-coup la statue,
de grandeur naturelle s'anima, s'avança vers
le peuple avec un air de profonde tristesse,
puis retourna à sa place. Le lecteur nous saura
gré de placer sous ses yeux le rapport officiel
du R. P. Jeandel, supérieur-général, à toutes
les maisons de son ordre.

— « Nous souvenant des paroles du Saint-Esprit, qui veut qu'on fasse connaître les œuvres de Dieu, afin de procurer sa gloire (*Tob. 12*), nous désirions, dès le mois de septembre dernier, vous faire part d'un évènement prodigieux, par lequel Dieu a voulu encore une fois illustrer le célèbre sanctuaire de notre saint Patriarche, à Soriano de Calabre. Mais, comme il n'est pas prudent, dans des choses de cette nature, d'ajouter une foi complète aux premiers bruits répandus par la renommée, exposée souvent aux illusions et aux méprises, nous avons attendu jusqu'à ce que le pasteur de ce diocèse, à notre prière, ait fait procéder à une enquête régulière qu'il nous a transmise lui-même, ces jours derniers, par les mains du Père provincial de Calabre, et dont nous nous empressons de vous communiquer le résultat.

» Vous connaissez tous le sanctuaire de Soriano, dédié à notre père S. Dominique, dont l'image antique, grâce à l'origine qu'on lui attribue et aux faveurs continuellement obtenues par son entremise, est entourée de la vénération non-seulement de la province, mais des provinces voisines, mais des pays plus éloignés.

» Le 15 septembre, qui dans tout notre ordre est consacré à fêter la mémoire de cette image, se célèbre à Soriano avec une grande solennité, et la journée se termine par une procession où l'on porte une statue de bois de grandeur naturelle. Or, cette année-ci cette statue se trouvait exposée à la vénération des fidèles du côté gauche de l'autel; la grand'-messe terminée, une trentaine de personnes étaient à prier un peu avant midi, lorsque tout-à-coup on vit l'image, comme si elle eût été vivante, se mouvoir en avant, puis en arrière, lever et abaisser le bras droit, et, le front ridé, accompagner ces mouvements de regards sévères et menaçants sur les assistants, tantôt tristes tantôt remplis de pitié et de vénération quand elle les tournait vers la Vierge du Rosaire, absolument comme ferait un prédicateur du haut de la chaire.

» Ce que devinrent à cette vue les personnes qui priaient à ses pieds, on peut difficilement le concevoir ou l'imaginer. La crainte, la stupeur, se succèdent dans les âmes : elles observent, elles hésitent, et d'abord n'osent en croire leurs yeux.

» Mais enfin, se confirmant les unes les autres,

elles reconnaissent que ce n'est point une illusion, mais une réalité, et l'église retentit de voix qui crient : *S. Dominique ! S. Dominique ! Miracle ! Miracle !* Elles ne pouvaient prononcer une autre parole.

» Ce prodigieux évènement, comme cela était bien naturel, se répandit avec la rapidité de la foudre ; en moins de rien la population tout entière, abandonnant les occupations domestiques, accourt en foule au sanctuaire, en sorte que *deux mille personnes*, au moins, ont pu être témoins du mouvement miraculeux de la statue, qui dura l'espace *d'une heure et demie* environ. Pendant ce temps, présents et arrivants multipliaient les prières, les larmes, les acclamations, les étonnements.

» Bien que ce grand nombre de spectateurs, attestant tous d'une voix le prodige, ne laissât aucun lieu de soupçonner ni l'illusion ni la fraude, néanmoins on voulut satisfaire ceux qui, par doute prudent ou esprit d'incrédulité, n'étaient pas parfaitement convaincus : et ceci tourna à plus grande certitude et évidence du miracle, en dissipant toute ombre qui aurait pu le voiler ou l'obscurcir. Donc, pour satisfaire ceux qui soupçonnaient quelque illusion d'optique, on enleva quelques ornements de papier doré, qui entouraient en forme d'arceau, sans pourtant la toucher, la sainte image ; on découvrit la table qui la portait, pour rassurer quelqu'un qui soupçonnait quelque fraude ou quelque machination de ce côté. Quelques observations de moindre importance cédèrent devant le sens commun, qui démontrait qu'aucune cause naturelle ne pouvait remuer d'une manière si prononcée et si expressive une statue de bois fort pesante. Le vent soufflait avec force, mais il n'éteignait pas les cierges, et les objets les plus légers restaient à leur place, ce qui devenait une confirmation du prodige. Aussi, le miracle terminé, le peuple pieux de Soriano voulut par reconnaissance que l'on portât en procession, dans l'après-midi, cette statue miraculeuse, comme, avant les tristes évènements qui ont affligé l'Italie, avaient coutume de le faire nos religieux gardiens du sanctuaire.

» Voilà ce prodigieux évènement, dont les lettres particulières, toutes parfaitement d'accord entre elles, nous avaient donné les détails, confirmés aujourd'hui par le grand-vi-

caire de Soriano, qui, sur l'ordre de Mgr l'É-
vêque de Mileto, en a écrit une relation étendue, souscrite, sous la foi du serment, par
trente témoins oculaires, choisis parmi les
personnes les plus capables et les plus honnêtes du pays. Au besoin, d'autres, en nombre innombrable, pourraient, comme on le dit
ici, attester la vérité de ces mouvements prodigieux.

» Il ne nous est pas permis de sonder les
desseins de Dieu, que nous devons humblement adorer, et c'est pour cela que nous ne
pouvons nous prononcer sur ses intentions et
fins très-élevées et impénétrables aux mortels.
*Quis cognovit sensum Domini, aut quis consilia-
rius ejus fuit?* Toutefois, nous savons que les
voies du Seigneur sont miséricorde et vérité :
Universæ viæ Domini misericordia et veritas ; et,
par suite, les tristes circonstances du temps
où est arrivé ce prodige nous permettent de
supposer légitimement que Dieu a voulu donner ce signe pour nous prévenir que les péchés du monde ont comblé le calice de sa
colère, et pour nous animer à redoubler de
ferveur afin de désarmer sa justice vengeresse.
Quoi qu'il en soit, à ce prodige, que nous

pouvons appeler domestique, secouant notre
tiédeur, enflammons-nous d'un saint zèle, et
animons-nous à suivre en bons fils les traces
du saint patriarche ; par une prière perpétuelle, implorons la divine miséricorde, afin
que, sa colère apaisée, elle accorde à l'Église
et à la société des jours de tranquillité et de
paix. »

Les conclusions de cette lettre, autant que
le fait lui-même, impressionnèrent vivement,
et firent mieux sentir encore le besoin d'apaiser la divine justice.

On nous objecte souvent qu'il ne se fait plus
de miracles en faveur de l'Évangile, comme
au temps de la prédication des Apôtres, et
pendant les siècles du martyre. C'est là une
erreur qui a lieu de surprendre. Nous pen-
sons, pour nous, qu'à aucune époque il ne
s'en est accompli un plus grand nombre qu'aujourd'hui. Mais notre société affairée a bien le
loisir de s'y arrêter ! Nos feuilles publiques, si
empressées à relever le moindre accident de
charrette ou de toiture, n'ont pas une ligne
pour ces merveilles du doigt de Dieu. Et l'on
s'en va répétant : « Il n'y a plus de miracles ! »

Pour quantité même de chrétiens, la foi aux prodiges contemporains les mieux prouvés est crédulité excessive, presque un affaiblissement d'esprit. Comme si Dieu avait perdu quelque chose de sa puissance, ou qu'il n'eût plus souci de son œuvre sur la terre! comme si Notre-Seigneur n'avait pas lui-même annoncé que ses disciples guériraient les malades, se joueraient des animaux féroces, transporteraient les montagnes par leur foi! Ah! que c'est bien l'heure de dire avec notre grand poëte, dans *Athalie* :

Eh! quel temps fut jamais plus fertile en miracles ?
Auras-tu donc toujours des yeux pour ne point voir,
Peuple ingrat ? Quoi! toujours les plus grandes merveilles
Sans ébranler ton cœur frapperont tes oreilles !

C'était donc la pénitence, le recours à Marie, que prêchait M. l'abbé Guérin aux âmes, alarmées et anxieuses, qui se rangeaient autour de lui. La Très-Sainte Vierge lui inspirait une confiance sans bornes, absolue, qu'il cherchait à communiquer à tous, sur laquelle il revenait sans cesse. « Prions, disait-il, mes bien-aimés Frères; prions, prions beaucoup! faisons pénitence! Mais que rien n'abatte notre courage !

Espérons, espérons ; la miséricorde viendra ! elle viendra par Marie ! »

Chaque matin, l'église se remplissait de la paroisse à peu près entière, venue là pour s'unir à son vénéré Curé et prier avec lui au saint sacrifice. Puis, avant d'aller au travail, beaucoup, et surtout les enfants et les mères, faisaient le chemin de la croix. Tous les soirs on s'assemblait de nouveau pour réciter les cinq dizaines du chapelet, entendre une bonne lecture et faire la prière du soir en commun. Et toujours, pendant ces exercices, les quatre cierges placés devant l'image de Marie étaient allumés. Deux disposés l'un au-dessus de l'autre, avec un petit intervalle, étaient à la droite, deux à la gauche. On priait pour la France, pour les malheureux soldats, exposés à tant de périls et à tant de privations pendant ce rigoureux hiver, pour les enfants de la paroisse plus spécialement. — Tant de confiance, tant de foi, tant de supplications, toutes ces âmes tournées vers elle, n'auraient-elles point touché le cœur si maternel de Marie ? Elle fera bien connaître, la divine Mère, qu'elle n'y est pas restée insensible, et bientôt on la verra descendre du ciel pour apprendre à ses serviteurs que le moment de la miséricorde approche.

Cette relation entre les prières et l'apparition ne doit pas être perdue de vue. Il y en a
d'autres, que tout-à-l'heure nous signalerons
à leur tour. Les miracles de Dieu ne s'accomplissent point au hasard. *Crás faciet Dominus
inter vos mirabilia* (Jos. III, 5). Saint Augustin
a là-dessus une délicieuse parole : d'un seul
mot il rend la multitude des merveilles opé-
rées par le Seigneur comparable à celle des
feuilles et des branches dans une forêt : *Mira-
culorum multitudo sylvescit,* dit-il dans la *Cité
de Dieu* (L. XXI, 8).

Mais, afin de donner une idée de la piété
qui régnait au Pont-Main par les soins de
M. l'abbé Guérin, nous apporterons l'exemple
des deux petits garçons à qui va bientôt se manifester Marie. Ce que nous dirons d'eux
s'applique à presque tous les autres enfants,
et aussi à leurs parents, sauf la diversité des
occupations.

Levés dès six heures, malgré le froid exces-
sif du mois de janvier, et du janvier de cette
terrible année, ils commencent par offrir leur
journée au Bon-Dieu en une première élé-

vation de cœur, et se mettent au travail rustique que comporte leur âge, dans la grange
même où ils ont couché. Ce travail terminé,
ils vont saluer leurs parents à la maison, et,
se mettant à genoux, récitent un premier chapelet à haute voix pour leur frère qui est à
l'armée (touchante et chrétienne affection) ; ils
n'y manquent pas un seul jour. Leur petit dé-
jeûner est fait rapidement ; ils rejoignent à
l'église les fidèles rassemblés pour la sainte
Messe, qu'ils vont servir, et, en attendant
M. le Curé, ils disent la grande prière du matin. Ce n'est pas tout : ils sont arrivés assez tôt
encore pour faire le chemin de la croix dans
cet esprit d'expiation qui a été recommandé
pour attirer la miséricorde de Dieu sur la
France, après tant de fléaux. C'est leur pratique à peu près journalière depuis le commencement de la guerre. M. le Curé monte à
l'autel, et ils l'assistent avec un édifiant recueillement. Puis le pasteur paraît en chaire
et, devant son auditoire plein de piété, prononce les prières publiques pour nos soldats.
— Les enfants vont à l'école matin et soir.
L'*Angelus* se dit en famille ; celui qui travaille
au loin, comme l'ouvrier dans son atelier, se

découvrent et s'unissent à leurs frères : c'est un concert paroissial de salutation et d'honneur à Marie. — A la tombée du jour, la cloche sonne de nouveau : à son invitation, les habitants entrent à l'église, où le chapelet est dit à haute voix et suivi d'une lecture pieuse, souvent accompagnée d'une exhortation où domine la double pensée : *prier, espérer.* « La miséricorde viendra ! elle nous viendra par Marie ! ». — Encore une fois, un si parfait abandon à la bonté divine, de si incessantes supplications, touchèrent le cœur de l'auguste Vierge ; les faits l'ont montré, et il nous y faut venir.

IV.

L'Apparition.

Du 18 au 20 janvier 1871, au moment où Mgr l'Évêque de Laval faisait à N.-D. d'Avesnières le pèlerinage et le vœu dont nous avons parlé plus haut, le bruit se répandit dans le diocèse qu'un grand miracle venait d'avoir lieu dans une humble paroisse du canton de Landivy ; que l'auguste Mère de Dieu était apparue, pendant trois heures, à de petits enfants, à qui elle avait fait entendre des paroles d'espérance. Les détails n'étaient pas connus encore. Avertie aussitôt, l'autorité épiscopale, avec la prudence commandée par l'Église, voulut avoir les renseignements les plus circonstanciés, les témoignages les plus graves, non-seulement avant de se prononcer elle-même, mais avant de permettre que les feuilles religieuses du diocèse occupassent les esprits d'un fait aussi extraordinaire. Après quelques jours d'attente, plusieurs semaines furent employées à des investigations sérieuses, patientes, exemptes de tout enthousiasme précipité.

Un autre fait, d'ailleurs, celui de la délivrance inespérée de Laval, après l'invocation à Notre-Dame d'Avesnières, fournissait un nouveau sujet de reconnaissance et de joie, dont le cœur si pieux de Mgr Wicart était profondément ému.

Franchissant deux mois et demi, nous place

rons ici la circulaire de l'éminent Prélat à son
clergé, en date du 8 avril, jour du samedi-saint.
Elle donnera de l'apparition que nous avons
à raconter une première notion, abrégée il est
vrai, mais entourée de considérations qui
montreront avec quelle sage réserve agissent
nos pasteurs en pareil cas. Puis nous reviendrons à un récit plus détaillé sur chacun des
points signalés par Mgr l'Évêque de Laval.

« Avant d'ouvrir, dans quelques jours, la
longue série de mes visites pastorales de cette
année, je désire publier quelques lignes sur
ce qui s'est passé dans nos murs le 20 janvier
1871, et sur le fait qui s'était produit, dès le 17
du même mois, dans la petite paroisse de Pont-
main. Nous ne caractérisons ni ne qualifions
les circonstances de ces faits, mais nous les
croyons dignes d'être, l'un et l'autre, relatés
dans vos archives paroissiales, à côté et à la
suite des cris de douleur que nous a tant de
fois arrachés la triste époque que nous traver-
sons, et dont nous ne sommes encore qu'in-
complétement sortis.

» Ce fait de Pontmain, Messieurs, qui devait bientôt se répandre dans toutes les parties

du diocèse, puis de la France entière, et même
au-delà de nos frontières, nous était totale-
ment inconnu quand, dans la journée du 20,
l'admirable élan des religieux habitants de
notre ville nous entraînait avec eux aux pieds
de Notre-Dame d'Avesnières pour prononcer,
du haut de la chaire, après nos humbles supplications, le vœu que faisaient avec nous les
trois ou quatre mille personnes réunies devant
son image vénérée, de restaurer la tour et la
belle flèche de son église si la protection puissante de la Vierge Immaculée, Mère de Dieu
et notre mère profondément aimée, daignait
nous préserver de l'incendie et du pillage qui
nous menaçaient de si près. Qui ne se souvient,
en effet, du trouble qui dans ce moment agitait toutes les âmes ? Les canons et les mitrailleuses couvraient les hauteurs et tous les
points de défense de la ville ; tous les ponts de
la Mayenne étaient minés et prêts à sauter,
avec d'horribles dégâts, sur ses deux rives. Les
généraux avaient ordre de se défendre à toute
outrance, et tout s'y préparait. L'ennemi était
proche. Déjà un premier combat avait eu lieu
le 18, à trois kilomètres à peine de Laval, et
les premières victimes tombées avaient été

ramenées sanglantes dans nos murs. De nouvelles attaques étaient attendues d'instant en
instant. Un quartier-général était établi en
avant de la ville, et une batterie d'artillerie,
avec des mitrailleuses et des troupes sous les
armes, étaient postés près de St-Michel. — Il
n'y eut rien cependant dans la soirée.

» Le lendemain, aussi loin que les éclaireurs
français purent se porter, ils n'aperçurent tout
le long de la rivière, sur sa rive gauche, que
d'innombrables soldats prussiens, dont il était
impossible de découvrir les mouvements ou de
deviner les intentions. De part et d'autre il n'y
eut pas d'autre manifestation. — Le surlen-
demain, vendredi, quatre coups de canon reten-
tirent. On ne sut d'où ils venaient, et ils parurent jeter l'effroi dans presque toutes les
âmes. — C'est dans ces sombres circonstances,
Messieurs, que commençait notre humble et
ardente prière. Elle s'acheva dans le calme;
les cœurs chrétiens semblaient rassérénés. La
nuit fut tranquille, la journée suivante le fut
également. On allait à la découverte, on s'é-
tendait dans toutes les directions, et l'on ne
voyait plus rien. Quelques jours après, nous
acquérions la certitude qu'il restait à peine

quelques groupes de Prussiens çà et là, aux extrèmes limites du département, du côté de la Sarthe et de l'Orne.

« Je livre cet exposé, Messieurs, à vos appréciations individuelles et à celles de vos paroissiens, sans y joindre aucune observation. J'espère seulement que vous voudrez bien unir vos sincères actions de grâces à celles qui s'élevèrent à Laval, du fond de tous les cœurs, vers l'immaculée Vierge Mère de Dieu, notre patronne et protectrice spéciale depuis la première fête que nous célébrâmes en son honneur peu de jours après l'intallation définitive d'un siége épiscopal au milieu de vous.

— » Ce fut sur ces entrefaites, et durant les premières impressions de ce grand bienfait de notre délivrance, Messieurs, que nous vint inopinément de Landivy, dans un récit très-détaillé, la première nouvelle des choses fort extraordinaires qui venaient de se produire, nous écrivait-on, dans la petite paroisse de Pontmain, le 17 janvier, vers six heures du soir, et qui s'étaient prolongées jusque vers neuf heures. Le prêtre judicieux, et digne de toute notre confiance, qui nous envoyait ce rapport nous déclarait qu'invité par le bon

curé de la paroisse à vouloir bien se rendre
sur les lieux pour prendre connaissance de ce
qu'auraient à lui dire quatre de ses jeunes
paroissiens, il n'avait pas cru devoir se refuser à un désir très-vivement exprimé, mais
qu'en partant il était bien disposé à ne rien
croire de ce qu'il entendrait.

» Il en fut tout autrement néanmoins.
Après avoir, successivement et séparément,
entendu chacun de ces enfants, après leur
avoir fait de très-nombreuses objections, et
avoir pris tous les moyens possibles de les
mettre en contradiction les uns avec les autres
ou avec eux-mêmes, après les avoir vus, sur
tous les points, affirmer invariablement toutes
les mêmes déclarations, avec les apparences
les plus évidentes d'une intelligence remarquable et droite, et en même temps d'une conscience incapable d'inventer et soutenir imper-
turbablement une série de mensonges qui
seraient horribles en matière si grave, le res-
pectable doyen sentit, sans en rien manifester, des sentiments nouveaux se former dans
son âme, et sa lettre me les avouait.

» Cette intéressante lettre pourtant resta
quelque temps sans réponse. Il en vint d'au-

tres, auxquelles il ne fut également rien répondu. Puis quelques explications furent
demandées, quelques avis donnés ; et un peu
plus tard un nouveau rapport, plus précis,
plus complet, me fut envoyé, mais sans rien
changer d'essentiel ni rien ajouter au premier
exposé. Ces renseignements, quelque estimables qu'ils fussent, ne pouvaient nous suffire,
et il nous devint très-agréable que des prêtres
connus de Laval et des professeurs de notre
séminaire allassent, quoique sans mission
formelle, visiter Pontmain, voir et faire parler
les enfants. L'un de ces Messieurs y fit deux
voyages, y passa tout le temps nécessaire pour
recueillir auprès des enfants, de leurs parents,
de leurs institutrices et de la population presque entière, tout ce qui pourrait répandre
quelque lumière nouvelle sur l'ensemble des
faits énoncés et sur la valeur qu'il convenait
d'attribuer au témoignage rendu par les enfants. On a pu lire le résultat de ces recherches
dans le petit écrit que l'auteur en a rédigé et
fait imprimer (avec permission de l'Evêché)
sous ce titre : *L'évènement de Pontmain.*

» Enfin, tout récemment, M. Vincent, notre
vicaire-général, a été prié et chargé par moi

de se rendre dans cette paroisse avec M. l'ar-
chiprêtre d'Ernée et M. le doyen de Landivy
comme assistants, à l'effet d'ouvrir une enquête canonique sur toute l'affaire et sur tout
ce qui s'y rattache. Cette enquête a eu lieu,
aussi ample que possible. Elle ne contredit en
rien d'important les récits antérieurs dont il
est parlé plus haut. Elle redresse seulement et
fait disparaître une légère inexactitude qui
s'était glissée dans la première édition de la
brochure livrée au public. Ce n'est qu'une
simple nuance que l'auteur n'avait pas bien
saisie, et dont il ne reste pas trace dans les
éditions subséquentes.

» Rien n'annonce d'ailleurs qu'il y aurait
d'autres modifications à faire ; et, en toute
autre matière, nous n'hésiterions pas à prononcer que la cause est suffisamment instruite.
Mais l'Église n'a point l'habitude d'aller si
vîte dans ses jugements. Nous ferons comme
elle a toujours fait. Tout le dossier restera pro-
visoirement à l'étude entre nos mains. Et si le
moment vient, comme nous croyons pouvoir
l'espérer, où il sera possible et permis de
déclarer que ce n'est pas un abominable concert de quatre jeunes enfants qui auraient

inventé cette étrange histoire, mais que ces enfants, dont le plus âgé n'a que douze ans, appartiennent à de très-honnêtes familles, bien sincèrement chrétiennes; qu'ils ne manquent pas d'intelligence, qu'ils sont vertueux et pieux, et qu'il n'y a pas ombre d'hallucination ni de mensonge dans leurs dires, cela sera très-certainement déclaré. Et si, en même temps, il devient possible et évidemment permis, comme nous osons également l'espérer, de prononcer, en sûreté parfaite de connaissance et de conscience, que c'est la Vierge Immaculée, notre mère et patronne perpétuelle, qui a daigné se montrer elle-même pendant plus de deux heures à ces pieux et innocents enfants, au milieu d'une foule attentive et attendrie de chrétiens qui ne voyaient rien; que c'est elle-même qui a daigné, le 17 janvier 1871, faire briller à leurs yeux, en grandes lettres d'or, successivement produites, ces mots:

MAIS PRIEZ, MES ENFANTS.

DIEU VOUS EXAUCERA EN PEU DE TEMPS.

MON FILS SE LAISSE TOUCHER.

soyez sûrs que nous proclamerons avec bonheur cette vérité sur les toits. Car nous ne sommes pas du nombre de ces pauvres esprits qui supposent que Dieu ne s'occupe pas des choses de ce monde, ou qui croient que les miracles soient difficiles à Celui qui est la bonté même et à qui toute puissance appartient sur la terre comme dans le ciel.

» Mais, nous l'avons dit, nous attendrons que le moment de parler plus ouvertement soit venu. En attendant, cependant, nous ne voyons aucun inconvénient à faire savoir dès aujourd'hui que la manifestation précitée de Pontmain, et la croyance qu'on y accorde généralement, n'ont donné lieu à aucun désordre d'aucun genre ; qu'elles n'ont fait au contraire que donner un plus vif élan à la piété des populations, et que le désir, manifesté par beaucoup de personnes, de voir s'élever un édifice sacré sur le point au-dessus duquel la céleste apparition se serait produite peut être exécuté, à condition toutefois que le sanctuaire construit ne recevra aucun titre non autorisé par nous. Ce ne sera par conséquent qu'un modeste autel, ou un temple de plus, érigé à la gloire de Dieu et en l'honneur de la miséricordieuse Mère de Dieu et des hommes, dont les innombrables bienfaits couvrent la terre.

» Voilà ce que j'avais présentement à faire connaître. »

Entre les prières qui ont été faites et l'apparition elle-même, il y a des relations, nous l'avons observé, qu'il est intéressant pour la piété de bien connaître.

Nous savons en quel état se trouvait en ce moment notre malheureux pays, foulé par un ennemi sans pitié, décimé dans la fleur de sa jeunesse, ravagé dans ses plus riches provinces, jusqu'aux portes de sa capitale assiégée, et redoutant chaque matin une augmentation de maux. — La pieuse Mme Morin, âgée de 90 ans, s'était retirée, suivant son habitude, à Fougères, pour y passer la mauvaise saison. Vers le commencement de janvier, elle pria la vénérée supérieure des Sœurs du Pont-Main de la venir visiter, et s'entretint longtemps avec elle des choses de Dieu, de l'éternité à laquelle elle touchait (car, outre son grand âge, elle se trouvait malade), des œuvres de sa chère petite paroisse, et de la nécessité de conjurer par la prière la colère de Dieu. — : « Ah ! ma Sœur, répéta-t-elle plusieurs fois, que de malheurs ! que d'évè-

nements horribles! Prions, prions! faisons pénitence! Faites-vous prier vos enfants ? » Sur
la réponse que bien souvent toute l'école se mettait à genoux et faisait entendre au Ciel d'ardentes supplications : « C'est bien, très-bien,
continua la sainte malade : mais faites prier
encore plus ! » Et se reprenant bientôt : « Je
ne voudrais pourtant pas surcharger ces pauvres enfants. Mais tenez, il y a un si beau
cantique de pénitence : *Mon doux Jésus, enfin
voici le temps de pardonner à nos cœurs pénitents :*
qu'ils le chantent souvent ; le chant leur
pèsera moins que de longues oraisons. Oh !
oui, que le doux Jésus ait pitié de nous, et
qu'il écoute les voix de ces innocents ! »

Le désir de Mme Morin fut accompli : dès
son retour, la Sœur supérieure fit chanter une
strophe de ce cantique avant chaque exercice,
à l'école. De plus, toutes les heures un signal
faisait tomber à genoux tous ces petits enfants,
et ils chantaient dans cette posture la strophe
Enfin, mon Dieu, nous sommes à genoux. C'est
ainsi que le Pont-Main faisait violence au
Ciel. — Nous donnons ce cantique en entier,
pour ceux de nos lecteurs qui ne le connaî-
traient qu'imparfaitement.

Mon doux Jésus, enfin voici le temps
De pardonner à nos cœurs pénitents.
Nous n'offenserons jamais plus
Un Père qui nous aime ;
Nous n'offenserons jamais plus
Votre bonté suprême,
O doux Jésus !

Puisqu'un pécheur vous a coûté si cher,
Divin Jésus, sauvez-le de l'enfer.
Ah ! ne perdez pas, cette fois,
Rédempteur adorable,
Ah ! ne perdez pas, cette fois,
La conquête admirable
De votre croix.

Enfin, mon Dieu, nous sommes à genoux
Pour vous prier de pardonner à tous.
Pardonnez-nous, ô Dieu clément,
Jésus notre victime !
Pardonnez-nous, ô Dieu clément,
Et lavez notre crime
Dans votre sang !

Mme Morin expirait quelques jours après, le
11 janvier, dans les sentiments de la piété la
plus admirable, bénie de tous ceux qui l'a-
vaient connue, vénérée comme une sainte par
ceux qui avaient vu de près sa charité, son

zèle, sa vie de bonnes œuvres et d'union à
Dieu. Elle mourut à Fougères, mais son corps
fut apporté dans le cimetière du Pont-Main :
il était juste que l'infatigable bienfaitrice re-
posât parmi ceux pour qui elle avait tant fait
pendant quarante années. Sa mort causa dans
la paroisse une douleur générale et profonde,
et lorsque, six jours après, Marie daigna apparaître, beaucoup de bonnes personnes du
Pont-Main se persuadèrent que la vertueuse
défunte avait obtenu ce prodige pour sa petite paroisse. — « Notre-Dame, disaient-elles,
avait résolu de descendre sur la terre pour
consoler les hommes et ranimer en France
l'espoir qui s'en allait : Mme Morin, arrivant
au ciel en ce moment, a si bien plaidé pour
nous, que le Pont-Main a été choisi. Impossible d'en douter... » — Bénies soient, ô mon
Dieu, les âmes qui passent ici-bas en faisant
ainsi votre œuvre, en vous faisant aimer par
l'exemple et par la mansuétude d'une vie entièrement chrétienne.

Quand on entre au Pont-Main par la route
de S.-Mars-sous-la-Futaye, la plus fréquentée
parce que c'est celle d'Ernée, de Laval, de

Mayenne, on traverse, avant de rencontrer les
maisons, un petit pont sur un cours d'eau qui
baigne de gracieuses prairies, et, montant
quelques pas encore, on atteint l'unique rue
du bourg, formée par des habitations de très-
modeste apparence, mais en général proprement tenues. L'église se trouve vers le milieu
de la rue, dans un enfoncement, à droite ; elle
se présente de biais, entourée de l'ancien cimetière, avec un peu d'élévation du sol, car il
faut franchir plusieurs degrés pour gagner la
porte du côté de l'Épître, qui se présente d'a-
bord. En retour de l'église, faisant face à la
rue, mais séparée d'elle par une aire à battre
le grain, on voit une maison de bonne apparence, à un seul étage, appartenant à la famille Guidecoq, qui tient auberge et bureau
de tabac. En face de cette maison, de l'autre
côté de la rue, à la gauche du voyageur par
conséquent, — et nous supposons qu'il s'est
arrêté là, — habite la famille Barbedette. Outre sa maison, sur l'immense cheminée de laquelle on lit la date de 1598, cette famille possède tout à côté, sur la même ligne, à gauche
toujours, une grange couverte en chaume,
assez grande, où nous avons déjà vu deux

enfants passer la nuit, travailler et prier.

Cette famille a un fils parti pour l'armée depuis le mois de septembre. Ses deux autres enfants sont : *Eugène*, âgé de douze ans, d'un caractère doux, timide, affectueux ; *Joseph,* actuellement dans sa dixième année, d'une nature un peu plus remuante, mais assez délicat de santé. La famille Barbedette est une des plus religieuses, des mieux réglées, des plus estimées du bourg.

Or, le mardi 17 janvier 1871, les deux enfants que nous venons de nommer, après avoir passé une partie de la journée à l'école des Sœurs, venaient de rentrer, et, vers 5 heures 1/2, comme la nuit était déjà fermée, leur père les appela à la grange pour le travail qu'ils faisaient soir et matin, qui était de piler des ajoncs avec de gros marteaux en bois, ajoncs destinés à la nourriture des chevaux. Ils s'acquittaient de cette besogne à la lueur très-faible d'une de ces chandelles de résine si communes jadis dans les fermes de la Basse-Normandie, du Maine et de la Bretagne, et qui ont presque disparu depuis une vingtaine d'années. Le travail fut interrompu, au bout d'un quart-d'heure environ, par l'arrivée d'une femme du bourg qui avait à parler au père Barbedette. Eugène, profitant de cet instant de répit, s'approche de la porte et regarde quel temps il fait. C'était une soirée glaçante ; la terre était couverte de neige, le ciel pur, couvert d'étoiles, l'atmosphère rigide et dure. Tout-à-coup, en portant ses regards en haut, droit devant lui, l'enfant est frappé par une vision merveilleuse qui lui apparaît au-dessus de la maison d'Augustin Guidecoq, située juste en face, nous venons de le dire. Une dame de grande taille, admirable de majesté, se tenait devant lui, en l'air, à vingt pieds environ au milieu et au-dessus du toit. Elle regardait elle-même le petit Eugène et semblait lui sourire. Sa robe, du bleu le plus doux à l'œil, parsemée d'étoiles d'or du haut en bas, sans ceinture et sans taille, tombait du cou jusque sur les pieds. La chaussure était bleue aussi, et un ruban d'or s'y arrangeait en nœud en forme de rosette. « Un voile noir, cachant entièrement les cheveux et les oreilles et couvrant le tiers du front, retombait sur les épaules jusqu'à la moitié du dos (ce dont on s'assurait par les deux extrémités qui sor-

taient près des mains, les bras étant abaissés).
Immédiatement rejeté en arrière, il ne ca-
chait pas la figure. Sur la tête elle portait une
couronne d'or, sans autre ornement qu'un petit liseré rouge, situé à peu près au milieu.
Posée sur le voile, haute à peu près de vingt
centimètres, elle ne montait pas tout droit,
mais en s'élargissant comme un cône ren-
versé. La figure de la Dame était petite, très-
blanche, d'une bonté incomparable. Elle avait
les mains étendues et abaissées, comme on a
coutume de représenter Marie immaculée [1]. »
L'enfant restait là, stupéfait, n'osant en croire
ses yeux. « Jamais, a t-il dit depuis, on n'a
rien vu de pareil, ni en personne ni dans les
images. » — Toujours préoccupé du souvenir de son frère qui courait à la guerre de si
grands dangers, le pauvre Eugène s'imagina

---

[1] M. l'abbé Richard, p. 30 de l'édit. in-8°. — Dans les
dialogues qui vont suivre, nous nous dispenserons de
reproduire les expressions campagnardes de quelques-uns
des personnages. La langue de ces contrées n'est point
un patois, mais un français grossier, mal prononcé, tel
qu'on le trouve dans presque tous nos villages de France,
sauf les nuances d'accent. Du reste, nous rendrons les
discours mot pour mot.

d'abord que cette apparition, ce signe dans le ciel, était une annonce de la mort de ce frère chéri, dont on n'avait pas de nouvelles depuis trois semaines ; et l'on était au moment le plus terrible de la guerre, car l'ennemi avait pénétré au Mans et s'avançait sur Laval et Rennes. Une vive douleur le saisit à cette pensée ; mais elle dura peu, quand il s'aperçut que la Dame, en fixant sur lui les yeux, lui souriait avec une bonté ineffable. Ce ne sont pas des sourires qu'apporte un messager de mort. — Eugène était là, cloué par l'admiration, depuis moins d'un quart-d'heure, et ne se rendant pas compte de ce que pouvait être enfin cette merveille. Jeannette, la femme qui parlait à son père, sortit en ce moment : l'enfant l'arrête sur le seuil de la grange : — « Jeannette, lui dit-il, regardez donc de ce côté, en haut, sur la maison de Guidecoq : ne voyez-vous rien ? — Ma foi, mon pauvre Eugène, répond celle-ci, j'ai beau ouvrir les yeux par là, je ne vois rien absolument que les étoiles du ciel. » Et elle continuait pourtant de regarder.

Le petit frère avait entendu la question : poussé par la curiosité naturelle à son âge, il

accourt, en même temps que le père, qui
avait entendu aussi et que l'expression de saisissement d'Eugène avait frappé. Le père Barbedette, comme tous les gens de la campagne
d'un certain âge, était positif et ne se montait pas aisément l'imagination. Il interroge
son fils, suit attentivement la direction qui lui
est montrée, et ne voit, comme Jeannette,
que les étoiles du ciel. Mais le petit Joseph
fut plus heureux. Les yeux fixés tout grands
sur le spectacle qui s'offrait à son frère et à
lui : — « Oh! s'écrie-t-il, moi je vois une belle
grande dame, là, au-dessus de la maison
de Guidecoq. — Comment est-elle habillée ? »
lui dit Eugène pour s'assurer qu'il ne se trompait pas lui-même. — « Oh! elle a une robe
toute bleue, et les étoiles sont dessus, et ses
chaussons aussi sont tout bleus, avec des bou-
cles d'or. — Dis donc, Joseph, regarde bien
si elle a une couronne », continua Eugène.
— « Oui, elle en a une dorée qui va en s'a-
grandissant, avec un petit fil rouge au milieu,
et, après ça, un voile noir. »— Et tous deux se
répétaient leurs interrogations, leurs remar-
ques, et restaient en contemplation de ce beau
spectacle, que leur imagination de petits vil-

lageois n'eût certainement jamais inventé.

Quant au père, en entendant tout cela, il faisait mille efforts pour découvrir quelque chose, mais inutilement : devant lui, un ciel étoilé, la neige sur les toits, et rien de plus. Le lecteur en conviendra : c'est cet homme surtout, s'il y avait eu complot ourdi pour une imposture, qui eût été choisi pour affirmer le prodige. En lui refusant la grâce de la contempler, la Sainte Vierge préparait une preuve de plus de la réalité de l'apparition. — L'excellent homme crut tout simplement à une hallucination de ses enfants : — « Mes pauvres petits, si vous voyiez quelque chose, Jeannette et moi avons les yeux aussi bons que vous et nous verrions aussi. Vous rêvez ! Rentrons dans la grange, et vîte à notre besogne, car je crois que la soupe est trempée. » — Habitués à une obéissance parfaite, les deux enfants ne se permettent pas une objection, quoiqu'ils eussent grande envie de voir la fin du prodige, se remettent à leurs ajoncs tout pensifs, osant à peine parler. Pendant ce temps, Barbedette priait Jeannette de ne point ébruiter l'affaire : « Car il y en a bien qui ne voudront pas croire ce que disent ces petits,

et cela ferait peut-être du scandale. » Cette
femme lui promit de se taire, et il retourna
auprès de ses enfants pour continuer le travail.

Cette aventure, toutefois, le préoccupait intérieurement. Il connaissait Eugène et Joseph ;
il les savait pieux, délicats, incapables de mentir même en jouant, et la netteté de leur récit
de tout-à-l'heure, l'admiration peinte sur
leur visage, leurs yeux qui n'avaient pas
quitté le même point, comme s'ils y eussent
été attachés par une force secrète, cet étonnement de l'enfance qui est si expressif, lui trot-
taient par l'esprit, pour employer une expression populaire. Au bout d'un instant, il n'y
tient plus. — « Eugène, va donc t'assurer si
tu vois encore la même chose. » L'enfant, que
dévorait le désir de revoir *la Dame*, court à la
porte : — « Oh ! crie-t-il, tout pareil, Papa,
tout pareil ! — Eh bien ! continue Barbedette,
de plus en plus frappé de cette assurance, va-
t-en chercher ta mère pour qu'elle essaie de
voir aussi ce que c'est que ça. Mais n'en parle
pas à la servante. Tu diras à Victoire (la mère)
que j'ai affaire à elle. » — Profitant de la permission tacite, le petit Joseph avait jeté là son

maillet et était accouru pour voir encore ce qui l'avait tant charmé. La belle Dame est toujours dans la même position, aussi rayonnante, aussi douce du regard, aussi souriante. — « Oh! que c'est beau! que c'est beau! » s'écriait-il en battant des mains et en sautant de joie. Barbedette faisait d'inutiles efforts et continuait de ne rien voir.

Peu de minutes après, arrivent Eugène et sa mère, car la maison est presque contiguë à la grange, et il n'avait pas fallu plus de temps pour faire la commission. La mère, en entendant les exclamations de Joseph, auxquelles elle ne comprenait rien, le frappa légèrement sur le bras en disant : « Veux-tu te taire, Joseph! Qu'est-ce que cela signifie ? Voilà déjà les voisins qui nous regardent. » — Eugène l'invite alors à se tourner du côté de la maison de Guidecoq, à examiner au-dessus, entre les deux cheminées : — « Ne voyez-vous rien, Mère ? » Elle regarde avec une attention anxieuse : « Mais non, répond-elle : il n'y a rien, je ne vois que le toit et les cheminées, et la neige qui est dessus. — Comment! s'écrient à la fois les deux petits, dont les yeux étincelaient de joie, comment, Mère! vous ne voyez pas cette belle grande *Dame* tout en bleu, avec des souliers bleus, une couronne sur la tête, et qui sourit ? Vous ne voyez pas son voile qui tombe derrière elle, les étoiles qui la couvrent de la tête aux pieds ? Vous ne voyez pas comme elle se tient dans l'air sans s'appuyer sur rien ? — Non, vraiment : j'ai beau regarder où vous dites, il n'y a rien du tout ! »

Le père ne disait plus mot. Impressionné de cette scène, sentant que quelque chose d'étrange se passait, il laissait à sa femme, en qui il avait confiance, le soin de débrouiller l'affaire, mais il commençait à entrevoir l'action de Dieu. Sur les assurances renouvelées des enfants, qui continuaient de décrire ce qu'ils distinguaient si clairement, et sachant qu'ils ne l'auraient jamais trompée, ni elle ni personne, la mère à son tour éprouva de l'émotion. En pouvait-il être autrement ?

Lutter contre l'évidence est le courage des sots, mais des sots tout seuls. — « Ça pourrait bien être, dit-elle au bout de quelques instants, la Sainte Vierge qui nous apparaît.

Puisque vous la voyez si bien, mes enfants, disons cinq *Pater* et cinq *Ave*, pour lui rendre honneur si c'est elle. »

La préoccupation des parents était de ne point attirer l'attention du bourg ; ils n'aimaient pas le bruit, et leur conviction n'était pas formée. Mais voici que justement quelques voisins, ayant entendu les cris des enfants et vu leur visage comme transfiguré par la joie, se mettaient sur le seuil de leurs portes, et demandaient à Barbedette et à sa femme ce qu'il y avait et si l'on voyait dans l'air quelque chose. — « Ce n'est rien, répondit le père. » Et la mère ajouta, en manière d'explication, mais toute troublée : « Ce sont les enfants qui tombent en balourdise : ils disent qu'ils voient là-bas quelque chose, et nous autres nous ne voyons rien ! » Et ce disant on ferme la porte de la grange, on s'agenouille contre cette porte, dans la direction de l'apparition, et tous ensemble récitent les cinq *Pater* et les cinq *Ave*. La pauvre mère pensait aussi que ce pouvait être l'annonce de la mort de son fils aîné, et intérieurement éprouvait de ces angoisses que sentent seules les mères avec cette intensité. Aussi, la prière achevée, fut-elle la pre-

mière à dire : — « Rouvrons maintenant, et
regardez si vous voyez encore. — Mère, c'est
toujours la même *Dame*, toujours le même
éclat, toujours le même sourire. » La pauvre
femme, ne se doutant pas de ces élections de
Dieu, qui se communique à qui il veut, et ne
réfléchissant pas, à ce moment-là, que Marie
ne voulait être contemplée que par des enfants
semblables à ceux dont Notre-Seigneur Jésus-
Christ disait « Le royaume des cieux est pour
ceux qui leur ressemblent », s'imagina que
l'insuffisance de sa vue était cause qu'elle
ne voyait rien — : « Eh bien, dit-elle, je vais
chercher mes lunettes : il faut croire qu'alors
je verrai quelque chose comme vous. »

Elle part, et revient suivie de sa domestique Louise. Elle pose gravement sur son nez
une paire de lunettes respectables, convaincue
que tout mystère va tomber pour elle. Hélas !
elle a beau les nettoyer à chaque tentative,
les enfoncer plus correctement, elle ne distingue que les étoiles du ciel, et parmi elles trois
étoiles d'un éclat particulier, dans la direction
marquée par les enfants. Ces étoiles, tous les
voyaient bien : particularité que nous devons
faire ressortir, car, ainsi que le lecteur va

l'apprendre, elles servaient au cortége de Marie. — La servante, le père, ne voyaient pas davantage. — « Allons, dit Victoire, décidément il n'y a rien : vous êtes de petits imposteurs et des visionnaires. Rentrons tout de suite à la grange. » — La besogne s'acheva promptement, et on partit pour le souper. Le temps était si froid, que l'horloge de l'église ne sonnait plus. Il était environ 6 h. 1/4. — En passant par la rue, les enfants ne détournaient pas les yeux de la magnifique vision, toujours présente : la même *Dame* toujours, le même regard sur eux, le même sourire d'une amabilité infinie. — « Oh ! si j'en avais la permission, disait l'aîné des enfants, je ne bougerais pas d'ici ! » Ils s'en allaient lentement, se retournant à chaque pas, regardant avec admiration et disant à leurs parents : « Que c'est beau, mon Dieu ! que c'est beau ! »

Une simple observation à cet endroit. Si, comme le pourraient alléguer quelques incrédules ou des esprits défiants, il s'était agi, non d'une supercherie des enfants (la supposition serait de beaucoup plus difficile à admettre

que le miracle lui-même), mais d'un phénomène naturel, d'un mirage, d'un effet de lumière, d'un effet de ce grand froid sur l'atmosphère, d'un caprice quelconque de la nature
(nous sommes habitués à mille arguments de
cette force de la part des adversaires de toute
révélation), pourquoi chacun n'aurait-il pas
vu aussi bien que les enfants ? Ce choix de
l'innocence, au contraire, ne marque-t-il pas
une volonté, un but, une pensée, et par conséquent une intervention surnaturelle ? On la
constatera mieux à chaque développement de
cette scène magnifique, et nos forts raisonneurs nous expliqueront alors comment le
mirage, l'effet de neige, s'y est pris pour
écrire trois phrases fort nettes, lues par quatre enfants à la fois, sans peine, sans hésitation, sans l'ombre de discordance.

Eugène et Joseph Barbedette, forcés par
l'obéissance de rentrer à la maison, avaient
grande impatience de retourner voir l'apparition qu'ils appelaient *la Dame*, n'osant croire
que ce fût la T.-S. Vierge, malgré l'insinua-
tion de leur mère. Au lieu de s'asseoir à la
table commune, ils mangeaient leur soupe de-

bout, se pressant pour sortir plus tôt. — « Dépêchons-nous, Joseph, disait Eugène, pour
voir si ça y est encore. » Et, du consentement
des parents, ils sortirent sur ce mot de leur
mère : « Dites encore cinq *Pater* et cinq *Ave*
si vous voyez toujours *la Dame*, mais sans
vous mettre à genoux, parce qu'il fait trop
froid. » Peu de minutes s'étaient écoulées
qu'ils revinrent à la maison, et dirent, tout
saisis : « Ça continue ! ça continue ! On voit
exactement la même chose ! » On les interroge
de nouveau, on leur fait répéter les détails,
qui ne varient en rien. — « Si vous saviez
comme c'est beau à voir ! *la Dame* est grande
au moins comme Sœur Vitaline de l'école, et
avec une si belle robe, une si belle couronne !
et elle sourit si doucement ! Elle se tient toujours là, sur la maison de Guidecoq. »

La sœur Vitaline, de qui il est question, a
une taille plus élevée que ses deux compagnes,
1 m. 65 environ. Ce nom amena la mère Barbedette à penser aux Sœurs, qui sans doute
pourraient éclaircir cet inexplicable phénomène. — « Eh bien, dit-elle, puisque vous
parlez de la sœur Vitaline, il faut l'aller qué-
rir. Les Sœurs valent mieux que vous : si vous

voyez, elles verront bien aussi. J'y vais avec
toi, Eugène. » — Le modeste établissement
de l'école est presque en face de la maison
Barbedette, et fait suite, sur la droite, avec
un jardin au-devant, à la ligne de maisons où
se trouve celle des Guidecoq. Sœur Vitaline
récitait son office quand elle s'entendit appeler.
— « Ma Sœur, venez chez nous, s'il vous plaît :
les enfants disent qu'ils voient quelque chose
en l'air, et nous, nous ne voyons absolument
rien, quoique nous regardions de notre mieux.
Vous allez peut-être nous dire ce que c'est que
cela. » La Sœur se lève aussitôt et les suit à
la grange ; ils s'y trouvèrent seuls tous les
trois. La vision était la même pour Eugène :
il indiquait exactement la place, décrivait *la
Dame*, son attitude, ses vêtements, son sourire.
— « Je ne vois rien, dit la Sœur. J'ai beau
faire, c'est la nuit, ce sont les étoiles, et voilà
tout ! » — Évidemment, l'imagination n'entrait point ici : suivant nos diseurs d'incrédulité, le témoignage inébranlable de ces enfants,
leur émotion, auraient dû enflammer les têtes
et persuader à tous qu'ils voyaient réellement
ce qu'on leur décrivait avec cette assurance.
M. Renan a-t-il raisonné autrement au sujet

de la résurrection de Notre-Seigneur ? [1] —
« Comment! reprenait le petit Eugène avec
une sorte d'impatience, comment! vous ne
voyez pas! Mais ces trois étoiles, plus grandes
que les autres, qui forment un triangle, vous
les voyez, pour sûr ? — Ces trois étoiles-là,
oui, mais c'est tout. — Eh bien, la tête de *la*

---

[1] M. Henri Lasserre lui a répondu de la seule manière
qui convienne à de tels sophismes : par le ridicule. Dans son
charmant petit volume intitulé *Le treizième apôtre*, s'em-
parant des phrases même de M. Renan, mot pour mot,
il démontre, *à la façon de MM. de la vide-pensée*, que le
retour de Napoléon de l'île d'Elbe, en 1815, est pure
invention, et que les masses, fanatisées par leurs souvenirs et par les assurances de quelques militaires plus
montés que les autres, crurent voir celui qu'elles ne
voyaient aucunement puisqu'il était toujours dans son
île... — « C'est le propre des états de l'âme où naissent
» ces sortes d'apparitions d'*être contagieux*. L'histoire de
» toutes les grandes crises de cette nature prouve que
» *ces sortes de visions se communiquent dans une armée*
» *composée de gens de la même opinion* : il suffit qu'un
» soldat affirme voir et entendre quelque chose de surna-
» turel, pour que *les autres voient et entendent aussi...*
» (p. 151). » Eh bien! au Pont-Main, pas l'ombre de cette
contagion, alors même que la foule fut assemblée sur la
place, pendant plus d'une heure, avec les voyants, au
souffle de leur enthousiasme! Les enfants qui voyaient
virent du premier coup, sans intervalle, sans hésitation,
sans tâtonnement.

Dame est juste au milieu. » Ces étoiles formaient à Marie comme une seconde couronne.

La Sœur, ne pouvant distinguer ce que lui indiquait l'enfant, crut aussi à une hallucination, et prit le parti de se retirer. La mère Barbedette l'accompagna quelques pas et lui dit : « Ma Sœur, je vous en prie, pas un mot de cette affaire : les petits tombent en balourdise.» Elle le croyait plus que jamais, car il lui paraissait impossible que, si la Sainte Vierge se révélait, une pieuse religieuse fût exclue du bonheur de la voir, bonheur accordé à ses deux petits garçons.

Sœur Vitaline s'en allait cependant toute songeuse. Dans la réalité, se disait-elle, rien n'est impossible au Bon-Dieu ; la Sainte Vierge est la reine de la miséricorde, et elle pourrait apparaître au Pont-Main aussi bien qu'ailleurs. En rentrant à l'école par la cuisine, elle voit au coin du feu trois petites pensionnaires. L'idée lui vient de faire avec ces enfants une seconde expérience. — « Petites, leur dit-elle, venez par ici : Victoire a quelque chose à vous montrer. » Il faisait grand froid, il faisait nuit : aucune n'avait envie de sortir, fût-ce pour voir la plus curieuse chose du monde. Jeanne-Marie *Lebossé*, du département d'Ille-et-Vilaine, âgée de neuf ans, la protégée de Mme Morin, se leva la première, et fut suivie de Françoise *Richer*, Bretonne aussi, âgée de onze ans.

A quelques pas de l'école, cette dernière, levant les yeux, s'écrie : « Je vois quelque chose sur la maison de Guidecoq, mais je ne sais pas ce que c'est. » Arrivées à la porte de la grange, ayant devant elles l'apparition : « Oh ! la belle *Dame* ! la belle *Dame* ! disent-elles ensemble : la belle robe bleue ! les belles étoiles d'or ! Regardez donc, vous autres ! » Mais *les autres* écarquillaient vainement les yeux : Eugène et les deux petites écolières voyaient seuls. Là-dessus accourt Joseph, qui, lui aussi, distingue tout. Et voilà nos quatre enfants tombés dans une contemplation profonde.

La supérieure, sœur Marie-Timothée, était absente du bourg, et ne devait revenir que le lendemain ; ses deux compagnes, sœur Vitaline et sœur Marie-Édouard, venaient en même temps que Joseph. — « Mais que voyez-vous donc ? » dit la sœur Marie-Edouard, qui n'était pas au courant. — « Une belle grande *Dame*, ma Sœur, une belle grande *Dame*,

14

toute couverte d'étoiles d'or sur sa robe bleue,
avec une couronne sur la tête ! Que c'est beau !
que c'est beau ! » — « Si c'est une apparition
de la Sainte Vierge et qu'elle ne se laisse voir
qu'aux innocents, reprend la Sœur, il faut lui
en amener d'autres. » Et elle court chez un
voisin, M. Fritéau, lui disant de conduire tout
de suite son petit-fils, âgé de six ans, dans la
grange de Barbedette. Elle entre aussi au
presbytère et crie au bon Curé : « Une apparition, Monsieur le Curé ! La Sainte Vierge,
cela est sûr !! les enfants la voient là-bas : ...
— La Sainte Vierge ! une apparition ! que me
dites-vous là, ma Sœur ? » Et, dans son émotion, le pieux vieillard restait immobile. « Ma
Sœur, vous me faites peur ! » — Pauvres exilés sur cette terre, habitués à nos misérables
conditions de vie, le contact du surnaturel nous
épouvante toujours. — Moins accessible aux
considérations de ce genre et piquée par cette
curiosité dont aucune femme, depuis Ève,
n'a discuté la tyrannie, — hâtons-nous d'a-
vouer qu'elle était légitime ici, — la vieille
domestique Jeanne avait rondement allumé sa
lanterne et disait à son maître : « Il faut voir
ça, Monsieur le Curé : dépêchons-nous ! » Le

petit *Friteau* sortait en même temps, porté par sa grand'mère.

A la grange s'était assemblée déjà la foule, qui récitait debout une prière indulgenciée, appelée *Chapelet des martyrs Japonais.* [1] — « Voyez-vous encore ? » demanda sœur Marie-Édouard, retournant à la hâte. — « Holà oui, ma Sœur, c'est tout pareil. » Le petit Eugène Friteau, portant les yeux de ce côté, vit aussi la belle *Dame* et parut émerveillé. Cet enfant était chétif et malade ; le froid le faisant souf-frir, on le reporta chez lui au bout de dix minutes. — « Qu'avez-vous dit à la Sainte Vierge lorsque vous l'avez vue ? » lui deman-

---

[1] Ce chapelet est composé de 28 grains rouges, en l'honneur des martyrs Japonais récemment canonisés à Rome. — Sur la croix, on récite les *Actes de Foi, d'Es-pérance et de Charité* (7 ans et 7 quarant. d'indulgence). — Sur chacun des petits grains, les invocations suivantes : 1° *Doux Cœur de Marie, soyez mon salut!* (300 jours) ; 2° *Mon Jésus, miséricorde !* (100 j.). — Sur les gros grains, à ces deux invocations on ajoute la suivante : *Père éternel, je vous offre le sang très-précieux de J.-C. en ex-piation de mes péchés et pour les besoins de la sainte Eglise* (100 jours). — C'est une prière d'expiation, comme on voit. — Le chapelet lui-même n'a pas besoin d'être bénit pour l'acquit de ces indulgences.

dait plus tard un vénérable ecclésiastique. —
« Oh dame, répondit-il naïvement, je ne lui ai
rien dit : elle ne me disait rien!... »

Un sixième témoin allait se produire, et
assurément le plus charmant, le moins suspect
de tous : c'était un bébé de deux ans et un
mois, la petite *Boitin*, portée dans les bras de
sa mère. La femme Boitin, entendant le bruit
qui se faisait du côté de la grange et voyant le
groupe qui s'y formait, arrivait avec l'enfant.
A peine l'innocente créature eut-elle tourné les
yeux du côté où elle voyait tout le monde regarder, que, levant et agitant ses petites mains
avec un air d'admiration extrême, elle criait :
« *Le Jésus ! le Jésus !* » L'impression, à ce moment, devint plus vive parmi les assistants,
dont plusieurs, jusque-là, traitaient la vision
de fable et de rêve. Évidemment, cette enfant
de deux ans apercevait ce que les autres, plus
grands, décrivaient unanimement [1].

---

[1] Dans le langage enfantin de cette petite : *Le Zésou! le Zésou!* » Le lendemain de l'apparition, la femme
Guidecoq, voulant s'assurer si l'enfant avait bien vu et
si elle se rappelait quelque chose, la prit dans ses bras et
essaya de la dérouter en lui montrant des points tout op-

Le vénérable Curé ne voyait rien non plus.
Il s'en est félicité dans la suite. « Si Dieu m'a-
vait fait cette grâce, disait-il, on ne manquerait
pas de bonnes langues pour répéter que j'avais
fait la leçon aux enfants, et qu'il y avait entre
nous entente. On aurait assuré que je leur
dictais les réponses, faisais moi-même les des-
criptions, ou les redressais dans la récitation
d'avance concertée. »

Voilà donc la foule réunie : chacun peut
voir de près les voyants, comparer leurs dires,
suivre sur leurs visages les impressions qui
s'y produisent (les enfants ne savent guère
feindre), en un mot, s'assurer qu'ici nulle fiction n'est possible. — Marie, jusque-là, est
demeurée dans la même posture ; son bien-
aimé sourire a seul été de sa part un mouvement ; nous devons y ajouter les yeux animés
se portant sur les enfants. Désormais le mira-

---

posés et lui disant : « C'était là, n'est-ce pas ? » — « Fas !
pas ! » criait la petite, et elle se tournait toujours vers
l'endroit véritable : « Là ! » Nous tenons ce détail de
Mme Guidecoq elle-même. — L'enfant est souvent interrogée par les pèlerins, ce qui fait qu'elle n'a rien perdu
de ses souvenirs. Quand elle est fatiguée de ces questions,
le s'esquive en disant : « *A plus ! est patie !* »

cle va s'accentuer, prendre des formes nouvelles, se résoudre en plusieurs scènes ou
tableaux également merveilleux.

Tout-à-coup les voyants s'écrient à la fois :
— « Voilà quelque chose qui se fait! — Et
qu'est-ce donc? y a-t-il du changement? »
demande, dans sa vive émotion, M. l'abbé
Guérin. — « Du changement? oh! oui, Monsieur le Curé. Tenez : un grand cercle, du même
bleu que la robe, ovale, large comme la main
dans toute son étendue, et qui vient entourer
la Dame et lui former un magnifique cadre !
Monsieur le Curé, que c'est donc beau ! Mais
voyez : qu'est-ce que c'est que cela encore?
ah! quatre bougies se placent à l'intérieur du
cercle, auquel elles sont attachées, deux à la
hauteur des genoux de *la Dame*, deux à la
hauteur de ses épaules, comme celles qui sont
placées dans l'église, à la statue de la bonne
Vierge ! » — Cette circonstance émut les
assistants. Il semble donc que l'auguste
Marie veuille dire : « Je viens récompenser
votre dévotion, ô vous mes fidèles du Pont-
Main ! Ces cierges que vous avez allumés en
mon honneur, les voici ; je les ai acceptés ; ils

servent à mon triomphe parmi vous, et au ciel ils accompagnent votre Reine. » — En vérité, il faut que ce cri s'échappe du cœur, jamais notre divine, notre aimable, notre miséricordieuse Mère n'a été plus attendrissante quand elle s'est montrée aux hommes. — De bien autres prodiges, lecteur, vous attendent au cours de cette histoire. Suivons-en le développement.

En même temps que se produit dans l'apparition ce changement, que les enfants ont tout loisir de contempler, sur la robe de Marie, à l'endroit du cœur, se dessine une petite croix rouge de la longueur du doigt. Rouge, hélas! et du sang divin versé pour nous au Calvaire, et de cet autre sang du châtiment qui depuis six mois coulait à flots sur le sol de la France!

Des scènes de divers genres se passaient cependant au milieu des assistants, dont le nombre pouvait monter à cinquante. Quelques-uns inclinaient encore à parler de billevesées, sans exprimer rien d'irréligieux toutefois. Comme le père et la mère Barbedette au début, ils disaient à voix basse : « Ces enfants ont en

vérité la berlue. » D'autres demeuraient atten-
tifs, étudiant en silence ce qu'il allait advenir
d'un fait qu'ils hésitaient à appeler prodige ;
l'émotion, les larmes du pasteur les faisaient
réfléchir. D'autres encore s'impatientaient de
ne pas voir, eux aussi. — « Pourquoi ne
verrais-je pas aussi bien que toi ? dit l'un d'eux
au petit Eugène. Si j'avais une lunette d'approche, ou seulement un mouchoir de soie ! »
Victoire s'éloigne un instant : — « Un mouchoir de soie ? dit-elle : tenez, mon bonhomme,
en voici un : essayez ! » Le malin dispose le
mouchoir, regarde au travers, le lève, le
tourne, l'abaisse, met ses yeux à la torture, et
finalement convient qu'il n'a rien découvert.
Où avait-il pris cette idée étrange d'un mouchoir de soie ? il n'importe ; le curieux en fut
pour ses frais.— Disons-le toujours : s'il y eût
eu un phénomène naturel, tous auraient vu.
Mais le Ciel avait fait son choix, et le témoignage des enfants élus avait assez de puissance
pour affirmer le miracle.

Au bout de quelques instants, les regards
de *la Dame*, jusqu'à présent si bienveillants,
exprimèrent une grande tristesse. Les enfants
crurent que ce qui la causait était la tenue peu

recueillie, les propos légers, les rires quelquefois, de cette foule, encore insuffisamment convaincue qu'elle avait devant elle l'auguste Mère de Dieu : car, dès que le silence et l'attention furent rétablis, le visage reprit sa sérénité et sa douceur. — Intervenant dans les conversations : « Si les enfants voient seuls, observa l'humble et saint curé, c'est, mes amis, qu'ils en sont, par leur innocence, plus dignes que nous. » Une des Sœurs voulait que M. Guérin interrogeât la Sainte Vierge : — « Je ne la vois pas, répondit-il : eh ! que pourrais-je lui dire, à cette divine Mère ? Ce que nous avons à faire, c'est de nous humilier et de prier. »

A cette invitation, tout le monde se prosterne, et la sœur Vitaline commence la récitation du chapelet, auquel tous s'unissaient de vive voix. N'était-ce pas la journalière pratique de cette fidèle population, celle peut-être qui avait attiré Marie au milieu d'elle ? — Mais, pendant que se répétaient les *Ave Maria*, la *Dame*, comme soulevée par la prière, et pour montrer sans doute que l'oraison transporte l'homme au-dessus des sphères terrestres et jusqu'au trône de Dieu, s'élevait elle-même, montait et grandissait de moitié, le cercle bleu qui lui servait de cadre s'élargissant dans la même proportion. Or, non-seulement sa robe était couverte d'étoiles, mais une armée d'autres étoiles, indépendamment des trois grandes qui lui formaient comme un nimbe à partir des bras, et que tous apercevaient distinctement, l'environnèrent et lui firent cortège : au moment où *la Dame* montait, ces étoiles se rangeaient devant elle, comme la foule au marché, disaient les enfants, lorsqu'une voiture s'y ouvre passage. Oh ! l'admirable spectacle ! et que cette obéissance des astres à la Reine du ciel et de l'univers concorde bien avec la foi qui nous la montre, après Dieu, régnant sur toute créature ! Des enfants élevés au fond d'un village auraient-ils trouvé un divin poème comme celui-là ! Oh non : Marie est bien présente, et d'elle aussi les générations qui apprendront ceci diront : *Cœli enarrant gloriam* Mariæ, *et opera manuum ejus annuntiat firmamentum* (Ps. XVIII, 2).

Encore un instant de prière, et voici qu'une quarantaine de ces étoiles (à cinq pointes, disent les enfants, comme celles qu'on a peintes à la voûte de l'église), après s'être rangées vivement sur le passage de *la Dame*, viennent,

deux à deux, se placer sous ses pieds, comme
pour lui servir de trône et se soumettre à ses
ordres. Et, en même temps, celles qui sont sur
la robe se multiplient. — « C'est comme une
fourmilière ! crient les voyants en marquant
leur joie enfantine. En voilà-t-il ! en voilà-t-il !
Ça *se tape* sur sa robe comme des grains de sable ! elle est bientôt toute dorée ! »

L'émotion générale allait croissant ; nul ne
doutait plus : il y avait prodige ! — On se lève,
et, avec l'accent de la reconnaissance, l'une
des Sœurs entonne le *Magnificat,* poursuivi par
toutes les voix ensemble. Le premier verset, si
court, s'achevait à peine, que les enfants interrompent en criant de nouveau, les quatre à
la fois : —« Oh! voilà encore quelque chose !...
Un bâton qui se forme sous *la Dame* ! » Une
bande blanche, large de plus de quatre pieds,
longue de trente-six à peu près, venait d'apparaître au-dessous de la Très-Sainte Vierge et
du cercle bleu, et s'étendait d'une cheminée à
l'autre, c'est-à-dire dans toute la longueur de
la maison Guidecoq. Sur ce fond d'une éclatante blancheur, une main invisible traçait de
beaux caractère d'or, « semblables, expliquè-
rent les enfants, aux majuscules qui sont dans

les livres ». La main allait lentement, et ce que les voyants avaient appelé un bâton était le premier jambage de la lettre M. Après, ce fut un A, puis un I, puis une S : MAIS..... La foule était haletante. Tout s'arrêta pendant une dizaine de minutes, et l'on reprit le chant du *Magnificat*.

—«Vous faites bien de prier! Priez mes amis! les Prussiens sont à Laval! » C'était un habitant du bourg qui arrivait, et à qui l'on avait conté cette désastreuse nouvelle, heureusement fausse, on l'a vu plus haut. — « Eh bien ! répondit une femme pleine de foi, quand les Prussiens seraient à la porte du village, nous n'aurions pas peur maintenant : la Sainte Vierge est avec nous! » Étonné, le nouveau venu s'informe, s'arrête et se mêle au groupe pour prier.

Le *Magnificat* achevé, la phrase suivante brillait toute entière sur l'écriteau :

MAIS PRIEZ MES ENFANTS.

On fit épeler vingt fois, cinquante fois, chacun des enfants : pas une hésitation, pas une variante. Et la belle *Dame* avait son sourire angélique, qui ravissait les innocents admis à la contempler.

Je ne sais si je parviens au cœur de mes lecteurs en retraçant les détails de l'incommensurable bonté de Marie, de celle que tous nous nommons *Notre Dame*, la nôtre, chrétiens ! mais pour moi, il faut que je le confesse, les larmes m'inondent les yeux, ma plume tremble, mon cœur se fend. Oh ! quelle joie donc au ciel, quand nous la verrons là, devant nous, dans toute sa gloire, laissant tomber sur nous son divin sourire... éternellement ! !

Mais priez mes enfants ! On se faisait répéter chaque lettre, chaque mot [1]. Nous ne peindrons que trop imparfaitement les sentiments

---

[1] Ce *mais*, au début d'une phrase, a paru surprenant. Il prouve, en tout cas, qu'on ne saurait l'attribuer aux enfants. Allant au fond, nous dirons que ce mot répond à une situation, et ne commence pas mais continue le dialogue. N'est-ce pas comme si Marie avait dit : « Vous admirez, vous êtes dans l'extase ; *mais* priez aussi..., *mais* ne vous bornez pas à cette contemplation stérile : priez ! C'est la prière qui ouvre les cieux... » ? — Et cet autre mot, *mes enfants*, comme il explique le dessein arrêté de ne se manifester qu'à eux, afin que leur innocence soit un témoignage en quelque sorte angélique ! — Écoutons là-dessus le P. Vandel (p. 36 de son opuscule) : — « *Mais* est une conjonction : pour joindre, il faut une chose qui précède et une qui suive. Ici il n'y a rien qui précède comme écriture, puisque ces quatre lettres arrivent les premières ;

qui se pressaient dans toutes ces âmes. Une seule personne, la femme d'Augustin Guidecoq, avait grand'peine à croire, parce qu'elle ne voyait pas. « Ces petits ont la berlue! » pensait-elle. Et elle s'acheminait pour rentrer

---

mais elles font suite à une pensée, à une pensée qui était dans tous les cœurs et dans toute la France. On souffrait, on priait, on demandait secours et délivrance. C'est à cette disposition que répond Marie : « Vous souffrez, vous m'invoquez : je viens vous secourir; je puis vous délivrer; je veux vous consoler... MAIS PRIEZ! c'est la condition, elle est indispensable. Priez, et Dieu vous exaucera. » Cette interprétation est, au fond, la même. *Mais* n'est point le début : il y a longtemps que le dialogue est engagé entre elle et les fidèles qui l'invoquent; Marie le continue en lui donnant la forme écrite.

Le pape S. Grégoire explique de la même façon le premier mot du livre d'Ezéchiel : *Et*. « Cette conjonction, dit-il, répond au discours intérieur : *Hoc verbum quod foris protulit illi verbo quod intùs audierat conjunxit. Continuavit ergò verba quæ protulit visioni intimæ, et idcircò incipit dicens :* ET *factum est.* »

L'une des enfants, la petite *Lebossé*, avec ses neuf ans, répondait carrément à quelqu'un qui lui disait que, d'après ce qu'elle croyait avoir lu, la Sainte Vierge ne saurait pas le français, personne ne commençant un discours par *mais* : — « C'est joli ce que vous dites là! Alors la sœur Vitaline non plus ne sait pas le français! quand elle voit que nous ne travaillons pas, elle donne sur l'estrade un coup de pied en disant : *Mais* étudiez donc! *mais* travaillez donc! Elle sait pourtant ce qu'elle dit, sœur Vitaline! »

à la maison. A quelques pas de là, ses jambes fléchissent, elle tombe sur la neige, comme si elle se fût sentie frappée à l'intérieur. Elle pensa que Dieu la punissait de son incrédulité, récita quelques prières, put se relever, et revint auprès des enfants tout émue. Elle a toujours dit que la force qui l'avait jetée par terre a'a rien de commun avec un accident naturel, un faux pas, un obstacle. « C'était bien d'en-haut que ça venait, » assure-t-elle.

Le miracle se prolongeant, on avait apporté des chaises pour les enfants ; mais continuellement ils se levaient et s'agitaient, dans leur admiration et leur joie, le petit Joseph principalement. M. l'abbé Guérin proposa alors de chanter les litanies, afin d'obtenir de la Sainte Vierge (il ne doutait plus que ce fût elle) qu'elle voulût bien faire connaître sa volonté, le but de cette apparition. On entonna *Kyrie eleison*. A *Sancta Maria*, les enfants interrompent : — « Ça change encore, Monsieur le Curé ! Voilà de nouvelles lettres : un D... » Et ce D était suivi assez promptement, sans qu'on devinât davantage la main qui écrivait, d'un I, d'un E, d'un U : Dieu... Les lettres étaient nommées au fur et à mesure par les petits voyants, tous à la fois. — On reprend les litanies, on les poursuit jusqu'à la fin, et les lettres s'ajoutent aux lettres, avec les intervalles des mots marqués, et sur une seule ligne : v, o, u, s, etc. A l'*Agnus Dei*, la phrase était complète :

DIEU VOUS EXAUCERA EN PEU DE TEMPS.

Un gros point terminait la ligne, brillant comme les lettres d'or elles-mêmes, et comparé à un soleil par les enfants. C'était une promesse de miséricorde, la parole de l'espérance, la réponse aux inquiétudes et aux douleurs du moment. Immense fut la joie des assistants ; dans leur émotion, ils poussaient des cris de reconnaissance, se félicitaient les uns les autres, bénissaient Dieu, acclamaient la divine Messagère de paix. Beaucoup se livraient sans contrainte aux larmes d'un attendrissement profond, et plus d'un sanglot fut entendu dans la foule. Marie venait donc, semblable à la colombe de l'arche, annoncer que le déluge de la guerre allait prendre fin, que le sol français cesserait d'être foulé par les hordes du Nord, et que tant de pauvres jeunes gens, exposés à la mort sur des champs de bataille ingrats, re-

verraient avant peu leurs parents et leurs
foyers! Les mères, les pères, les frères et les
sœurs, s'abandonnaient tout entiers à la consolation descendue sur eux. Ce fut un moment
dont aucun d'eux n'a perdu, ne perdra jamais
le délicieux souvenir. — Et la céleste *Dame*,
contemplant cette joie qu'elle avait causée, se
prit à sourire... *O dulcis Virgo Maria*... Une
mère au milieu de ses enfants! — « Voilà
qu'elle sourit! voilà qu'elle se réjouit!» criaient
les voyants en frappant dans leurs mains
avec la naïve et expansive vivacité de leur âge.

Une autre prière, une prière de louanges,
sortit alors de toutes les lèvres : ce fut *l'Invio-
lata*, l'hymne à la brillante Porte du ciel,
Fulgida cœli Porta. Oui, recevez les louanges
émues de notre gratitude : *Suscipe pia lau-
dum præconia* !

On chantait encore, et d'autres lettres se
formaient. Une M d'abord. La petite de neuf
ans, Jeanne-Marie Lebossé, se tournant vers
les Sœurs : « Une M! La bonne Vierge va,
bien sûr, écrire encore *Mais priez mes enfants* :
elle croit peut-être qu'on n'a pas pu la lire ! »
Charmante innocence! Non ; c'était une autre
phrase, et cette fois la belle *Dame* signait clai-

rement son titre : c'était bien la Mère auguste
de notre Dieu ! Et elle le signait pendant que
l'assistance chantait devant elle : *O Mater al-
ma Christi charissima !*

MON FILS... L'émotion de la foule fut à son
comble : Marie, après avoir proclamé la miséricorde et le pardon, fait intervenir Jésus,
Jésus le Rédempteur, Jésus l'espoir et le salut,
Jésus le maître du monde, Jésus qu'on a tant
outragé, Jésus persécuté par la politique humaine, chassé de nos lois, insulté par la fausse
science, souffleté par une presse avilie, calomnié dans ses ministres, dépouillé dans la personne de son Vicaire ! Marie l'appelle, Marie
l'invoque, elle va parler en son nom ! — On
commence aussitôt le *Salve Regina* : « Nous
» vous saluons, ô Reine, ô vous la mère de
» toute indulgence, notre vie, notre dou-
» ceur, notre espérance ! Pauvres exilés, en-
» fants d'Ève pécheresse et déchue, nous
» crions vers vous ; vers vous nous soupirons
» du milieu de nos gémissements et de nos
» larmes dans cette vallée des douleurs ! O
» notre avocate, tournez donc vers nous ces
» yeux de tendresse qui sont les vôtres, et
» montrez-nous Jésus ! »

Et Marie allait le montrer, s'inclinant vers la prière des chrétiens qui avaient mis en lui et leur amour et leur espoir :

MON FILS SE LAISSE...

Les enfants répétaient *Mon Fils se* LAISSE... Ah ! plutôt il *se lasse* ! tant d'infidélités, tant de crimes, ont épuisé sa miséricorde ! Ce fut l'objection d'une des Sœurs aux enfants. — « Vous devez mal lire : sans doute il n'y a pas d'*i* : *Mon Fils* SE LASSE ? — Non certes, ma Sœur, répondent-ils vivement ; il y a bien un *i* : L - A - I - S - S - E... » Et plus vivement encore : « Attendez ! ce n'est pas fini ; voici d'autres lettres. » Elles se formaient successivement, immenses, brillantes ; et bientôt la nouvelle phrase s'étendit entière sur une bande blanche :

MON FILS SE LAISSE TOUCHER.

Un grand trait, doré comme les lettres, se forma lentement au-dessous de cette seconde ligne.

Les chants avaient cessé, mais la prière continuait dans tous les cœurs ; toutes les lèvres s'agitaient. La gravure a reproduit cette scène : elle ne rendra pas les émotions et les

frémissements de ces visages placés tout-à-
coup en face du ciel entr'ouvert, et y lisant
une sentence de clémence et de pardon. Le
silence, dit le premier historien de l'Apparition, n'était troublé que par les voix des enfants, qui répétaient à chaque instant l'inscription complète. Nous la donnons ici, telle
qu'ils la décrivirent aux assistants au moment
même, et telle qu'ils l'ont plusieurs fois depuis
tracée à la plume :

MAIS PRIEZ MES ENFANTS DIEU VOUS EXAUCERA EN PEU DE TEMPS.
MON FILS SE LAISSE TOUCHER

« C'est le moment de chanter un cantique
à la Sainte Vierge ! » dit le bon Curé. Et sœur
Marie-Edouard commença celui qui se disait
souvent à l'église, dans les exercices pieux
dont nous avons parlé. Il n'est pas d'une
haute poésie, assurément, mais il rend si bien
les sentiments de la confiance en Marie!

> Mère de l'Espérance
> Dont le nom est si doux,
> Protégez notre France :
> Priez, priez pour nous.

Souvenez-vous, Marie,
Qu'un de nos souverains
Remit notre patrie
En vos augustes mains.

La crainte et la tristesse
Ont gagné tous les cœurs :
Rendez-nous l'allégresse,
La paix et le bonheur.

Et pendant que les strophes se continuaient, la Sainte Vierge, comme heureuse du message de bonté maternelle qu'elle apportait, et comme voulant prendre part à l'action de grâces, éleva doucement à la hauteur de ses épaules les mains que jusque-là elle avait tenues abaissées et étendues, et, agitant les doigts lentement, elle regardait les enfants avec un sourire d'une infinie douceur.. Et eux, tout joyeux, s'écriaient : « Oh ! voilà qu'elle sourit ! voilà qu'elle sourit ! » Dans leur langage villageois : « Voilà qu'*elle rit !* » Et, transportés, les pauvres petits sautaient et battaient des mains, en répétant cent fois, avec une expression qu'on ne saurait rendre : « Oh ! qu'elle est belle ! oh ! qu'elle est belle ! oh ! si j'avais des ailes pour aller là ! » Ce spectacle ne leur donnait-il pas un avant-goût

du ciel? Quant à la foule, elle se réjouissait
et pleurait à la fois. On voyait sur les visages
enfantins comme un reflet du divin sourire
qui leur causait ces transports [1].

Le cantique a huit strophes, avec le refrain
Mère de l'Espérance : Notre-Dame d'*Espérance*,
c'est le titre sous lequel M. Guérin avait
voulu que ses paroissiens invoquassent Marie,
et c'est encore celui qui a été conservé au
pèlerinage du Pont-Main. Nul ne lui convenait mieux.

L'inscription resta brillante pendant toutes
les strophes, c'est-à-dire environ dix minutes;
après quoi une sorte de nuage passa rapidement sur les lettres, et elles disparurent, en
s'effaçant l'une après l'autre.

Mais la prière d'expiation tant recommandée

---

[1] On lit dans la vie de Ste Gertrude, qui avait avec le ciel
des communications fréquentes, que la Sainte Vierge lui
apparut un jour, au moment où elle récitait le *Salve Regina*. Marie tenait entre ses bras le divin Enfant, et, au
moment où Gertrude redisait les paroles *Dirigez vers nous
vos yeux de miséricorde*, l'auguste Mère, tournant Jésus
vers sa pieuse servante, lui dit : « Les voici, mes yeux de
miséricorde : ce sont les yeux de mon Fils : je puis les
diriger vers tous ceux qui m'invoquent. »

par Mme Morin à son lit de mort, celle qui peut
être avait attiré sur le bourg cette ineffable
grâce, on ne l'avait pas dite encore. Le souvenir en revint aux Sœurs, et elles commencèrent, suivies par la foule :

Mon doux Jésus, enfin voici le temps
De pardonner à nos cœurs pénitents.
Nous n'offenserons jamais plus
Un père qui nous aime;
Nous n'offenserons jamais plus
Votre bonté suprême,
O doux Jésus !

Alors le visage de Marie devint triste et
grave. Cette expression de pénitence semblait
émouvoir son cœur. C'est à Jésus que s'adres-
sait désormais la prière : elle va non plus
parler de Jésus, mais le présenter sur l'instrument de son douloureux sacrifice. Nous
voici arrivés à l'une des scènes les plus émouvantes de ce grand acte de plusieurs heures,
qui en renferme tant d'autres. Tout-à-coup,
une croix rouge, haute d'environ deux pieds,
avec un christ également rouge, paraît au-
devant de la divine Vierge, comme suspendu
en l'air. Les mains de Marie étaient restées
à la hauteur de ses épaules pendant le cantique

Mère de l'Espérance : elle les abaisse, saisit le crucifix, l'incline vers les enfants, à qui elle semble l'offrir, et ils peuvent lire cette inscription — Jésus-Christ —, en lettres rouges aussi, au sommet de la croix, c'est-à-dire au-dessus du croisillon principal, sur un écriteau blanc, très-long. Elle présente Jésus à ceux qui sollicitent sa miséricorde ; elle veut disparaître derrière lui ! Voilà ce Fils qui *se laisse enfin toucher*, qui se réjouit d'entendre dire au pécheur :

> Nous n'offenserons jamais plus
> Un père qui nous aime !

— Priez-le donc de tout cœur, semble-t-elle dire, c'est pour vous qu'il est mort, pour vous qu'a coulé tout ce sang dont sa croix est rougie, et c'est grâce à cette croix que vous obtiendrez tout. Et j'unirai mes prières aux vôtres, et, le tenant dans mes bras, je ne le laisserai point aller qu'il ne vous ait bénis : *Non dimittam te nisi benedixeris* (Genèse, 32, 26). » — En effet, les regards de Marie se portaient sur la croix, et le mouvement de ses lèvres, qui fut parfaitement distingué des enfants, indiquait qu'elle aussi priait...; et ce

mouvement des lèvres, nous a dit depuis la
sœur Supérieure, qui avait interrogé à fond
les enfants, était si sensible, si accentué,
qu'on distinguait par intervalles les dents de
la divine Vierge.

Une réflexion nous sera permise sur cette
couleur rouge de la croix présentée par Marie.
Notre-Seigneur l'a teinte de son sang ; le sang
des martyrs est venu s'y attacher aussi, uni à
celui de Jésus. Grâce à la rédemption de la
croix par Jésus notre sauveur, nos âmes ont
été purifiées, blanchies ; et c'est le sens de la
sainte église lorsque, au *Te Deum*, elle chante
l'armée des martyrs, *Martyrum candidatus
exercitus,* cette armée *blanche comme le lys ;*
et encore lorsqu'elle revêt les ministres sacrés
et les nouveaux baptisés du lin le plus blanc,
symbole d'innocence et de purification. Or,
les SS. Pères nous apprennent que le grand
travail, l'œuvre incessante autant qu'abominable du démon, c'est de contrefaire pour la
perte des âmes tout ce que Dieu a institué pour
leur salut. Lui aussi il a ce qu'on peut appeler
ses sacrements, des sacrements de mort ; lui
lui aussi il a sa bannière..., sa bannière

rouge... [1] Ne nous étonnons plus de voir se
ranger là tout ce qui fait la guerre à Dieu, à
l'Église, à l'âme humaine ; tout ce qui nie,
tout ce qui détruit, tout ce qui tue... Il y a toujours, au fond des choses de ce monde, des
analogies, des relations mystérieuses, des lois
secrètes, que la foule n'entrevoit même pas,
et qui s'imposent à l'esprit éclairé par la
sérieuse observation. — Ainsi s'explique,
selon nous, l'état suprême de la lutte sociale :
d'une part, le blanc conquis par le sang versé
sur la croix ; de l'autre, le rouge, contrefaçon
de la croix, cherchant à la supplanter. Ce sont,
quoi qu'en veuillent des habiles et les *mélan-
geurs*, les deux termes derniers du problême.
Un célèbre politique n'a-t-il pas dit : « Au fond
de toute crise s'agite une question religieuse »?
Et cela est juste : car l'homme ne vaut que

---

[2] C'est bien de cette école du mal que le Psalmiste a
dit : « *Non est Deus in conspectu ejus ; inquinatæ sunt viæ
illius in omni tempore*: Elle repousse Dieu de sa pensée, et
ses voies ont été souillées en tout temps. » Et encore :
« *Contritio et infelicitas in viis eorum et viam pacis non
cognoverunt ; non est timor Dei ante oculos eorum*: La
ruine et le malheur sont assis sur leur route ; ils ne con-
naissent point le chemin de la paix : car ils n'ont pas la
crainte de Dieu. »

par l'âme. Quant à la crise contemporaine, elle s'est tout à la fois aggravée dans son essence et simplifiée dans ses termes : il s'agit d'être ou de n'être pas : *vie* ou *mort* ! blanc ou rouge.

La T.-S. Vierge donc, penchée sur l'image de son Fils, s'unissait aux supplications de la foule entremêlant aux strophes du cantique le *Parce Domine*, « Pardonnez, Seigneur, pardonnez à votre peuple ». La grâce était obtenue, doit-on penser : car la croix rougie du sang de notre Rédempteur s'effaça, ou plutôt se transforma en deux petites croix *blanches*, dont l'une se plaçait sur l'épaule droite de Marie, l'autre sur son épaule gauche, pendant que les bras s'abaissaient et que les mains s'étendaient dans la même position qu'au commencement.

Mais la prière et l'expiation conduisent à Dieu ; l'heureuse éternité les couronne : Marie en va donner une image dans son propre triomphe.

Le dernier *Parce Domine* achevé, tout-à-coup, de la masse d'étoiles accumulées sous les pieds de la divine Vierge il s'en détache une qu'on dirait animée. Montant vers la gauche, elle

traverse le cercle bleu, allume la bougie qui
est à la hauteur des genoux, puis s'élève à la
seconde vis-à-vis des épaules, l'allume égale-
lement, passe au-dessus de la tête en suivant
le cercle, arrive au côté droit, et allume les
deux autres bougies [1]. Ensuite elle remonte
et va se placer au-dessus de la couronne de
Marie, entre la grosse étoile et le cercle bleu
qui encadrait l'apparition. On se souvient que
trois grandes étoiles, aperçues de toute l'assistance, formant triangle, se trouvaient l'une
sur la tête de la Dame, les deux autres à la
hauteur de ses mains, un peu en dehors du
cercle.

A mesure que les enfants expliquaient ces
merveilles, la foule émue et silencieuse continuait de prier. L'une des Sœurs chante
l'hymne *Ave Maris stella,* cet admirable élan
de la piété chrétienne envers l'auguste Etoile

---

[1] Nous avons dit que, dans l'église du Pont-Main, le
vénérable Curé avait distribué de cette façon quatre bougies autour de la statue de Marie, au maître-autel, et
qu'il les faisait allumer pendant chaque exercice de piété
depuis la guerre. Il nous paraît certain que les mystérieuses bougies de l'Apparition sont une allusion à cet
acte de dévotion, et sa récompense.

qui nous dirige sur les flots de l'existence.
Marie avait repris son sourire divin qui réjouit les anges, et elle regardait les petits
voyants, inondés de bonheur, avec une bonté
sans pareille. Il était environ 8 h. 1/2.

—« Mes chers amis, dit le bon Curé, faisons
ensemble la prière du soir. » Tous se mirent
à genoux. Ici nous emprunterons mot à mot
la fin du récit, récit officiel, de M. l'abbé Richard.

Vers l'examen de conscience, les enfants,
qui ne quittaient pas des yeux la céleste vision, annoncèrent qu'un grand voile blanc,
partant de dessous les pieds de la Sainte Vierge
et montant lentement, la couvrait jusqu'à la
ceinture ; s'élevant ensuite peu à peu, il l'en-
veloppa jusqu'au cou. Les enfants ne voyaient
plus que la figure, d'une beauté toute céleste,
de la Dame, qui leur souriait encore.

Bientôt elle voila son visage ; la couronne
resta seule visible avec l'étoile qui la surmon-
tait, puis tout disparut avec le grand cercle
bleu et les quatre bougies, restées allumées
jusqu'à la fin. — M. le Curé, du fond de la
grange, où il était assis, appela les enfants :
« Voyez-vous encore ? » leur dit-il. — Et tous

ensemble : « Non, Monsieur le Curé ; tout a disparu : c'est tout fini... » Il était un quart avant 9 heures.

La foule se retira lentement, s'entretenant d'un évènement si prodigieux, et emportant une impression pleine de douceur, profonde, ineffaçable.

Bientôt, on le comprend, il ne fut bruit dans le pays que du miracle du Pont-Main. Les doutes qui s'étaient fait voir au commencement, avant cette admirable série de scènes que la plus riche imagination n'eût put inventer, s'étaient dissipés ; l'apparition ne trouva d'incrédulité chez pas un des habitants du Petit-Maine. Chose, en vérité, extraordinaire: car les plus èclatants miracles de Notre-Seigneur lui-même furent contredits par ses ennemis les Pharisiens. — « Nous connaissons assez les enfants, disait-on au Pont-Main, pour les savoir incapables d'imaginer d'aussi belles choses, et encore plus de tromper qui que ce soit par le mensonge. » — On commençait à accourir de tous les environs, chaque soir après le travail. L'église était remplie, au moment de l'exercice ordinaire du soir; les

prières et les cantiques de la soirée miraculeuse étaient de nouveau chantés avec un sentiment de ferveur, de reconnaissance et de
confiance, qui grandissait tous les jours. On
interrogeait du regard le ciel, dans l'espoir
que peut-être la vision divine reparaîtrait.
Naturellement aussi, on s'arrachait les enfants
pour les interroger et obtenir de nouveaux
détails : pas un ne varia dans son récit, et l'on
put s'assurer que, si Marie avait daigné se
laisser voir à eux et les choisir pour ses témoins, elle avait gravé les choses dans leur
souvenir, avec une netteté et une sûreté où son
action paraissait encore.

Résumons ces divers tableaux.

La T.-S. Vierge apparaît d'abord dans l'attitude où on la représente ordinairement quand
elle ne tient pas l'Enfant Jésus dans ses bras ;
seulement, son vêtement bleu est couvert d'é-
toiles. Trois grandes étoiles sont aussi placées,
l'une sur sa tête, les deux autres à la hauteur
des mains ; en sorte qu'elles forment un triangle rayonnant que tout le monde aperçoit
distinctement. Les témoins sont au nombre

de six, en y comprenant le petit Friteau, qui
resta moins longtemps, et la toute petite fille
de deux ans qui manifesta d'une manière si
expressive son admiration. — Marie, la couronne sur la tête se montre là comme notre
Reine ; le voile noir qui l'entoure en partie ne
marque-t-il pas qu'elle prend part à nos malheurs, à nos deuils ? mais il est ouvert, elle l'a
rejeté en arrière : elle vient donc annoncer la
délivrance, nous consoler ; et son sourire maternel le dit assez.

Au *second* acte, un cercle ovale, bleu aussi,
viendra lui former un cadre, une sorte de tabernacle, et les quatre cierges que la piété
alluma pour elle dans l'église du Pont-Main
se reproduiront à l'intérieur du cercle, tels
qu'ils sont disposés au maître-autel. Une petite
croix rouge paraît sur le cœur de la divine
Vierge. Par ces circonstances, Marie semble
dire qu'elle vient à ses enfants pour justifier
le culte qu'ils lui rendent par toute la terre, et
à ses enfants du Pont-Main parce qu'ils l'ont
plus spécialement et plus persévéramment honorée et invoquée.

Au *troisième*, on récite le chapelet, cette
prière si agréable à la Mère de Dieu : elle gran-

dit aussitôt, et semble prendre son vol vers le ciel ; les étoiles se multiplient sur sa robe, et celles qui peuplaient l'espace autour d'elle se rangent avec respect au moindre de ses mouvements. — Image de la puissance de la prière, qui nous élève vers Dieu, et aussi de l'empressement de Marie, lorsque nous l'invoquons, à s'élancer vers le Créateur pour nous obtenir grâce. — Dans l'apparition de Lourdes, la douce Madone tenait en ses mains un chapelet.

Un nouvel acte, le *quatrième*, laisse apercevoir une bande d'une blancheur de neige se déroulant sous les pieds de Marie, et sur cette bande se trace la première phrase du céleste passage : *Mais priez, mes enfants.* C'est le principal enseignement de l'apparition. Tout est accordé à la prière, ainsi que Notre-Seigneur l'a dit dans l'Évangile ; priez donc, priez beaucoup, priez toujours. — Puis, la promesse suit l'exhortation : *Dieu vous exaucera en peu de temps.* N'est-ce pas le mot du prophète : *Veniens veniet, et non tardabit* (Habac. II, 3) ? Et ensuite : *Mon Fils se laisse toucher.*

Mais voilà une *cinquième* scène : pendant le cantique à Notre-Dame d'Espérance, pour le salut de la France (il a été composé expressément dans cette pensée), la Sainte Vierge lève les bras, agite doucement les mains, et fait entendre qu'elle s'unit de tout son amour à cette supplication. La France est son peuple de prédilection, c'est l'aîné de la famille chrétienne, c'est son royaume à elle, car il lui a été confié par l'un de ses rois : *Regnum Galliæ regnum Mariæ.* Déjà, lorsqu'en 1832 elle apparaissait à une Sœur de la Charité pour lui recommander la médaille miraculeuse, Marie lui disait : « Le point du globe sur lequel les grâces tombent le plus abondantes, c'est la France. » A la Salette, elle nous appelle proprement *son peuple* : « Mes enfants, vous le ferez passer à mon peuple ». Ses trois grands miracles en ce siècle, la Salette, Lourdes, le Pont-Main, c'est en France qu'elle les accomplit.

Le *sixième* acte, lorsque l'inscription a disparu, lorsque la foule implore le pardon par le beau cantique *Mon doux Jésus*, nous présente la T.-S. Vierge tenant entre ses bras un crucifix, l'inclinant vers la terre, et rappelant à tous qu'en Jésus seul, et par son sang, nous pouvons être sauvés. *Non aliud nomen est sub cœlo datum hominibus in quo oporteat nos salvos fieri*, dit S. Pierre aux Juifs qui lui défendent de

prêcher l'Évangile (Act. IV, 52) ; et S. Paul
aux fidèles de Corinthe : *Fundamentum aliud
nemo potest ponere præter id quod postum est,
Christus Jesus* : Nous n'avons et ne pouvons
avoir, pour nous appuyer, d'autre fondement
que Jésus. Ce fondement, on s'en empare, on
y bâtit, par la pénitence et l'union à Jésus
crucifié. — Et comme cette présentation concorde bien avec le chemin de la croix, que faisaient chaque jour le plus grand nombre des
habitants du Pont-Main !

Cette étoile, *septième* acte, qui s'élance du
milieu des autres, court aux flambeaux et les
allume, pour se poser ensuite sur la couronne de
Marie et s'y fixer, y a-t-il rien d'aussi gracieux,
d'aussi poétique, d'aussi propre à nous prêcher
la persévérance après que, pénitents, nous
nous sommes rendus à Dieu ! Toutes ces circonstances, il le faut croire, sont d'instructifs symboles. Fixés, nous aussi, dans les
pensées du ciel, après que nos âmes ont été
illuminées, nous n'en devons plus descendre
pour nous mêler à la corruption et aux déchéances de la terre ; et la profession publique de
notre foi doit être une lumière pour ceux qui
vivent autour de nous. C'est alors que, comme

Marie, le chrétien se fera gloire de porter, à la suite de Jésus, la croix sur ses épaules. Fardeau léger pour qui le prend avec courage, insupportable au cœur sensuel, mou, incertain de ses voies.

Enfin, la scène *huitième*, où Marie disparaît peu à peu sous le voile qui va la dérober entièrement aux regards, n'est-elle pas le tableau d'une sainte agonie et du départ pour le ciel ? « Cette dernière manifestation a lieu pendant la prière du soir. Il y a le soir du jour et le soir de la vie. Dans l'agonie, on peut dire que la mort s'avance par degrés. Elle envahit d'abord les extremités : les pieds et les mains se glacent et perdent tout mouvement ; puis les battements du cœur finissent par cesser. Cependant un dernier mouvement des yeux et des lèvres fait voir que l'âme est encore présente. Enfin, le dernier souffle est rendu, et la foi voit briller la couronne de la gloire sur cette figure chrétienne. » [1]

Ainsi s'est terminée l'apparition du Pont-Main.

---

[1] Le P. Vandel, *Opuscule sur le Pont-Main*, p. 52.

V.

Le Pèlerinage du Pont-Main.

Un miracle si attendrissant dans chacun de ses détails, si consolant par les promesses qu'il apportait, si encourageant pour la piété, émut toutes les âmes qui en eurent connaissance. Les environs du Pont-Main, nous l'avons dit, accoururent les premiers ; des grâces furent obtenues ; bientôt on vint aussi des autres parties de la France, et même de l'étranger. Dès que l'autorité ecclésiastique eut prononcé, après les sages lenteurs d'un examen à fond, le concours augmenta. Les paroisses vinrent avec bannières, conduites par les pasteurs. Elles continuent aujourd'hui, et voici l'ordre des exercices qui se font.

Dès le matin, et souvent avant le jour, les messes commencent, au milieu de la foule des pèlerins venus de la ville ou qui ont voyagé pendant la nuit. Un très-grand nombre s'ap-

16

prochent de la sainte Table. A certains jours, il y a trois messes à la fois, et la dernière ne finit guère avant midi. Beaucoup aussi apportent leurs présents pour la construction du sanctuaire qui va être élevé avec les aumônes des fidèles, comme à Lourdes, comme à la Salette. — Vers 9 h. 1⟨2 ou 10 h., même quand le temps est mauvais, une procession s'organise, ordinairement sans autre pompe que le nombre des assistants. On part de l'église, en chantant les litanies de la Sainte Vierge, pour se rendre à la grange de Barbedette, où étaient placés les voyants et où l'on a devant soi la maison de Guidecoq, au-dessus de laquelle eut lieu l'apparition : là, on chante une antienne ou une hymne ; puis on prend, entre l'église et la maison Guidecoq, un petit chemin conduisant derrière cette maison, dans l'endroit appelé le *champ volé*.

Pourquoi ce nom ? Ce champ est situé juste au-dessous du point que Marie occupait durant son apparition : car, bien qu'on la vît au-dessus du toit, elle se tenait quelque peu en arrière. Ce champ appartenait à Mme Morin, à son héritier par conséquent. On vint trouver celui-ci pour l'acquisition en faveur du pèlerinage : — « A Dieu ne plaise, répondit-il, que je vends cette terre devenue sacrée ! Je la donnerais de grand cœur, mais je n'en ai pas même l'occasion, puisque la Sainte Vierge me *l'a volé* ! Il est à vous, ou plutôt il est à elle. »

En attendant la construction du sanctuaire, dont le tracé est déjà fait au moment où nous écrivons, on a élevé, sur une petite colonne, une statue représentant la sainte Mère de Dieu revêtue de sa grande robe bleue couverte d'étoiles, et présentant le crucifix. Cette statue est d'un effet saisissant; pour notre part, nous n'en avons pas vu encore, dans notre vie de pèlerin, dont le simple aspect nous ait aussi vivement et aussi doucement ému. — Tout y est simple d'ailleurs : un grillage en bois entoure le modeste monument, avec un gradin pour s'agenouiller, et, à l'intérieur, des mains pieuses ont planté des fleurs qui forment un parterre. Des couronnes sont apportées journellement; les femmes de la campagne se plaisent à les tresser avec la scabieuse des bois, cette plante que dans la contrée on surnomme le *mors du diable*. Le voilà jeté aux pieds de Marie !

La procession arrive donc à l'image bénite :

c'est là que le prêtre adresse aux pèlerins une
exhortation, après laquelle on redit ordinairement le cantique *Notre-Dame de l'Espérance*,
et ensuite le *Magnificat*. On rentre à l'église au
chant du *Te Deum*.

Du 18 janvier dernier (1872) au 18 octobre
de la même année, les registres du Pont-Main
constatent que 2 000 messes ont été célébrées
dans l'église de la paroisse, et que environ
90 000 pèlerins y sont venus vénérer la sainte
Patronne, ce qui porte à plus de *cent mille* par
an le nombre de ceux qui font le pèlerinage du
Pont-Main. On y a vu jusqu'à 6 000 personnes
dans un jour. — Ce bourg naguère ignoré,
presque inaccessible, reçoit à toute heure car-
rioles, voitures, diligences, remplies de pèlerins. Un jour il est arrivé 90 voitures à la fois.
Et ce nombre augmente sensiblement à mesure
que les faits sont connus, que les faveurs se
multiplient, que la foi se réveille dans les populations, terrifiées dans la prévision des
malheurs dont l'horizon de l'avenir paraît encore chargé.

« En vérité, écrit un vénérable prêtre, je ne
sais rien de plus délicieusement impression-
nant, de plus agréablement émouvant, que

cette quotidienne et agreste procession du Pont-Main. Là, point d'ornements pompeux sans doute ; mais quelle touchante simplicité, que de foi vive et de sublime grandeur, en cette assemblée de pèlerins recueillis ! Là, on dirait qu'on sent l'âme s'agrandir ; la pensée s'élève plus doucement vers Dieu, dans cette solitude sainte ; il semble qu'il est là plus près de nous, plein de gloire, sans craindre l'injure et le mépris des hommes, comme dans les grandes cités. — Heureux fidèles du petit Pont-Main, continue le pieux ecclésiastique, oh ! n'oubliez jamais la grâce qui vous a été faite ! soyez fiers de vos fêtes si modestes et si dévotes. En nos jours malheureux et agités, votre humble église c'est la rustique demeure que Dieu s'est gardée ; vos champs, votre vallée, c'est le domaine préféré de Marie : que le Fils et la Mère y soient à jamais aimés et honorés [1]. »

Un autre pèlerin écrit, au mois d'août 1871 :

« J'ai fait le voyage du Pont-Main le 18 juillet, et je suis encore sous la délicieuse impression de mon pèlerinage.

---

[2] *Semaine du Fidèle* du Mans, t. IX, p. 1143 (1871).

» C'était pour la première fois que je traversais cette partie de la Mayenne, et j'étais loin de compter sur ces mille accidents de terrain, les plus riches et les plus variés, qui embellissent la route entre Ernée et le Pont-Main. La chaleur était accablante ; mais, pendant plusieurs lieues, on voyage entre deux rangées d'arbres, et on trouve un ombrage qui rappelle celui des grandes charmilles plantées à l'entrée des châteaux. Je cherchais le Pont-Main dans le lointain : impossible de l'apercevoir ; il est caché comme dans un bosquet. Cependant, la foule qui augmente, et le recueillement plus grand des pèlerins, annoncent que je vais bientôt arriver.

» Mon cher ami, je ne saurais vous dire le saisissement qu'on éprouve en approchant du lieu sanctifié par l'admirable apparition de la Très-Sainte Vierge. C'est comme un mélange de crainte, de respect et surtout d'amour. On se sent attiré vers Marie comme un enfant vers sa bonne mère.

» J'entrai à l'église ; elle était remplie de pèlerins qui assistaient à la sainte Messe, célébrée en ce moment par le R. P. Abbé de la Trappe du Port-du-Salut. La mienne n'était

pas encore terminée lorsque j'entendis des
chants : c'était la procession des pèlerins qui
se mettait en marche pour faire les stations
accoutumées. J'aurais voulu pouvoir me joindre à eux ; ce bonheur m'était réservé pour le
lendemain. M. le curé de Saint-Hilaire-des-
Landes vint, en effet, de 8 à 9 lieues loin, à la
tête d'une grande partie de sa paroisse, et
présida une procession de 5 à 600 personnes.

» Mon cher ami, vous savez, par votre propre expérience, qu'il faut faire soi-même ce
pèlerinage pour se faire une idée du bonheur
que l'on éprouve. Dans le champ au-dessus
duquel s'est manifestée la céleste apparition,
sur une colonne de deux mètres de hauteur,
on a placé une statue qui représente la Sainte
Vierge telle que les enfants la virent au moment où ils chantaient le cantique

Mère de l'Espérance....

» J'étais seul au pied de cette colonne, et
l'ombre de la statue tombait sur moi. Je pen-
sais alors à S. Pierre, dont l'ombre guérissait
les malades. Hélas ! il y avait là sous cet
ombrage salutaire un pauvre malade, et je

demandais, pour moi et pour les âmes que je présentais tour à tour à Marie, les grâces et les guérisons dont nous avions besoin.

» Comme on se rappelle alors avec bonheur son sourire, sa joie et aussi sa tristesse, au jour de l'apparition! On comprend que c'est une mère, et la meilleure des mères, qui s'est manifestée pour donner du courage et de la confiance à ses enfants exilés sur la terre. Si les yeux du corps voient seulement son image, le cœur est plus heureux : il tressaille de confiance et d'amour. Il sent que Marie a laissé là son cœur pour parler à notre cœur. Les larmes s'échappent des yeux, mais quelles sont douces à verser! On voudrait, rester toujours à ses pieds, car là surtout on aime comme on doit aimer au ciel.

» Les quatre enfants privilégiés de Marie sont toujours au Pont-Main, et tout le monde peut les voir et les interroger. Quelle belle simplicité dans leur extérieur! quelle candeur sur leur visage! Ils paraissent fatigués, et prêtent plus ou moins d'attention aux conversations étrangères à l'apparition ; mais parlez de la Sainte Vierge, adressez-leur une question, aussitôt leurs yeux s'animent, leur figure s'épanouit, et ils répondent avec une promptitude et une précision qui étonnent.

» Il fallait quitter le Pont-Main... Lorsqu'on s'éloigne de ses parents pour la première fois, les yeux et le cœur ne peuvent se détacher de la maison paternelle : telles étaient mes impressions au moment du départ. Quelqu'un, surpris de me voir venir de si loin, me demanda comment je me trouvais au Pont-Main. « Ici, lui répondis-je, je ne suis point un étranger ; je suis chez ma mère. » Et après avoir goûté tant de bonheur il fallait m'éloigner d'elle !...

» C'était donc à regret que je voyais disparaître successivement le lieu de l'apparition, le clocher qui le domine, et enfin les arbres qui forment sa couronne. Mais je répétais au fond du cœur ces paroles du dernier cantique que je venais de chanter avec les pèlerins :

Crois-en nos cœurs, auguste et tendre Mère,
Nous ne t'oublierons jamais, non, jamais! [1] »

Parmi les pèlerins, on a vu l'illustre général de Charette. accompagné de plusieurs de ses héroïques zouaves, défenseurs du Souverain-

---

[1] *Semaine religieuse* de Laval, 12 août 1871.

Pontife, de la justice et de la France. Un capi-
taine de la légion d'Antibes, qui défendit
aussi le Saint-Siége, M. Carlhiau, a déposé
au Pont-Main ses épaulettes, en reconnaissance
de la protection spéciale de Marie, qui l'a
préservé parmi les dangers de la guerre contre
la Prusse.

Au bout d'un an, le 17 janvier 1872, une
grande solennité d'anniversaire eut lieu.
L'église ancienne était insuffisante pour contenir la foule, et la nouvelle n'était encore
qu'en projet ; la plupart des assistants furent
donc obligés de rester, malgré la rigueur du
temps, sur la place et dans le cimetière. Il y
eut grand'messe, chantée en musique par de
jeunes orphéonistes de Bretagne ; vêpres dans
la soirée. A 6 h., moment de l'apparition, une
procession solennelle aux flambeaux avait été
annoncée ; la pluie empêcha les illuminations
aussi bien que cette procession ; mais rien
n'arrêta l'élan des pèlerins, présents à cette
heure avancée au nombre d'environ *huit mille*.
On bénit devant eux une nouvelle statue,
sculptée sur les indications les plus précises
des enfants. On récita les prières, on redit les

hymnes et les cantiques de l'apparition. Une
éclaircie de quelques instants permit cependant de se rendre à la grange de Barbedette,
qui avait été décorée et illuminée. Des dames
de Rennes travaillaient depuis plusieurs mois
aux décorations de cette fête. Là fut de nouveau chanté le cantique *Mère de l'Espérance*.
Tous les regards se tournaient vers le lieu où
la divine Vierge s'était montrée. Ah! sans
doute la Mère de Dieu était là, invisible, prê-
tant une oreille bienveillante à ces accents
partis du cœur. On portait aussi une belle
bannière, présent d'une pieuse dame, où sont
représentées les diverses phases du miracle.

Un si aimable sujet devait tenter la lyre des
poètes chrétiens. M. le Cte Edm. Lafond a publié, dans son livre *La Salette, Lourdes, Pont-
Main*, des strophes charmantes : nous en citerons quelques-unes :

> Ce soir, enfants, dans votre grange,
> Vous ramassez l'ajonc pilé :
> Mais il se passe un fait étrange :
> Cherchez dans le ciel étoilé.
>
> Venez, enfants de Barbedette,
> Voyez ce cercle lumineux :

Comme à la jeune Bernadette,
Les anges vous ouvrent les yeux.

Un arc-en-ciel est dans la nue,
D'astres nouveaux le ciel fleurit ;
Une belle dame inconnue
Vous apparaît et vous sourit.

A ses côtés sont quatre cierges
Qu'une étoile vient d'allumer :
C'est elle, la Reine des vierges,
Mère qui sait tant nous aimer.

Sur son cœur est la croix sanglante ;
Elle présente un crucifix
A cette France indifférente
Qui laissa renier son Fils.

Vos parents, le pasteur lui-même,
Ne verront point ses traits sacrés ;
A l'innocence un droit suprême :
Vous seuls, enfants, vous la verrez.

Pour vous elle s'est dévoilée :
Chers petits voyants, épelez,
Aux pieds de la robe étoilée,
Ces mots devant vous déroulés :

« Mais priez, enfants de la terre :
» De ceux qui cessent de pécher
» Le ciel exauce la prière,
» Et mon Fils se laisse toucher... »

Ces mots sont comme une rosée
Sur notre pauvre France en feu.
Votre colère est apaisée ;
Vous vous laissez fléchir, mon Dieu !

Mais il faut que la France entière
Vous offre des cœurs repentants ;
Il faut qu'une ardente prière
S'unisse à nos pleurs pénitents.

De la Vierge noble royaume,
O France ! pour ne pas périr,
Sur tes blessures mets ce baume,
Le seul qui te pourra guérir.

De tant de maux n'es-tu pas lasse ?
De Marie accepte le don ;
Ne refuse pas cette grâce,
Ne repousse pas ce pardon !

Nous donnerons également un gracieux
sonnet que le modeste auteur a signé des simples initiales A.-J. Ch.

Oh ! qu'il faut être pur, sainte Vierge Marie,
Pour poser son regard sur vos traits ravissants !
Aussi, pour découvrir la vision bénie,
Tous se sont épuisés en efforts impuissants.

Seuls, six petits enfants, troupe par vous choisie,
Ont pu vous contempler de leurs yeux innocents.

17

Cette insigne faveur, cette grâce infinie,
Dites-la sur les toits, ô trop heureux enfants !

Bégayez la beauté de la Mère admirable ;
Redites-nous cent fois son sourire ineffable ;
Épelez l'écrit d'or de l'invisible main.

Versez, doux messagers de joie et d'espérance,
Ce sincère récit sur les maux de la France ;
Sa paix avec le ciel est signée au Pont-Main.

Citons enfin quelques versets d'un cantique composé pour les pèlerins par un anonyme :

Prier à l'autel de Marie,
     C'est mon bonheur ;
J'y veux passer toute ma vie :
     Elle a mon cœur.

Refr.   Nous voici, Vierge secourable,
     A tes genoux.
Oh ! rends-nous ton Fils favorable,
     Et bénis-nous.

Elle est bien triste, cette terre ;
     Pas un rayon
Ne vient adoucir la misère
     De la prison.

Mais toi, Mère auguste et chérie,
     Nous visitant,
Tu fais briller de la patrie
     L'astre éclatant.

Je ne veux plus d'autre lumière :
    J'aime et je croi !
Je vois cesser près de ma Mère
    Tout mon effroi.

Qu'importent tes folles caresses,
    Monde trompeur ?
Du ciel les divines promesses
    Fixent mon cœur.

Mon chant est un chant d'espérance,
    Un chant béni.
Amour, bonheur et délivrance,
    J'ai tout ici.

Je meurs du désir de te suivre
    Au doux séjour
Où de son Dieu l'âme s'enivre,
    Et sans retour.

O Notre-Dame d'Espérance,
    Garde tes fils ;
Mets sous les pieds de notre France
    Tes ennemis.

Plus rien ici-bas ne m'arrête :
    J'ai vu plus haut.
Ma barque affronte la tempête
    Sous ton manteau.

Au port j'entrerai, par ta grâce,
    Comme un vainqueur.
Que ta bonté garde ma place
    Près de ton cœur.

Oui, à la vue de ce concours, devant ces éclatantes manifestations de la foi, nous avons droit d'espérer des jours de bénédiction après tant de secousses et d'angoisses. Ces pèlerinages si nombreux, ces milliers de pèlerins si fervents, toucheront le cœur du Maître divin. Dans une lettre remarquable de Marie Lataste, cette sainte religieuse du Sacré-Cœur dont les écrits ont fait sensation, on lit cette exclamation : *O France, que tu es ingénieuse à apaiser la colère de Dieu !* Il nous semble voir la réalisation de cette parole prophétique dans ce mouvement immense des cœurs français qui se tournent de toutes parts vers la Mère des miséricordes, mais surtout dans cette Mère des miséricordes les sollicitant elle-même par les bontés dont elle nous comble.

La cure du Pont-Main, et avec elle le service du pèlerinage, ont été confiés par Mgr de Laval aux religieux Oblats de Marie. Leur installation a eu lieu dans le bâtiment du presbytère le mardi 1er octobre 1872, et Mgr Wicart les a mis en possession de l'église le même jour. Ces religieux, au nombre de trois, formeront le noyau d'une maison plus importante, destinée à fournir des missionnaires toujours prêts à seconder le clergé paroissial du diocèse. Les Oblats de Marie, fondés à Marseille par Mgr Mazenod, de vénérée mémoire, desservaient déjà en France sept pèlerinages célèbres, parmi lesquels Notre-Dame de la Garde à Marseille même, Notre-Dame des Lumières à Avignon, Notre-Dame d'Arcachon à Bordeaux. Leur présence au Pont-Main sera pour tous les pèlerins du plus utile secours.

Mgr l'Evêque de Laval a institué aussi une *Association de prières* ayant pour centre le Pont-Main. Cette œuvre semble avoir été indiquée par la Sainte Vierge elle-même disant : *Priez, mes enfants.* Voici les passages les plus saillants de la lettre pastorale adressée à ce sujet, le 20 février 1872, « aux enfants des deux sexes et à leurs religieux parents ».

« Maintenant que nous sommes en esprit à Pont-Main, maintenant que la sainte Mère de Dieu daigne abaisser ses regards sur nous, et que cette ravissante invitation *Mais priez, mes enfants, Dieu vous exaucera*, semble tomber sur nous tous, qui sommes à ses pieds et qui l'invoquons, je voudrais fonder en ce lieu, dans l'église qui va s'élever en l'honneur de NOTRE-DAME d'ESPÉRANCE, un grand centre

de piété, où tous les enfants et toutes 'les âmes de
notre diocèse puissent se réunir, au moins d'intention, tous les jours, pour y saluer et bénir l'auguste
Mère de Dieu, à la place même au-dessus de laquelle
elle sembla, à l'exemple de son Fils sur le Thabor,
manifester quelques rayons de sa gloire à ses quatre privilégiés.

» Ce serait donc une immense confrérie sous le vocable de *Notre-Dame d'Espérance*, apte à s'agréger
les associations de même nom qui se fonderaient
en d'autres lieux, et à les faire participer à d'am-
ples faveurs spirituelles dont elle serait elle-même
enrichie; qui serait, par conséquent, accessible à
toutes les paroisses de notre diocèse, et même bien
au-delà. Mais, N. T.-C. F., le pouvoir d'un évêque
ne va pas à beaucoup près aussi loin: car ce que
nous venons de désigner serait une archiconfrérie :
or, le Souverain-Pontife se réserve à lui seul le droit
d'ériger une elle société, et il serait peut-être difficile d'obtenir dès le premier instant l'approbation
complète d'une si grande œuvre. Mais, pour peu
qu'elle soit possible, comptez qu'elle sera humblement sollicitée.

» En attendant, nous établissons une Confrérie
ordinaire, sous le même vocable et aux mêmes intentions, dans la chère et vénérée petite paroisse,
en faveur de ses enfants et des enfants des paroisses voisines, qui pourront facilement s'y faire admettre et y paraître de temps en temps, et auxquels
les enfants de toutes les paroisses du diocèse entier
pourront se joindre, comme il sera dit à la fin de
cette lettre.

» Mais quelles seront les conditions à remplir ? Elles seront très-simples, très-faciles, à la portée des plus pauvres comme des plus riches, N. T.-C. F. Car ce que nous avons principalement en vue c'est de mettre le plus grand nombre possible de paroisses et de jeunes âmes en union de prières entre elles et sous la protection de notre glorieuse Mère du ciel. Voilà pourquoi nous vous avons tous indistinctement convoqués, N. T.-C. F., et pourquoi nous avons appelé d'une manière particulière les écoles de toute dénomination dirigées par toute personne reconnue catholique, aussi bien que ces respectables asiles où les enfants de trois à six ou sept ans sont recueillis et si tendrement soignés par de saintes filles devenues, sous le nom de Sœurs, les plus dévouées mères.

» N'est-il pas vrai, nos chères Sœurs, que vous voudrez bien, chaque jour, inviter vos enfants à réciter tous ensemble avec vous ne fût-ce qu'un seul *Ave Maria* ou *Je vous salue Marie* (plutôt en français qu'en latin, afin qu'ils puissent plus facilement en sentir la beauté), et que cette humble prière, si touchante dans de telles bouches, sera dite pour la France, pour notre diocèse et pour l'Eglise répandue par toute la terre ? Ce sera pour nous un sujet de délicieuse émotion de voir et d'entendre ces petites voix des anges de la terre s'unissant aux vrais anges du ciel pour rendre leurs hommages à leur auguste Reine, qui répand ses bienfaits sur la terre en intarissable abondance.

» Mais pourquoi ne dirions-nous pas que nous attendons à peu près les mêmes consolations de

toutes les autres écoles? Elles ne sont sans doute
confiées partout, comme elles ne doivent l'être,
qu'à des maîtres estimables et à des maîtresses dignes d'élever des enfants chrétiens. Nous pouvons
donc les inviter tous, et compter que notre suppli-
que pastorale ne sera pas rejetée, mais qu'un court
Ave Maria, ou *Je vous salue Marie*, sera tous les jours
pieusement récité par toutes les voix et tous les
cœurs réunis de chaque classe, afin que ces supplications obtiennent par la bouche des enfants, plus
pure hélas! que les nôtres, les secours qui nous
sont nécessaires pour la délivrance de notre patrie,
¹et celle de l'Église, des calamités dont l'une et l'au-
re sont, en tant de lieux, menacés ou déjà presque
accablés.

» Et vous, chers enfants un peu plus âgés que
ceux dont nous venons de parler, enfants de dix à
douze ou treize ans, qui espérez faire bientôt votre
première ou seconde, peut-être troisième, communion, en quel état se trouve aujourd'hui votre âme?
A-t-elle su rester fidèle à Dieu? avez-vous fait le
bien et fui soigneusement le vice? A l'âge où vous
êtes parvenus, on n'ignore malheureusement plus
ce que c'est que le péché. Peut-être en avez-vous
déjà commis, et peut-être beaucoup trop : car les
meilleurs des chrétiens n'y échappent pas toujours.
Mais puissiez-vous, du moins, n'être jamais tombés
dans l'horrible péché que l'on nomme mortel, qui
nous sépare de Dieu, qui nous fait perdre sa grâce,
qui rend l'homme esclave et victime du démon !

» O mon Dieu, délivrez ces jeunes âmes, nous
vous en supplions, de cette affreuse servitude! Sainte

Marie, Vierge et Mère conçue sans péché, multipliez pour elle vos prières, afin que le lion rugissant, qui aurait saisi quelques-uns de ces pauvres enfants pour les dévorer, soit forcé de lâcher sa proie, et que leur cœur, purifié par les larmes de la pénitence et renouvelé par la grâce du Seigneur, puisse devenir un tabernacle moins indigne du Saint des saints qui en prendra possession ! Qu'ils soient chastes, ô sainte Mère de Dieu ! qu'ils soient sobres et pieux! Avec ces trois vertus, ils seront, nous l'espérons, à Dieu pour toute leur vie, et la couronne de gloire leur est à peu près assurée pour l'éternité : car ces trois vertus ne restent jamais seules ; elles font aimer et supposent presque toutes les autres.

» Il nous reste maintenant N. T.-C. F., à laisser tomber nos regards respectueux sur le tableau à la fois le plus pur et le plus beau que l'enfance chrétienne puisse présenter. Jeunes mères, vous ne le trouverez point mauvais, car vous n'aurez, nous l'espérons, aucune indiscrétion à reprocher à nos paroles.

» Souvent sans doute, les yeux fixés sur votre premier-né, vous épiez sur ses lèvres son premier sourire et le moment si désiré ou elles pourront, pour la première fois, prononcer les noms de son père et de sa mère. Dieu n'est point jaloux de ce sentiment ; c'est lui-même qui l'a mis dans votre cœur. Seulement, il faut que vous ne tardiez pas à y joindre les deux plus grands et les deux plus doux noms qui puissent se prononcer sur la terre, les noms de Jésus et de Marie. Est-ce tout ? est-ce assez ? Non, nos très-chers sœurs. Veuillez

aussi prendre et tenir modestement agenouillé sur
vos genoux le cher enfant que Dieu vous a donné.
Soyez vous-même sa première institutrice, n'eût-il
encore que deux ans, et ne laissez ce soin à nul
autre. Il ne saurait y en avoir pour vous de plus suave
ni de plus digne. L'enfant, ce semble, ne se rendra
pas bien compte, à cet âge, de ce que vous aurez fait
pour lui. Qui sait cependant ? Dieu, dit le Psalmiste,
donne l'intelligence aux plus petits : *Intellectum
dat parvulis*; et il sait au moins ce que vous faites,
il le voit, et c'est lui qui vous réserve, dans l'avenir
de votre fils, la récompense que ce dévouement si
chrétien vous aura méritée. Et l'ange du ciel que le
Seigneur a envoyé à ce jeune ange de la terre pour
le protéger et le défendre, l'ange gardien, joindra
sa prière à celle de l'enfant, et elles monteront ensemble, avec la vôtre, aux pieds de Marie et jusqu'au
trône de l'Éternel. Prenez donc avec confiance votre
premier ou dernier né, et formez avec sa petite
main, sur son front où coula l'eau sainte du baptême, et sur sa poitrine où continue de résider,
comme dans sa demeure bénie, la grâce du Saint-
Esprit, formez le signe de la croix. Puis, pronon-
cez avec lui les paroles adressées par l'archange à
la plus humble et la plus parfaite des créatures
qu'il y ait jamais eu sur la terre et qu'il y ait dans
le ciel : *Je vous salue, Marie, pleine de grâce; le Seigneur est avec vous.* Soyez sûre que votre cœur en
sera doucement ému, qu'il en sera plein de joie et
de douce reconnaissance. — Oh ! oui, des instants
ainsi passés vous paraîtront mille fois meilleurs que
les vains et si vides plaisirs du monde.

» *Art.* 1ᵉʳ. — Une Confrérie ou Association de prières est établie, en l'honneur et sous le vocable de Notre-Dame d'Espérance, dans l'église de Pont-main, en faveur de tous les enfants de cette paroisse et de toute paroisse quelconque de notre diocèse dont les enfants voudront s'y faire inscrire.

» *Art.* 2. — Un billet d'agrégation sera envoyé par M. le Curé de Pontmain, ou M. son Vicaire, à quiconque en aura fait par lui-même ou par M. son Curé la demande.

» *Art.* 3. — La seule charge imposée aux associés sera de réciter chaque jour, à l'église, à l'école ou en famille, un *Ave Maria (en français)* pour soi, pour ses parents, pour le diocèse, pour la France entière et pour la sainte Eglise de Dieu.

» *Art.* 4. — En attendant que des indulgences plus abondantes puissent être sollicitées et obtenues du Saint-Siége Apostolique, nous accordons, par la présente, trente jours d'indulgence à tout enfant en âge et en état de la gagner qui aura récité, comme comme il vient d'être dit, l'unique prière prescrite. Et l'indulgence quotidienne sera de 40 jours chaque fois qu'on y aura ajouté cette double invocation : *Jésus, divin Sauveur, ayez pitié de nous sauvez ; la France et protégez votre Eglise.* — *Sainte Mère de Dieu, priez pour nous, et obtenez-nous, nous vous en supplions, miséricorde pour les pauvres pécheurs.*

» *Art.* 5. — Indulgence quotidienne de 40 jours est accordée à toute mère qui aidera chrétiennement son jeune enfant à réciter la Salutation angéli-que. »

On aimera, sans aucun doute, à connaître ce que sont devenus les principaux personnages qui figurent dans l'Apparition.

M. l'abbé *Guérin*, comblé de vertus et d'années, est mort à la fin de mai 1872, quelques jours après avoir reçu de Mgr l'Évêque de Laval le titre de chanoine honoraire de sa cathédrale. Il laisse une mémoire vénérée, et ses reconnaissants paroissiens, témoins de sa vie éminemment sacerdotale, de son inaltérable zèle, de sa charité, de ses œuvres apostoliques, aiment à le comparer au saint Curé d'Ars. Quel éloge plus achevé en pourraient-ils faire ?

Le père *Barbedette* aussi rendit son âme à Dieu le 2 juin 1871, près de cinq mois après l'apparition, étant âgé de 48 ans seulement. Il eut toujours, au Pont-Main et parmi ceux qui l'ont connu, l'estime générale. Charitable, bienfaisant, chrétien exemplaire, c'était vraiment le père de famille. Il expira dans les sentiments les plus pieux, résigné à la volonté divine, recommandant ses chers enfants à Dieu et à ceux qui pouvaient leur être utiles.

Sa femme *Victoire* est toujours au bourg

mère de famille non moins exemplaire. Elle se prête avec une entière bienveillance à laisser interroger par les pèlerins ses deux petits garçons.

Nous avons nommé, parmi les enfants favorisés de la vision, le petit Eugène *Friteau*, âgé de six ans, qu'on dut emporter au bout d'une dizaine de minutes parce qu'il était souffrant : lui aussi a été appelé, dans la véritable patrie, à contempler sans voiles le triomphe éternel de notre divine Mère. Ce fut au mois de mai 1871, le 5, à minuit. M. l'abbé Guérin ne voulut pas le laisser partir sans qu'il fût muni de la sainte Eucharistie, malgré son bas âge. Il semble que l'enfant n'attendait plus que cette dernière faveur pour quitter la terre, après d'assez longues souffrances, endurées avec une patience au-dessus de ses six ans. La phthisie pulmonaire le dévorait. Tant qu'il put prononcer une parole, il affirma la réalité de ce qu'il avait vu avec ses petits compagnons. A peine eut-on appris qu'il était mort, que la maison fut encombrée de visiteurs venus pour le contempler. Il semblait sourire ; ses lèvres étaient vermeilles, sa tête était ornée d'une toute petite couronne blanche,

qui semblait le présage et l'emblème de celle
qui l'attendait dans le ciel. — Ce qui édifia
beaucoup dans le village, ce fut la procession
des enfants de l'école. Tous, même les plus
jeunes, vinrent en rang jeter l'eau bénite sur
le *petit saint*, et plusieurs demandèrent à faire
toucher leurs chapelets à cet enfant prédestiné.
Beaucoup de paroissiens et de paroissiennes
réclamèrent la même faveur, ainsi que tous
les membres de la famille. — Il nous faut
décrire son enterrement, marqué par des circonstances touchantes. — Non-seulement
les enfants de la paroisse étaient présents,
mais les quatre privilégiés de Marie, vêtus de
de leurs plus beaux habits de fête, escortaient
le cercueil un cierge à la main. Ils semblaient
triomphants en accompagnant celui qui avait
partagé avec eux le même bonheur, et qui en
jouissait pour toujours. Le bon Curé chanta
une messe solennelle, et fit entendre quelques
paroles du cœur comme il en savait dire, afin
de constater qu'il offrait le saint sacrifice non
pas tant pour l'enfant innocent et béni que
pour sa famille, et surtout pour ses parents
défunts. Il rappela qu'ayant eu le bonheur de
contempler la Vierge Immaculée sur la terre,

le petit Eugène était en possession de la voir souriante et plus radieuse encore pour toute l'éternité. — L'assistance fut vivement impressionnée quand, au moment de fermer la fosse, on vit s'avancer, portée dans les bras de sa mère, le bébé Augustine Boitin, qui, le 17 janvier, avait étendu ses petits bras vers l'Apparition en disant avec l'accent de la joie : *Le Jésus ! le Jésus !* Sa mère la pencha vers la tombe pour y déposer une couronne de fleurs blanches. Tout le monde priait, mais pas une larme ne coula, si ce n'est de reconnaissance pour la bonté de Dieu envers cet enfant, déjà appelé le *petit saint.*

Eugène et *Joseph Barbedette* sont entrés au petit-séminaire de Mayenne, qui est celui du diocèse de Laval, à la rentrée scholaire de 1872. — Ces enfants ont grandi, depuis l'Apparition, en piété et en vertu : c'est un témoignage que chacun leur rend au Pont-Main. Chaque jour, à une heure convenue, ils allaient ensemble à l'église remercier le T.-S. Vierge de la faveur incomparable qu'elle leur a faite. Le souvenir du miracle ne les quitte pas. Jamais ils n'ont rien voulu recevoir des visiteurs qui les assiégent, et dont plusieurs offraient des sommes tentantes pour de pauvres enfants de la campagne. — « Donnez cela à M le Curé ou aux Sœurs pour la chapelle », répondent-ils. — Un ecclésiastique, pour éprouver le petit Joseph, lui disait : « Bien sûr, vous n'avez pu, méchant comme vous êtes, voir la Sainte Vierge; je ne vous crois pas. — Eh bien, Monsieur, vous êtes pareil à S. Thomas. — S. Thomas, mon petit ami, était un grand saint. — Oui, mais pas lorsqu'il refusait de croire. » — Du reste, ce sont les plus fidèles garants de ce qu'ils ont eu la félicité de contempler; aucun détail n'est oublié. Ils disaient à un religieux, le P. Vandel (d'Issoudun), en lui montrant la statue que nous avons décrite plus haut : « Remarquez, mon Père: on n'a pas fait comme nous avons dit. On voit un peu l'oreille : dans l'apparition, on ne voyait pas les oreilles, elles étaient cachées par le voile. On a mis du rouge sur la figure : il n'y en avait pas, la figure était toute blanche. On a mis un petit ourlet à la robe, autour du cou : il n'y avait rien ; c'était tout uni, et la robe montait jusqu'au cou. On a représenté les mains presque droites, devant les épaules, pendant le cantique de l'*Espérance*: elles étaient davantage penchées en arrière. »

Ils tiennent à conserver intact le dépôt sacré de la vision.

Les deux petites filles, *Jeanne-Marie Lebossé* et *Françoise Richer*, sont restées au pensionnat des Sœurs du Pont-Main. Une grande communauté qui venait de se former a demandé à les adopter ; mais les bonnes Sœurs, qui sont encore celles de l'Apparition, n'ont pas consenti à se séparer de leurs chères enfants. L'une de ces enfants, interrogée pourquoi, pensait-elle, Marie lui était apparue, répondit avec innocence : « C'était pour me rendre plus sage. » — Une troisième pensionnaire, que nous avons à peine indiquée, tout enfant aussi et toute pieuse, n'a pas eu le bonheur de voir. Son père avait une mauvaise conduite, et cet homme, touché par le prodige, s'attribue à lui-même la cause de cette privation. — « O ma fille, a-t-il dit, si tu n'as pas vu la Sainte Vierge, ce n'est pas ta faute, c'est la mienne. » Un pèlerin disait à cette pauvre et douce petite : « Vous devez être bien triste de n'avoir pas vu la Mère du Sauveur. — Oui, Monsieur, répondit-elle ; mais, au lieu de la voir, comme mes compagnes, pendant trois heures, j'espère la contempler

pendant l'éternité. » — Citons un autre
mot de la petite Richer. Comme on lui demandait ce qu'elle avait d'abord pensé à la vue de
la belle Dame, elle dit : « Je me suis figuré
que c'était Mme Morin qui entrait au ciel. »
Comment, après cela, supposer un moment
qu'il ait pu y avoir entente entre les enfants
pour simuler une apparition qui n'aurait pas
eu lieu ?

VOILA donc l'histoire de cet aimable et désormais illustre pèlerinage, qui certainement
attirera de plus en plus les fidèles. Jamais, à
notre sens, apparition de la Sainte Vierge ne
fut plus longue comme durée, plus touchante
comme détails, plus frappante et plus sainte
comme ensemble. Plus on la médite, plus on
étudie ses phases diverses, et plus on se sent
pénétré d'admiration et saisi d'une émotion
profonde et religieuse, où domine l'attendrissement. Nous avons prononcé le mot de
divine *poésie* : jamais, en effet, conception de
poète humain n'atteignit cette magnificence.
Que sont, en vérité, auprès de la réalité du
Pont-Main, les fictions les plus vantées où se
meuvent les dieux de Virgile et d'Homère ?

Qu'elles sont pâles, petites, vulgaires! Quel
autre mérite leur trouvera-t-on que l'éclat,
inimitable nous le voulons bien, de la versi-
fication et du mot! Ces étoiles rangées autour
de Marie, par exemple, cette femme qui commande à l'armée des cieux, ou plutôt que cette
armée poursuit de sa soumission, rien n'égale
une telle image. Et cette légende lumineuse,
et cette bouche qui s'incline vers le crucifix
sanglant pour confondre sa prière avec celle
des hommes malheureux et arracher une sentence de pardon, et toute cette action à double
terrain qui se répond du firmament à la terre
et de la terre au firmament, quelle douceur à
la fois et quelle grandeur! Il y faut méditer,
méditer longtemps, et, à mesure qu'on médite,
on découvre de nouvelles grandeurs et des
douceurs nouvelles.

C'est une préoccupation assez répandue,
depuis soixante ans, se généralisant davantage en présence de la décomposition contemporaine, de l'affaiblissement de la foi et de la
paganisation des masses, que les temps de la
fin approchent. Souvent, en des catastrophes
semblables, l'histoire nous montre une préoc-

cupation universelle du même genre ; mais les siècles qui s'écoulent la rendront pourtant plus vraisemblable, au jour que Dieu sait. Incontestablement, nous vivons, nous, sous quelques-uns des signes annoncés : cette intervention plus fréquente et plus éclatante de Marie, au dire de quelques saints, en serait un parmi les autres.

Le bienheureux Amédée de Savoie, mort en 1158 évêque de Lausanne, a écrit ces paroles prophétiques : — « Il faut tenir pour certain » que la puissante Mère de Dieu multipliera » ses miracles, ses visions, ses révélations, » ses consolations sublimes, à l'époque où ce » monde, vieillissant, touchera à sa fin (*Homil.* VIII *in* B. V.). » — Un saint prêtre qui est presque de notre temps, et dont la cause de béatification a été introduite à Rome, le V. Grignon de Montfort, mort au siècle dernier, écrivait, dans un livre qui n'a été publié qu'après lui (*Traité de la vraie dévotion à la Sainte Vierge*) : — « C'est par la T.-Ste Vierge » Marie que Jésus-Christ est venu au monde, » et c'est aussi par elle qu'il doit régner dans » le monde. Si donc, comme il est certain, le » règne de Jésus-Christ arrive dans le monde,

» ce ne sera qu'une suite nécessaire de la
» connaissance et du règne de la T.-Ste Vierge
» Marie, qui l'a mis au monde la première
» fois, et le fera éclater la seconde. Marie
» a produit, avec le Saint-Esprit, la plus
» grande chose qui ait été et sera jamais, qui
» est un Dieu-Homme, et elle produira con-
» séquemment les plus grandes choses qui
» seront dans les derniers temps. La forma-
» tion et l'éducation des grands saints qui
» seront sur la fin du monde lui est réser-
» vée... Marie doit éclater plus que jamais en
» miséricorde, en force et en grâce, dans ces
» derniers temps : en miséricorde, pour rame-
» ner les pauvres pécheurs, qui se converti-
» ront et reviendront à l'Église catholique ;
» en force, contre les ennemis de Dieu, les
» idolâtres, schismatiques, mahométans, juifs
» et impies endurcis, qui se révolteront ter-
» riblement pour séduire et faire tomber, par
» promesses ou par menaces, tous ceux qui
» leur seront contraires ; enfin, en grâce, pour
» animer et soutenir les vaillants soldats et
» fidèles serviteurs qui combattront pour ses
» intérêts. Marie doit être terrible au démon
» et à ses suppôts, *semblable à une armée*

» *rangée en bataille*, principalement dans ces
» derniers temps, parce que Satan, sachant
» bien qu'il a peu de temps, et moins que
» jamais, pour perdre les âmes, redoublera
» tous les jours ses efforts et ses combats,
» suscitera de nouvelles persécutions, et tendra
» de redoutables embûches aux dignes ser-
» viteurs et aux véritables enfants de Marie,
» de qui il a plus de peine à triompher que
» des autres. » — Et le saint auteur ajoute :
» *Ut adveniat regnum tuum, adveniat regnum*
» *Mariæ* : Advienne le règne de Marie pour
» que le vôtre arrive, ô Jésus! »

M. le Cte Lafond, auquel nous empruntons
ces précieuses citations, observe à ce sujet que
jamais Marie ne fut honorée autant que de
nos jours. Pendant que tous les vrais catholiques se réjouissent de l'extension de son
culte, qui fait donner à ce siècle le nom de
« siècle de Marie », il est cependant des esprits inquiets que l'on surprend à s'en alar-
mer comme d'une déviation. Notre-Dame de
la Salette leur répond, quand elle dit aux petits bergers : « Vous aurez beau prier, beau
faire, jamais vous ne pourrez récompenser la
peine que j'ai prise pour vous ».

Notre-Seigneur nous avertit qu'avant son avènement suprême, lorsque le monde aura pris fin, paraîtra dans le ciel *le signe du Fils de l'homme* : ne serait-ce pas le même que marque l'Apocalypse : une femme revêtue du soleil, ayant sous ses pieds la lune et les étoiles ? Ah ! sans doute c'est Marie ; c'est elle que S. Jean vit descendre du sein de Dieu pour nous rendre la vie, nous régénérer, nous empêcher de rouler dans l'abîme.

Joseph de Maistre écrit : « Les esprits sont dans l'attente d'un grand évènement... : une troisième explosion de la miséricorde divine.» Marie ne semble-t-elle pas non-seulement l'annoncer, mais en marquer de sa présence l'aurore bénie ? *Veni, Maria Mater, Regina ! veni !* L'avènement maternel de Marie précède ainsi l'avènement glorieux de Jésus. Étoile du céleste matin, *Stella matutina*, elle vient dire à tous que bientôt se lèvera le *soleil de justice*, le Rédempteur que tous les peuples béniront dans son éternel triomphe.

VI.

Discussion de l'Apparition.

Les faibles esprits font profession de n'admettre point les miracles, et de mépriser toute intervention particulière de Dieu dans les affaires de ce monde. Cette infirmité les a conduits, par un redoublement de faiblesse, à pratiquer ce qu'en grammaire on nomme l'*antonymie*, l'*ironie* en rhéthorique, en s'appelant eux-mêmes des *esprits-forts*. On sait ce que La Bruyère pensait de cette estimable classe de parleurs sans fond.

Aveuglement prodigieux ! ils déclarent n'admettre que *les faits*, les faits réels, tangibles, constatés par les sens : et ils ne s'aperçoivent pas, premièrement, que cela les mène tout droit à contester les phénomènes intellectuels internes, qu'ils n'ont assurément jamais palpés, vus et sentis, non pas même dans leur propre esprit ; et, secondement, que les miracles ne sont pas autre chose que *des faits*, des faits *réels*, *tangibles*, tombant sous tous les sens à la fois. Le seul point, le point unique, est de *constater* ces faits, absolument comme on constate tous les autres ; avec plus d'attention si l'on veut, mais par les mêmes règles de vérification ou de témoignage. Un malade a été guéri subitement, il attribue sa guérison à une action surnaturelle : en vérité, c'est infiniment simple. Je vérifie s'il était malade ; je vérifie s'il a fait des remèdes naturels, capables de chasser le mal ; je vérifie si ces remèdes ont agi, en-dehors de la circonstance alléguée ; je vérifie si dans aucun cas la nature n'a produit de phénomène pareil : c'est tout ! Que vous faut-il de plus ? Vous ne voyez pas que Dieu seul peut disposer ainsi de la nature ? —La nature, direz-vous, a des secrets que je ne connais pas ? Eh ! qu'importe pour le reste ? dans l'espèce, ici, vous savez admirablement bien que, selon les lois très-connues de la nature, un aveugle ne recouvre pas la vue subitement, au toucher d'une relique, d'une goutte d'eau. Que vous faut-il de plus, beaux docteurs ? Il ne s'agit pas de *toutes* les lois de la nature, que vous avouez modestement ne pas connaître ; il s'agit d'une d'elles que vous connaissez aussi bien que votre existence même.

Révélez-moi donc *le mot grammatical, naturel*, qui fera marcher, avec deux ou trois syllabes, un boiteux de naissance, raffermira une colonne vertébrale déviée, etc. : il n'y a point d'idiôme qui posséde ce pouvoir. Or, quand, avec l'idiôme maternel, vulgaire, j'aurai murmuré une prière à Dieu, à Marie, à quelque saint, et qu'incontinent les jambes ou la colonne vertébrale se redresseront pour me permettre de marcher, point d'argutie, mes maîtres : ces mots-là ne sont pas la cause, ils ont été l'occasion : la cause, c'est Dieu. Nous appelons cela *miracle*, nous qui sommes disposés à raisonner juste. Toutes les fins de non-recevoir échouent devant cette règle élémentaire de bon sens.

M. Renan est magnifique quand il écrit doctoralement : « Une règle absolue de *la critique*, c'est de ne pas donner place, dans des récits historiques, à des circonstances miraculeuses. » Voilà qui tranche toute difficulté ! mais voilà aussi une *critique* tout-à-fait *critiquable* ! Comment ! parce que tel fait parfaitement prouvé ne saurait entrer en l'un des casiers préparés par ces Messieurs, il est exclu du droit de vivre dans la mémoire des hommes, et l'histoire le rejettera sans pitié ! Parce que la courte et faible science humaine, renversée de fond en comble tous les trente ans, au fur et à mesure des expériences poussées plus avant, n'a pu le classer dans sa nomenclature du jour, il cesse d'être *un fait*, pour tomber à l'état d'*hypothèse !* La vérité deviendra ainsi le jouet du caprice et de la dérision d'un de ces cerveaux incomplets et ramollis qui, étroits à tenir entre les deux phalanges d'un doigt, prétendent emprisonner dans leur boîte Dieu, le monde, le possible, l'impossible, l'absolu et le contingent ! — A ce prix, la création de l'univers même, de quelque manière que le rationalisme la conçoive, devra être rayée de l'histoire : car elle fut assurément un miracle, contraire à toutes les notions ayant cours à l'époque, s'il y avait alors, outre Dieu, des intelligences capables de cultiver des notions ! On croit raisonner en exprimant ces beaux aphorismes, on ne fait qu'accuser l'étroitesse et le faux d'une judiciaire dans les langes.

Ce qui manque à cette école, plus fécond en bruit qu'en œuvres, c'est le point de vue.

Au lieu de rester dans l'humble sphère où
Dieu veut que l'homme s'applique à lever
vers lui les yeux, comme vers le seul principe, la lumière unique, ils s'élèvent eux-mêmes non plus vers Dieu mais au-dessus de
Dieu, le regardant de haut, l'appelant à leur
tribunal, et vaillants jusqu'à lui dicter des
lois. Dans cette synthèse insensée, d'un
orgueil fou, insupportable, ils déclarent que
Dieu *doit* faire telle chose, *ne pas faire* telle
autre chose ; que la raison souveraine lui commande ceci, que *la critique* ne saurait l'admettre dans d'autres conditions, et que, s'il
ne se détermine pas à apparaître tel qu'ils
l'ont eux-mêmes défini, son existence devient
problème et fournit à *la science* contre lui de
péremptoires arguments. Pauvres pygmées
escaladant le ciel ! malheureux raisonneurs
en rupture chronique de la logique et du sens
commun !

Une œuvre, un fait, se présente à étudier :
c'est le fait, c'est l'œuvre de l'homme, ou c'est
l'œuvre et le fait de Dieu. Dans le premier
cas, ils l'admettront comme authentique ; dans
le second, ils le nieront tout uniment, fiers
de leur savoir, et étalant jabot !.. Telle est *la*

critique renanesque et vide-penseuse, celle des About, des Taine, des Duruy, de toute la compagnie *criticomane*. Et c'est désastreusement faible. Un fait vient-il avec évidence de l'homme ou de la nature : très-bien, attribuez-le à la nature et à l'homme, sagesse le veut ; mais il est au-dessus des forces de la nature et dépasse, de toute certitude, la puissance de l'homme : Dieu est donc là, et l'œuvre, pour venir de lui, n'a certes pas perdu son existence, sa réalité et sa valeur ; tout au contraire. Rendez à Dieu ce qui est à Dieu, à l'homme ce qui est à l'homme. Toute *critique* appuyée sur une autre base s'effondre et roule dans la poussière de la déraison. C'est, encore une fois, une question de *fait*, ni plus ni moins, ni moins ni plus ; vous avez à apprécier les *faits*, non pas à les choisir et à conclure d'avance.

Étreints dans ce cercle qu'on ne brise pas, les pseudo-critiques donnent un nouveau coup de caisse, et pour qu'ils admettent un miracle déclarent, par la bouche du même sophiste, que Dieu est obligé de l'accomplir « devant l'Académie des Sciences », sans quoi ils le repousseront éternellement... Et s'il plaît à Dieu d'agir sans vous rassembler, émi-

nents personnages ? s'il ne vous reconnaît pas
pour les législateurs de son action divine, ce
qui pourrait bien arriver ? — Vous êtes, ô
maîtres, obstinément plaisants ! Eh quoi ! les
innombrables malades guéris dernièrement à
Lourdes devant trente et quarante mille témoins, connus pour incurables de toute une
ville, d'un arrondissement quelquefois, ces
malades-là ne doivent point leur guérison à
une intervention miraculeuse de Celle qu'ils
invoquaient au ciel..., attendu que le Ciel, il-
logique et impoli tout à la fois, n'a pas con-
voqué préalablement l'Institut de Paris, inventé tout exprès pour tenir en échec, sous
contrôle de minorité, le vouloir de la Providence ! Est-ce à Dieu de venir à l'Institut, ou
à l'institut de demander audience à Dieu ? —
Eh ! qui l'empêche, votre Institut, de vérifier
les faits, une fois produits ? Il y trouverait aujourd'hui jeu d'importance, puisqu'une somme
de dix mille fr. est publiquement promise à
qui démontrera que ces miracles sont des faits
naturels. [1]

---

[1] Voici la lettre adressée, en juillet 1872, à M. le
docteur Voisin, directeur de la Salpétrière à Paris:

C'est donc là insanité pure, sous les oripeaux d'une science faussée. Descartes, Pascal, Newton, Cuvier, Ampère, croyaient au miracle, et ne demandaient rien aux Académies là-dessus. Et que d'autres chrétiens, dans l'Institut même, en sont là !

« Monsieur,

« On me communique l'*Union médicale* du 27 juin dernier, et j'y trouve, non sans stupeur, les déclarations suivantes, formellement affirmées par vous dans une de vos conférences sur les maladies mentales :

» Le miracle de Lourdes a été affirmé sur la foi d'une enfant hallucinée, *qui est depuis tenue enfermée dans le couvent des Ursulines de Nevers*. J'ai encore aujourd'hui, dans une de mes salles, une femme qui, depuis son adolescence, voit la Sainte Vierge dans le ciel, *et qui a ainsi rempli le rôle dans le miracle de la Salette*.

» Monsieur, j'ai porté un défi public au sujet des événements de Lourdes, et j'ai offert de parier une somme minimum de *dix mille francs*, déposée par moi chez Me Turquet, notaire à Paris, contre quiconque prétendrait démontrer la fausseté de deux seulement des miracles racontés par M. Henri Lasserre dans son livre intitulé *Notre-Dame de Lourdes*. J'ai accepté pour juges les membres les plus éminents *de l'Institut*. La libre-pensée prise en masse a reculé devant un pari dont je vous envoie l'historique, raconté dans une brochure que je viens de publier. Puisque, du haut de votre science, vous proclamez si hardiment la fausseté de tous les miracles, je vous prends à partie, Monsieur, et vous somme de tenir cet enjeu. Je dé-

Est-il nécessaire, au surplus, de rappeler à
cette vénérable *critique* les exploits des corps
savants, dans les matières même qui sont de
leur compétence immédiate et incontestée?
Non-seulement pas une des grandes découvertes qui ont modifié les relations des hommes
entre eux ou avec la nature ne leur est due,
mais il en est peu qu'ils n'aient repoussées, au
nom de la même logique qui rend incrédules
aux miracles les *criticiens* de nos jours. — Lorsque Harvey parla de la circulation du sang et
la démontra, les académies le poursuivirent
de leurs quolibets, de leurs négations, de leurs
sarcasmes, et voulurent rayer son nom de la
liste des savants. « Règle absolue de la critique » du temps. — Fulton appporte-t-il au

---

clare en outre, Monsieur, que Bernadette, aujourd'hui
Sœur de Charité et de l'Instruction Chrétienne, « n'est pas
et n'a jamais été enfermée dans le couvent des Ursulines
de Nevers ». Je déclare en même temps que « Mélanie,
qui a rempli le principal rôle dans le miracle de la Salette », n'est pas et n'a jamais été dans vos salles. Que
reste-t-il de vos affirmations?

» J'ai l'honneur d'être, Monsieur, votre très-humble
serviteur.

« E. ARTUS,
« Rue de la Ferme 21, à Paris. »

premier Consul l'invention de la vapeur, qui
devait remuer le monde : on le renvoie à l'Institut, et l'Institut, le déclare bel et bien fou, et
son invention un rêve d'halluciné. « Règle
absolue de la critique » de l'époque. — Le
chirurgien J. Cloquet annonce un jour à
l'Académie de Médecine qu'il vient d'opérer,
sans qu'elle en ressentît la moindre douleur,
une personne endormie par le magnétisme :
l'Académie répond et affirme qu' « une règle
absolue de la critique » est de rejeter des impossibilités aussi notoires, la souffrance étant,
de toute nécessité, compagne de l'amputation
d'un membre, tant qu'il y a vie dans le sujet.
C'était une loi invariable et invincible de la
nature qui ne pouvait se déjuger elle-même,
et l'Académie encore moins, vu qu'elle est
l'Académie. Le chloroforme, peu d'années
après, la déjugeait solennellement, et lui montrait une fois de plus que les *à-priori* de la
science ne sont des axiômes, ni quant aux
évolutions de l'intelligence ni quant aux phénomènes sensibles : car c'était bien de l'impossibilité *à priori* qu'avaient argumenté ces
génies puissants, et non pas seulement de
l'agent magnétique. — Lorsqu'on vint sou-

mettre également à l'Institut (et cela n'est pas vieux) la découverte de la télégraphie électrique, qui supprimait les distances, « la règle absolue de la critique » étant que la distance, comme la douleur, sont choses primordiales, indestructibles, le novateur fut rudement évincé et convaincu, ou à peu près, d'aliénation mentale...

Quand on possède par-devers soi une jolie histoire de corps savants comme celle-là, il y aurait lieu peut-être à se montrer modeste dans la prétention de régenter Dieu et de lui marquer comment il s'y doit prendre pour l'authentique perpétration des miracles. Qu'ils seraient sûrs, ces miracles, je dis les plus patents, d'avoir le sort de la vapeur et de l'électricité !

C'est au cœur surtout que parlent les œuvres de Dieu, et, pour que le cœur s'y range, une transparence morale est indispensable : *Mundo corde*, IPSI DEUM VIDEBUNT ; les autres ne voient réellement rien : « règle absolue de la critique... »

Pourtant, dira-t-on, les découvertes dont il s'agit ont triomphé malgré l'Institut, malgré la « règle absolue de la critique » renanesque.

— Exactement, répondrons-nous, ce qu'il est arrivé des miracles ; sans quoi il n'y aurait plus un chrétien dans le monde, et vraiment il ne paraît guère que nous en soyons encore là, ni que « la règle absolue de la critique » nous y doive prochainement amener. — Et que ferions-nous donc du mot par lequel le Seigneur assure que ses disciples accompliront en son nom des prodiges plus grands que les siens !

Voilà pourquoi, dans un de ces rares moments où la bonne foi imposait chez lui silence à l'esprit de sophisme et de *critique*, Jean-Jacques avouait de bonne grâce que « *l'histoire de l'Église est véritablement une histoire de prodiges.* » — Dans les *Mémoires de l'Académie des Inscriptions et Belles-Lettres* (t. II, p. 623). Vertot fait cette sage réflexion : — « On ne peut disconvenir que *la critique* ne soit d'un grand usage dans les sciences, et surtout dans celle des faits et dans l'histoire. C'est un flambeau qui porte sa lumière jusqu'aux endroits les plus obscurs de l'antiquité. On sait combien il y faut d'érudition, de sagacité et de sens ; mais il n'y faut pas moins, si j'ose le dire, de *bonne foi*. Sans cette qualité, SOUVENT

RARE PARMI LA CRITIQUE, on peut dire que ce
flambeau se change en un feu ardent, qui ne
sert qu'à égarer, et que c'est une arme dangereuse *qui n'est propre qu'à offenser*. En un
mot, c'est un art et une science qui dégénèrent
souvent *en purs discours et en fausse subtilité.* »
On s'aperçoit tout de suite que Vertot connaissait son terrain. Cependant « la règle
absolue de la critique » n'était pas formulée
de son temps : qu'eût-il dit, grand Dieu ! à
l'aspect d'une philosophie aussi poussive, aussi
boiteuse !

Rousseau n'a-t-il pas écrit encore (*Lettres de
la Montagne*), en parlant des miracles : —
« Cette question, sérieusement traitée, serait
impie si elle n'était absurde. Ce serait faire
trop d'honneur à celui qui la résoudrait néga-
tivement que de le punir ; il suffirait de l'en-
fermer. Mais aussi quel homme a jamais nié
que Dieu pût faire des miracles ? »

On prétend, en fermant les yeux aux plus
évidents prodiges, en pays *criticomane*, que,
nous catholiques, nous nous abandonnons à
une crédulité désavouée par la fameuse « loi
absolue de la critique ». Et nous estimons,
nous, que nos adversaires obéissent à une

crédulité pire, celle d'admettre de prime-saut
l'infaillibilité de leurs préjugés. Le *Journal
des Débats* est curieux, lui vieux repaire de
criticiens édentés, à entendre sur ce chapitre.
Voici ce qu'y insérait, le 30 août 1853, M. A. de
Gasparin, philosophe et protestant : — « De
quel côté est la crédulité, je le demande : du
côté de ceux qui ferment les yeux, ou du côté
de ceux qui les ouvrent, qui comparent, qui
expérimentent, qui sont décidés à mettre les
faits au-dessus de leurs systèmes, au lieu de
mettre leurs systèmes au-dessus des faits ? Il
existe une crédulité négative, qu'on le sache
bien. *On est crédule en refusant de croire*, comme
on est crédule en croyant. Ceux qui s'endor-
ment sur le commode oreiller des opinions
toutes faites, et qui ne commettent jamais
l'imprudence d'avoir un avis à eux, sont *les
plus crédules des hommes*. Les plus crédules et
les moins courageux ! »

La haute et puissante raison de Pascal lui
arrache ce cri : « Que je hais ceux qui font les
douteux de miracles ! » Et, un peu plus bas,
ce noble esprit ajoute : « Il faut avoir trois
qualités : pyrrhonien, géomètre, chrétien soumis. Et elles s'accordent et se tempèrent en

19

doutant où il faut, en assurant où il faut, en se soumettant où il faut. »

Sans insister sur ces réflexions, qui sont les vrais principes, et qui n'apprendront rien aux fidèles à qui surtout s'adresse notre livre, appliquons-les au fait du Pont-Main. Il n'a pas eu de contradicteurs sur le lieu même, si ce n'est au début, avant le développement merveilleux de l'Apparition ; mais il en a ailleurs, il en aura, il est nécessaire qu'il en ait, comme toutes les œuvres de Dieu, dans ce monde livré aux luttes de deux esprits : *Signum cui contradicetur* (S. Luc, II, 34),.; *Tradidit mundum disputationi eorum* (Eccl. III, 11).

Inutile de répondre à des arguments comme celui de M. le docteur Voisin dans *l'Union médicale* : « J'ai encore aujourd'hui dans l'une » de mes salles (à la Salpêtrière), une femme » qui, depuis son adolescence, voit la Sainte » Vierge *dans le ciel*...» Ceci n'est plus notre affaire, tout d'abord, puisqu'il s'agit avec nous de la Sainte Vierge apparaissant *sur la terre*. Faisons observer, malgré cela, seulement en passant, au savant M. Voisin, — 1° Que rien n'est venu confirmer les assurances de cette femme, que son dire n'a été examiné ni par l'autorité ecclésiastique, ni par une autorité quelconque ; que nul ne s'en est occupé, et qu'ainsi, de toute évidence, cette voyante prétendue n'a point reçu de mission d'en-haut comme les enfants de la Salette, de Lourdes et du Pont-Main ; — 2° que rien non plus, à première vue, ne s'oppose à ce que cette femme reçoive de la T-Ste Vierge des faveurs personnelles, s'il n'est pas établi qu'elle est folle ou dégradée de sa qualité de chrétienne. Le docteur expose, il ne discute ni ne prouve. Assez pour lui.

Au Pont-Main, nous avons *un fait* inattaquable comme fait. Six enfants ont vu, cru voir ou fait semblant de voir, une apparition surnaturelle ayant la Sainte Vierge pour sujet, et cela en présence de tout un village, pendant trois heures consécutives. Ce qu'ils ont vu, cru voir ou fait semblant de voir ne rentre par aucun côté dans la catégorie des faits naturels. Un phénomène de mirage, ou tout autre du même genre, eût été distingué par tous les assistants sans exception : c'est limpide. Si donc ces enfants *ont vu*, il y a inéluctablement miracle : — nul ne sortira de ce dilemme !

S'ils n'ont pas vu, *ils ont fait semblant* de voir. Mais dans quel intérêt, puisque, depuis, jamais ils n'ont consenti à recevoir quoi que ce soit de personne? Où et quand s'est faite, entre des enfants si jeunes, si naïfs, si simples, un accord pareil? Comment y a-t-on pu faire entrer un petit garçon de six ans, presque moribond, qu'il était insensé d'associer au complot? Comment surtout parvenir à y fourrer un bébé de deux ans, de qui l'admiration à ce moment ne fut certainement pas simulée? L'auteur de la supercherie où est-il? Grand génie, certes! on n'invente pas comme cela dans la vulgarité ambiante, non plus que parmi les plus famés plumitifs, les plus retentissants académiciens. Où est-il ce génie? Au Pont-Main? allons donc! Et il eût été assez novice pour ne pas se tenir à la droite de ses jeunes et inexpérimentés complices, à qui pouvait faillir la mémoire, afin de les diriger, de les soutenir, en souffleur qui sait son métier? Et quoi encore? pas un de ces petits êtres, même l'un d'eux en mourant, les autres sous les interrogatoires les plus graves, les plus réitérés, les plus effrayants pour eux, ou même dans les confidences de la famille, dans

les jeux, n'a éventé la trame ou livré le secret !
Alors, malgré la loi absolue de la critique,
nous voici en plein miracle ; le prodige change
de terrain, mais à nos yeux, comme étude morale, il grandit.

Ils ont cru voir. Les six auraient fait du
même coup, tout éveillés, un rêve identique-
ment semblable. Absurde ! Ce rêve aurait duré,
pour deux d'entre eux, trois heures, deux
heures pour les petites filles? Absurde ! Le
bébé qui parlait à peine *aurait cru voir* aussi
quand au premier regard il s'écrie : *Le Jésus ! le Jésus !* Absurde! Et pourquoi, gagnés
par la contagion, échauffés par l'enthousiasme
général, les autres enfants présents, exactement dans les mêmes conditions, n'ont-ils pu
rien voir, malgré leur immense désir et les
réclamations de l'amour-propre? Si chacun
des voyants s'est fait illusion, comment cette
illusion a-t-elle été pour tous simultanée,
identique jusque dans les moindres détails?

S'ils *ont cru voir*, leur imagination fit tous
les frais : or, non point seulement au Pont-
Main, mais à l'Académie comme sur le Par-
nasse de MM. les poètes, il n'y a pas une imagination d'assez haute facture pour la création

de scènes aussi miraculeusement belles. Le divin éclate ici de tous les côtés à la fois : « la règle absolue de la critque » honnête et viable est d'adorer le divin partout où il se montre, de même que de constater l'humain là où il se produit à son tour.

Non, tous ces « douteux de miracles », selon le mot de Pascal, ne sont ni des savants ni des penseurs, mais des _malades,_ ainsi que les appelait le martyr du devoir, Mgr Darboy, dans son magnifique mandement de 1864 : « Esprits malades, qui croient avoir l'audace de la science, et n'ont que la fièvre du paradoxe ; esprits faibles, qui se croient forts parce qu'ils s'affranchissent de la vérité, du raisonnement et du respect... C'est le cœur qui leur fait mal à la tête..... Quand la foi baisse, ce n'est pas la vérité qui monte... »

Et voici, pour terminer ce chapitre, les paroles sensées et justes que M. Edm. Schérer, protestant et ennemi de la révélation, met dans la bouche de l'adversaire catholique qu'il a le triste courage de combattre et la cruelle espérance de vaincre : — « Quand je sens vaciller en moi la foi au miracle, je vois aussi l'image de mon Dieu s'affaiblir à mes

regards : il cesse peu à peu d'être pour moi
le Dieu libre, vivant, le Dieu personnel, le
Dieu avec lequel l'âme converse comme avec
un maître et un ami : et, ce saint dialogue
interrompu, que nous reste-t-il ? Combien la
vie paraît triste alors et désenchantée ! Réduits
à manger, dormir et gagner de l'argent, privés de tout horizon, combien notre vieillesse
devient triste, combien nos agitations insen-
sées ! — Plus de mystère, c'est-à-dire plus
d'innocence, plus d'infini, plus de ciel au dessus de nos têtes, plus de poésie ! — Ah ! soyez-
en sûr, l'incrédulité qui rejette le miracle
tend à dépeupler le ciel et à désenchanter la
terre. *Le surnaturel est la sphère naturelle de
l'âme* ; c'est l'essence de sa foi, de son espérance, de son amour. En cessant de croire au
miracle, l'âme se trouve avoir perdu le secret
de la vie divine : elle est désormais sollicitée
par l'abîme...Bientôt elle gît à terre ; oui...,et
parfois dans la boue... »

VII.

Sentence de l'autorité ecclésiastique.

Dans une lettre pastorale adressée à son clergé, en date du 28 octobre 1872, Mᵍʳ l'Évêque de Versailles disait, à propos des pèlerinages populaires que nous voyons aujourd'hui fréquentés par les foules :

« Les pèlerinages, qui sont dans nos mœurs, par la raison bien simple qu'ils sortent des entrailles du catholicisme, se sont organisés de toutes parts, et nous ont reportés à des jours qu'on croyait disparus pour jamais. Mouvement sublime, que l'impiété railleuse et furieuse n'arrêtera pas ! Non, quoi qu'en disent nos ennemis les plus acharnés et les plus subtils, ce ne sont pas des passions politiques, ce n'est pas du fanatisme, ce n'est pas de l'imbécillité, qu'il faut voir dans ces innombrables pèlerins qui remplissent nos sanctuaires : il faut y voir la grâce de Dieu. Et, quand Dieu se fait sentir dans les masses, on entrevoit le calme après la tempête, on peut s'abandonner à l'espérance. »

Et voici que Marie en personne nous convie à un pèlerinage nouveau, et ce pèlerinage est précisément celui de *Notre-Dame d'Espérance* !

C'est bien elle, en effet, qui est apparue, nous l'avons montré, et toute autre supposition serait inadmissible de par les lois de la raison. Le point de vue de l'autorité ne manquera pas davantage.

Nous sommes les disciples de l'autorité, nous catholiques ; le respect vit toujours parmi nous, grâce à cette foi qui nous montre Dieu dans la personne de ceux qui légitimement nous commandent. Jésus-Christ gouverne son Église, mais par le moyen des ministres qu'il a établis ses représentants : aussi ne faisons-nous rien de grave, dans l'ordre de nos relations avec Dieu, sans recourir à eux et sans nous appuyer sur leurs lumières et sur le pouvoir qu'ils ont reçu pour l'édification des âmes. Ils nous expliquent la divine parole, en même temps qu'ils effacent nos péchés, nous rétablissent dans la grâce, nous munissent des sacrements contre les périls de la route,

nous disent ce qui est du ciel, ce qui est
de la terre ou de l'enfer. L'examen d'un cas
aussi relevé que celui d'un miracle leur appartient ; encore qu'ils ne demandent point
que Dieu agisse devant eux en personne,
ainsi que le voudraient pour eux-mêmes nos
présomptueux libres-penseurs. Les ministres
sacrés constatent et prononcent, c'est tout.
Pour échapper aux entraînements, irréfléchis
parfois, de la multitude, que son imagination,
et ce besoin de merveilleux qui toujours est en
nous, pourraient conduire à des dévotions sans
consistance et sans motifs, l'Église a rigoureu-
sement statué que nul d'entre nous ne pourrait
attribuer publiquement la note de sainteté à
un chrétien, celle de *surnaturalité* à un fait,
avant qu'elle-même ait examiné et prononcé.
« On ne doit, dit le concile de Trente, admettre aucun miracle s'il n'a été examiné et approuvé par l'évêque du lieu *(Sess. 25)*. »

Or, ce serait une erreur de s'imaginer que
l'Église est facile sur ce chef ; elle se montre,
au contraire, d'une extrême rigidité, et les
règles qu'elle s'est tracées paraîtront plutôt
excessives, comme on peut s'en convaincre en
lisant les procès-verbaux des canonisations

promulguées à Rome. L'Église n'a pas besoin de merveilles nouvelles pour établir qu'elle vient de Dieu ; celles que Dieu lui envoie par surcroît, elle les accueille avec joie, avec vénération, mais après l'investigation la plus prudente et la plus sévère. On en va voir, au reste, une preuve vivante dans l'acte épiscopal qui a pour objet l'apparition du Pont-Main. L'autorité ecclésiastique a prononcé par la bouche de Mgr l'Évêque de Laval, de qui nous allons maintenant reproduire en partie le mandement, daté du 2 février 1872.

— « L'année dernière, dit Sa Grandeur aux fidèles de son diocèse, nous vous adressâmes une première lettre sur le fait extraordinaire qui s'était produit, le 17 janvier précédent, dans la petite paroisse de Pontmain. En terminant cette lettre, nous vous disions que l'Église ne précipite pas ses jugements, surtout en matière si grave, et qu'avant de nous prononcer nous ferions ce qu'elle a toujours fait. Mais, ajoutions-nous, si le moment vient, comme nous croyons pouvoir l'espérer, où il sera possible et permis de déclarer qu'il n'y a point là un abominable concert de quatre jeu

nes enfants qui auraient inventé cette étrange
histoire, mais que ces enfants, dont le plus
âgé n'a que douze ans, appartiennent à de
très-honnêtes familles , bien sincèrement
chrétiennes ; qu'ils ne manquent pas d'intelligence, qu'ils sont vertueux et pieux, et qu'il
n'y a pas ombre d'hallucination ni de mensonge dans leurs dires, cela sera très-certainement déclaré.

» Grâces en soient rendues à Dieu, nous
pouvons aujourd'hui tenir cette promesse.
Mais, avant tout examen et toute discussion,
il nous paraît nécessaire de dessiner, au moins
à grands traits, la prodigieuse scène du
17 janvier, et d'en préciser les principales circonstances. »

S. G. raconte ici l'apparition à son début.

« Dans cette foule émue, attentive, les
cœurs sont partagés. S'il en est qui croient,
la plupart doutent ou refusent toute croyance
aux affimations réitérées et constantes des enfants, lorsque tout-à-coup, pendant que se
chantait le sublime cantique de l'humilité et
de la foi de Marie, le *Magnificat*, une longue
banderolle blanche se développe sous les pieds
de la belle Dame, et une invisible main y

trace, en grands caractères d'or, ces mots : *Mais priez, mes enfants*. D'autres chants succèdent au premier, et aux regards ravis des enfants apparaissent de nouvelles lettres, qu'ils épèlent et répètent vingt fois à qui mieux mieux et à qui plus tôt; et, se rangeant à la suite des autres, ces lettres achèvent la phrase commencée, en ajoutant : *Dieu vous exaucera en peu de temps.*

» Un point resplendissant comme un soleil avait clos la ligne. Il semblait que tout fût fini. Mais non. De nouveaux cris de joie éclatent parmi les enfants : c'est l'invisible main qui reprend son mystérieux travail, et l'inscription, continuée sur une seconde ligne, se complète par ces émouvantes paroles : *Mon Fils se laisse toucher.*

» La foule, étonnée, attendrie, priait en silence. Cependant une voix se fait entendre et entonne le cantique *Mère de l'Espérance*. Et soudain la belle Dame, en qui toute l'assistance avait déjà salué l'auguste Mère de Dieu, élève, à la hauteur de ses épaules, ses mains auparavant abaissées et étendues, et, remuant lentement les doigts, elle regardait les enfants avec un sourire d'une incomparable douceur.

» Mais, un peu plus tard, quel contraste
inattendu ! On avait entonné le cantique

> Mon doux Jésus, enfin voici le temps
> De pardonner à nos cœurs pénitents,

et un nuage de tristesse couvrait les traits de
la belle Dame. Elle tenait entre ses mains,
en avant de sa poitrine, une croix rouge, portant un Christ également rouge, et surmontée
d'un écriteau blanc sur lequel se détachait, en
lettres rouges, le nom de JÉSUS-CHRIST. Et
en même temps elle remuait les lèvres et semblait prier. »

Le Prélat continue un peu plus loin :

» Voilà le fait avec ses détails essentiels,
le fait tel qu'il a été raconté par les quatre
enfants privilégiés de Pontmain, tel aussi
qu'il résulte des constatations juridiques,
que nous avons ordonnées et dirigées avec tout
le soin et la sollicitude que réclamait l'importance de la cause.

» Dès le mois de mars, une enquête s'ouvrit à Pontmain... Les résultats de cette enquête, dans laquelle furent entendus tour-à-
tour, et interrogés avec le soin le plus minu-
tieux, non-seulement les enfants eux-mêmes,

mais les principaux témoins de tout ce qui s'était dit et fait dans la mémorable soirée du 17 janvier, ces résultats, disons-nous, sont consignés dans un long rapport, où se trouve reproduit dans toute son étendue chacun des interrogatoires, et qui reste déposé dans nos archives. Ils auraient pu suffire pour établir la réalité du fait ; mais, fidèle à la règle que nous nous étions imposée, de ne procéder qu'avec la plus grande maturité, nous nous décidâmes à surseoir.

» Quelques semaines plus tard, nous nous trouvions nous-même à Pontmain, en cours de visites pastorales. Dans la matinée du jour de notre arrivée, les quatre enfants avaient fait les uns leur première et les autres leur seconde communion, et une heure à peine les séparait de l'instant où ils devaient recevoir les dons de l'Esprit-Saint dans le sacrement de la confirmation. Or, vous ne l'ignorez pas. N. T.-C. F., ces grands actes de la vie chrétienne ne s'accomplissent pas, dans nos religieuses campagnes, comme on a parfois la douleur de le voir dans les villes dissipées de notre pauvre France. Nous pouvions compter avec la plus entière assurance que ces chers

enfants étaient parfaitement soignés et préparés par leurs bons parents, par leurs religieuses institutrices, et plus particulièrement
encore par leur très-pieux et très-dévoué pasteur. Nous saisîmes ce moment si favorable
pour les voir, les interroger et entendre séparément leurs réponses sur tout ce qu'ils avaient
dit et tout ce qu'ils prétendaient avoir vu le
soir du 17 janvier.

» Eh bien, nous pouvons l'affirmer, rien
de plus calme, de plus modeste, ne peut frapper les yeux ou les oreilles ; rien de plus net
non plus et de plus ferme que les déclarations
successivement faites, sur ces grands souvenirs, par ces quatre enfants pleins de candeur,
en ce jour et dans ce moment les plus saints
et les plus solennels de leur vie.

» Un nouvel élément de conviction venait
ainsi s'ajouter, en les confirmant, à ceux que
nous possédions déjà ; et néanmoins, quelques
mois plus tard, poussant, ce semble, jusqu'à
leurs dernières limites les précautions que peut
suggérer la prudence la plus sévère, nous réso-
lûmes d'instituer une nouvelle procédure. Elle
s'ouvrit à Laval même, le 5 décembre, sinon
sous nos yeux, au moins dans notre demeure.

» Là, pendant trois jours, les quatre enfants de Pontmain furent soumis à des interrogatoires longs et réitérés, qui ne réussirent qu'à mettre dans une plus complète évidence leur sincérité, leur horreur pour le mensonge et la parfaite conformité de leurs réponses, non-seulement sur les phases principales et les incidents les plus notables de l'Apparition, mais jusque sur le grand nombre de détails que leurs yeux avaient pu observer.

» Vous n'auriez sans nul doute demandé rien de plus, N. T.-C. F., pour être assurés que nous n'avons négligé aucun moyen d'éclairer notre jugement et notre conscience. Une dernière épreuve cependant, une épreuve plus rigoureuse encore et plus décisive, devait succéder aux deux enquêtes canoniques. Une commission de théologiens fut chargée de soumettre à un examen approfondi les dépositions des enfants et des autres témoins, de discuter la valeur de leurs témoignages, d'assigner au fait lui-même son véritable caractère et sa cause, de résoudre, en un mot, toutes les questions qu'il peut soulever, au triple point de vue des formes juridiques, de la certitude philosophique et de la théologie.»

Il était impossible, assurément, de procéder, avec plus de garanties, et un fait soumis à de telles investigations, dont il sort vainqueur, est un fait que le pyrrhonisme le plus achevé ne saurait repousser. — Mgr de Laval continue :

« Mais il peut n'être pas sans quelque importance de noter ici, au moins en passant, plusieurs circonstances qui n'ont pas trouvé place dans ce qui précède ou qui n'ont pu y y être indiquées.

» C'est, d'abord, le peu d'accueil que rencontrèrent dans la foule, malgré leur invincible persistance, les affirmations unanimes des enfants. Les uns répondaient par un rire d'incrédulité, les autres traitaient les enfants de visionnaires, les accusant d'illusion et d'erreur, sinon de mensonge. Mais lorsque, d'une même voix, ils eurent lu et relu vingt fois ces mots qui peuvent sembler prophétiques : *Dieu vous exaucera en peu de temps* ; et ces autres paroles non moins consolantes : *Mon Fils se laisse toucher* ; il n'y eut plus d'incrédules. Un frémissement de joie agitait tous les cœurs; un sentiment profond de foi, d'admiration et d'espérance, avait subjugué les âmes.

» Notons, en second lieu, que, le jour même où toutes ces étonnantes choses se passaient à Pontmain, l'armée prussienne lançait ses avant-postes jusque dans le plus proche voisinage de Laval : et le lendemain, à deux kilomètres de la ville, se faisaient entendre les derniers coups de canon (les derniers, au moins pour nos contrées) de cette effroyable guerre qui a inondé de sang et couvert de tant de ruines le sol de notre infortunée patrie. Trois jours plus tard, les troupes ennemies disséminées sur la zône comprise entre la Mayenne et la limite orientale du département commençaient à se replier sur Maine-et-Loire et la Sarthe. Enfin, les parties belligérantes concluaient un armistice et signaient les préliminaires de la paix du 28 janvier. C'était par conséquent, jour pour jour, le onzième après celui où sur la blanche banderolle avaient resplendi en lettres d'or les paroles bénies : *Dieu vous exaucera en peu de temps.*—Nous citons ces faits et ces dates sans en déduire aucune conclusion. Mais il n'est personne qui, en les rapprochant de l'évènement de Pontmain, n'ait été frappé de l'exacte concordance des paroles que nous venons de rappeler avec les circonstances décisives qui ont immédiatement suivi l'évènement lui-même.

» Vous n'avez certainement pas oublié, N. T.-C. F., mais il est bon néanmoins de redire ici, avec quelle ardeur et quelle allégresse furent recueillis et répétés les premiers récits qui circulèrent dans le public. Le nom de Pont-Main était dans toutes les bouches. Une relation de l'évènement, publiée avec notre permission [1], fut demandée et recherchée avec un empressement presque sans exemple, et en quelques mois plus de vingt mille exemplaires se trouvèrent répandus sur tous les points de la France, tandis que la presse étrangère en multipliait les traductions en Suisse, en Italie et en Angleterre.

» Et, pendant ce temps, que se passait-il aux lieux mêmes où s'étaient accomplies ces grandes choses? On venait de près, on venait de loin, visiter, prier, s'édifier. La foi des peuples et leur confiance croissaient et s'étendaient de plus en plus. Des paroisses presque tout entières, leurs pasteurs en tête, venaient

---

[1] Celle de M. l'abbé Richard.

solliciter des bénédictions et des grâces de tout
genre, et s'en retournaient, presque toujours,
touchés, consolés, réjouis. Il y avait jusqu'à
vingt, jusqu'à trente, et parfois jusqu'à près
de cinquante messes par jour, et, à la plupart
de ces messes, des communions souvent en
grand nombre. Des visiteurs de toute condition, des familles considérables, écrivaient
leurs noms sur le registre du pèlerinage, demandant avec instance qu'il fût donné suite
au projet déjà conçu d'élever en ce lieu béni
un monument à la sainte Mère de Dieu, et
laissaient en partant, ou bien, de retour dans
leurs foyers, envoyaient, en signe de reconnaissance pour des bienfaits obtenus, des
offrandes destinées à concourir à l'érection du
monument désiré.

» Nous pourrions ajouter ici plus d'un fait
particulier digne de toute attention ; mais ce
n'est pas, croyons-nous, le moment d'en parler. Ce moment viendra à son tour ; et nous
aimons mieux aujourd'hui *ne chercher les
preuves de l'Apparition* que dans l'Apparition
elle-même, c'est-à-dire dans le témoignage
des quatre jeunes enfants, admirablement
corroboré par les témoignages que leur ren-

dent à eux-mêmes les nombreuses personnes qui ont déposé, sous la foi du serment, dans les diverses enquêtes. »

Ici vient le témoignage sur la piété et la véracité des jeunes voyants. Mgr examine si l'imagination peut expliquer le fait :

« Peut-être ces enfants, au souvenir du double prodige de Lourdes et de la Salette, ont-ils conçu la pensée et l'espoir de voir un jour quelque chose de semblable. — Non. Aucun d'eux n'a lu un récit circonstancié de ces prodiges ; aucun n'a vu une seule des images ou représentations, si répandues cependant, qu'en ont données la gravure et la statuaire. Le peu qu'ils avaient su de ces deux apparitions, antérieures l'une et l'autre à leur entrée dans la vie, ne s'était conservé dans leur mémoire que comme un souvenir à demi effacé, et, pour toute réponse à la question qui leur était adressée, l'un des jeunes garçons et l'une des petites filles disait à peu près dans les mêmes termes : *Je n'espérais voir la Sainte Vierge qu'au ciel.*

» L'Apparition imaginée par les enfants ! Mais est-il personne qui ne voie, au premier coup-d'œil, à quelles invraisemblances, pour

ne pas dire à quelles impossibilités morales,
vient se heurter une semblable supposition ?
Il s'agit, ne l'oublions pas, d'enfants de dix à
douze ans. Ils sont (au moins trois d'entre eux)
d'une constitution plutôt lymphatique que
nerveuse, d'un caractère parfaitement tranquille et peu facile à émouvoir. Tous ont été
élevés dans la simplicité qui convient à leur
âge et à la modeste condition de leurs familles;
et les facultés de leur âme, l'intelligence,
l'imagination, la mémoire, ont reçu à peine le
commencement si limité de culture que peut
offrir une école primaire de village. Et pourtant c'est par ces imaginations si jeunes et si
peu cultivées qu'aurait été créé ce splendide
tableau, avec ses aspects changeants, ses phases
multiples et si variées, avec cette multitude
de circonstances toutes également extraordinaires, se succédant dans un ordre merveilleux,
et, par une coïncidence plus merveilleuse
encore, répondant du (moins quelques-unes
des plus remarquables d'entre elles) au sens
des prières chantées par la foule, non sur leur
demande, mais sur l'ordre du pasteur de la
paroisse et sous la direction des Sœurs institutrices! Et ces enfants, en qui il faudrait

bien, en dépit de leur jeunesse, reconnaître un
certain degré d'habileté et de prévoyance,
auraient osé affronter l'éclat et la solennité
d'une épreuve sur la place publique, pour y
débiter leur fabuleuse invention, non en
société d'un petit nombre de leurs compagnons
d'enfance, mais en présence de quiconque
voudrait entendre leurs étranges récits? Et ils
auraient su soutenir leur rôle pendant deux
et trois heures, sans que le moindre désaccord,
la plus légère hésitation, aucun indice d'aucun
genre, eût trahi leur imposture! Ils auraient
réussi, au contraire, grâce à l'apparente sincérité d'une joie et d'un enthousiasme men-
teurs, non-seulement à captiver et à retenir
comme sous un charme, durant ces longues
heures et malgré les rigueurs du froid, les
cinquante ou soixante témoins de tout âge et
de toute condition qui se pressaient autour
d'eux, mais encore à triompher de leurs doutes,
de leur méfiance, ou, pour mieux dire, de leur
incrédulité! »

Les enfants n'ont pu s'entendre, combiner
une fable de ce genre. M⁣ᵍʳ le montre victo-
rieusement. S. G. continue :

« Presqu'à la dernière heure, au moment où

s'achevait le travail que nous vous livrons aujourd'hui, nous avons voulu entendre nous-même une dernière fois plusieurs des témoins appelés à l'enquête du mois de mars.

» Ce sont d'abord les Sœurs institutrices, dont nous avons constaté, avec un soin rigoureux, le zèle et l'intelligente vigilance. L'une et l'autre ont affirmé avec serment que, ni le jour où le fait s'est produit ni les jours précédents, les quatre enfants n'ont eu entre eux ni rapports particuliers ni aucune communication. L'une d'elles avait dit auparavant : *Je signerais de mon sang que les enfants ne se sont pas concertés entre eux* ; et l'autre : *C'est le cri de ma conscience que les enfants n'ont subi d'aucun côté aucune influence.*

» Le vénérable curé qui administre la paroisse de Pontmain depuis plus de trente-cinq ans, M. Michel Guérin, que ses vertus bien plus encore que ses années recommandent au respect de tous, interrogé à son tour, nous répondit : *J'atteste devant Dieu qu'il est impossible que les enfants se soient concertés. Devant Dieu j'affirme qu'ils n'ont ni été trompés ni voulu tromper.* »

Suit une démonstration complète, par d'autres preuves encore, que les enfants étaient incapables de mentir. Le mandement poursuit :

« Soit, pourrait-on dire. Mais, s'ils n'ont pas voulu tromper, d'autres ont pu les tromper eux-mêmes, en leur suggérant l'erreur où ils sont tombés. L'imagination ardente fait aisément accepter, surtout à des enfants, des fables pleines de prestiges. — Nous le voulons bien. Mais où trouverez-vous ces imaginations ardentes et ces coupables instigateurs dans l'humble et obscur village de Pontmain? Les deux petites filles étaient pensionnaires des Sœurs institutrices, l'une depuis l'âge de cinq ans et demi, l'autre depuis l'âge de trois ans; elles vivaient donc à peu près en-dehors de tout contact avec les personnes étrangères à l'établissement; et les jeunes garçons, élèves externes de ce même établissement, formés dès-lors aux salutaires habitudes de travail si bien conservées dans nos campagnes, passaient sous les yeux de leur père, et en partageant son labeur, les heures de loisir que leur laissait l'école.

» Quels étaient, d'ailleurs, les guides, les directeurs, les conseillers de tous les jours, que suivaient seuls, en toute occasion, ces dociles enfants? C'étaient uniquement leurs parents, leurs institutrices et leur vénérable pasteur. C'est par conséquent sur eux, ou du moins sur l'un d'eux, qu'il faudrait, contre toute raison et toute évidence, faire tomber l'horrible accusation d'avoir ourdi une si indigne et si criminelle trame. Nous vous le demandons à vous-mêmes, N. T.-C. F., est-ce chose admissible, ou même supposable? »

Voici maintenant le témoignage de la science :

« Mais il est une autre question qui se pose comme d'elle-même, et qui, au jugement d'un grand nombre, pourra paraître importante entre toutes. Ces enfants n'ont-ils pas été les jouets d'une illusion des yeux ou d'une hallucination? Cette question, nous ne le dissimulons pas, N. T.-C. F., dès les premiers jours nous parut sérieuse, et, trop incompétent pour la résoudre seul, nous comprîmes dès-lors qu'une commission médicale, aussi sûre et savante que les circonstances nous permettraient de la former, aurait à nous prêter le concours de sa bonne volonté et de ses lumières.

» Cette commission s'est aisément trouvée,

et, le 5 décembre, se réunissaient à l'évêché MM. les docteurs Gustave Régnault professeur à l'école de médecine de Rennes, Anatole Bucquet président du conseil d'hygiène du département, Émile Ponthault médecin des hôpitaux de Mayenne, pour procéder à l'examen de la question spéciale que nous venons d'énoncer, et qui appartient essentiellement, et presque sous tous ses aspects divers, au domaine de la physiologie et de la médecine. Là, en notre présence et en celle des membres de la commission désignée pour la seconde enquête, se présentèrent et furent examinés et interrogés, l'un après l'autre, les quatre enfants, uniques témoins oculaires du fait de l'apparition.

» Dans le docte travail qui résume leurs observations et expose les appréciations de chacun, les médecins déclarent, à l'unanimité, qu'il est impossible d'expliquer le fait par une affection morbide des yeux.

» Les yeux des enfants, ajoutent-ils, sont dans l'état le plus satisfaisant; et d'ailleurs aucune affection connue de l'appareil visuel ne saurait produire un semblable effet.

» La possibilité d'une illusion d'optique leur

paraît également devoir être écartée, en l'absence de toute cause capable d'en provoquer. Aucun point lumineux n'existait ni à l'horizon ni au voisinage.

» Les enfants, dont rien n'avait à l'avance surexcité l'imagination, voyaient tous simultanément le même objet, et l'indiquaient tous en même temps sans s'être fait part de leurs impressions particulières. Rien, par conséquent, ne peut faire songer à une illusion résultant, chez quelques-uns de ces enfants, du désir même de voir le fait extraordinaire dont leurs petits camarades prétendaient être les témoins.

» Mais pourrait-ou admettre l'existence d'une hallucination de la vue?

» Les médecins, d'un commun accord, ont également repoussé cette hypothèse, suivant laquelle une hallucination se serait produite simultanément, avec la même forme, de la même manière, pendant le même temps et un temps aussi long (trois heures), chez quatre individus. Ils voient dans l'hallucination le résultat d'un état anormal et morbide du cerveau qui reste personnel, non communicable, et rejettent d'une manière formelle une interprétation aussi déraisonnable que celle d'après laquelle on voudrait, chez des sujets différents d'humeur, d'allure et de constitution, généraliser un pareil fait.

» Les médecins concluent donc qu'on ne saurait en aucune façon expliquer le récit de ces enfants ni par l'existence d'une affection morbide des yeux, ni par une illusion d'optique, ni par le fait d'une hallucination. »

...« Mais ne reste-t-il plus aucune difficulté à prévenir ou à résoudre, aucune ombre à dissiper? N'y a-t-il pas quelque autre hypothèse encore dont on puisse s'armer, sinon pour ébranler la certitude de l'Apparition elle-même, du moins pour en dénaturer l'origine et le caractère? Cette apparition n'est-elle pas, peut-être, une illusion fantastique produite par quelqu'un de ces prestiges, tels qu'on en trouve plus d'un exemple dans nos livres sacrés, et dont l'auteur n'est autre que Satan, le père du mensonge? Ce n'est ici ni le temps ni le lieu d'entrer dans un long examen des signes auxquels se reconnaissent les opérations diaboliques, et moins encore d'entreprendre une discussion théologique pour montrer quelle puissance Dieu a laissée aux anges des ténèbres, et dans quelles limites cette puissance peut s'exercer. Nous demanderons seulement par quel motif, pour quelle fin, dans quel intérêt, aurait agi l'esprit séducteur en faisant apparaître dans les airs cette femme mystérieuse, avec son brillant cortége d'étoiles se rangeant, avec une sorte de respect, sous ses pieds et autour de sa tête. Eh quoi ! c'est lui, c'est Satan, qui aurait provoqué cet admirable concours de supplications et de louanges qui, pendant de longues heures, n'a cessé de monter vers le trône de Dieu ! C'est lui qui aurait excité et les enfants et la foule à prier, et à prier encore ! C'est lui, l'éternel ennemi de Dieu et des hommes, qui aurait de sa main tracé ces paroles : *Dieu vous exaucera en peu de temps ?* Et c'est cette infernale main encore qui aurait ajouté : *Mon Fils se laisse toucher*; pour révéler, quelques instants après, le nom de ce Fils lui-même en écrivant en lettres de sang, au-dessus de l'image du divin Crucifié : JÉSUS-CHRIST! Satan se serait fait le héraut et l'apôtre de la glorieuse maternité divine de Marie ! Mais *comment se maintiendrait debout son empire*, s'il travaillait ainsi lui-même à le détruire? Non, non; une telle interprétation est absolument inadmissible. Satan est, et sera à jamais. l'ennemi juré de Marie et de son culte. Et nous, Frères bien-aimés, nous continuerons, à la vie et à la mort, de la bénir, d'exalter sa miséricorde et sa puissance, et de l'invoquer, avec une ardeur chaque jour renouvelée et plus vive de foi, d'espérance et d'amour.

» Notre tâche est accomplie, N. T.-C. F. : il ne nous reste plus qu'à conclure.

» A ces causes, et le saint nom de Dieu invoqué:

» Vu les procès-verbaux des deux commissions successivement chargées d'informer sur le fait de l'apparition de la Sainte Vierge à Pontmain, et ceux des compléments d'enquête faits le 19 janvier et le 20 et 21 du même mois;

» Vu le témoignage écrit des docteurs-médecins appelés à émettre leur jugement sur les circonstances qui sont du domaine de la science médicale et physiologique;

» Vu le rapport et l'avis de la commission de théologiens chargée d'étudier le fait précité au point de vue de la théologie, de la certitude philosophique et des formes juridiques:

» Considérant que l'Apparition ne peut être attribuée ni à la fraude ou à l'imposture, ni à un état maladif des organes de la vue chez les enfants, ni à une illusion d'optique, ni à une hallucination;

» Considérant qu'il ne peut pas davantage s'expliquer par l'action des puissances diaboliques;

» Considérant d'ailleurs qu'il porte, soit en lui-même soit dans l'ensemble des circonstances qui l'ont accompagné et suivi, le caractère d'un fait de l'ordre surnaturel et divin:

» Avons déclaré et déclarons ce qui suit:

» ART. 1ᵉʳ. — Nous jugeons que l'immaculée Vierge Marie, Mère de Dieu, a véritablement apparu, le 17 janvier 1871, à Eugène Barbedette, Joseph Barbedette, Françoise Richer et Jeanne-Marie Lebossé, dans le hameau du Pont-Main.

» Nous soumettons, en toute humilité et obéissance, ce jugement au jugement suprême du Saint-Siége Apostolique, centre de l'unité et organe infaillible de la vérité dans toute l'Église.

» Art. 2.— Nous autorisons dans notre diocèse le culte de la bienheureuse Vierge Marie sous le titre de *Notre-Dame d'Espérance de Pontmain*

Art. 3.— Nous nous réservons expressément l'approbation de toute formule de prière, de tout cantique, de tout livre de piété, ayant rapport à l'Apparition, et nous défendons de publier aucun récit de ce genre sans notre approbation préalable, donnée par écrit.

» Art. 4. — Répondant aux vœux qui nous ont été exprimés de toutes parts, nous avons formé le dessein d'élever un sanctuaire en l'honneur de Marie sur le terrain même au-dessus duquel elle a daigné apparaître. »

VIII.

Grâces et faveurs obtenues.

Lorsque Notre-Seigneur parcourait la Judée, la Galilée, la Samarie, prêchant le règne de Dieu et ramenant les hommes à leur

Père du ciel, il laissait tomber de sa bouche divine, en même temps que les enseignements évangéliques, des paroles de guérison qui remettaient en santé les âmes et les corps. « Il a passé, disait S. Pierre au centurion Corneille, en faisant le bien. en guérissant tous ceux qu'opprimait Satan, et cela parce que Dieu était avec lui : *Pertransiit benefaciendo et sanando omnes oppressos à diabolo, quoniam Deus erat cum illo* (Act. X, 38). » Marie, si fidèle imitatrice de son divin Fils, n'apparaît point non plus parmi les hommes sans verser sur eux les mille trésors de sa bonté ; d'elle aussi on doit dire : *Deus erat cum illà.* C'est là, d'ailleurs, un moyen certain d'établir la réalité de ses apparitions.

On a dit que des faits de ce genre prouvent peu, parce qu'en tout lieu le Seigneur peut exaucer la foi vive qui l'implore. Il ne semble pas que cet argument ait force convaincante. S'il n'est pas douteux que la prière ouvre le ciel et en fait descendre toute espèce de bénédictions et de grâces, Jésus-Christ étant formel sur ce point, comment admettre que, par la concession de faveurs singulières, miraculeuses, Dieu se fasse le complice d'une erreur, et

par-là l'autorise? C'est aux miracles qui
suivent la mort d'un saint que l'Église reconnaît le triomphe de ce saint : u'avons-nous
pas le droit d'en dire autant des lieux où l'on
a des motifs de croire qu'il a manifesté sa présence ou celle de ses élus?

Les conversions et les guérisons obtenues
à la Salette et à Lourdes, dans ces dernières
années, ont été aussi éclatantes que nombreuses. Aveugles, paralytiques, boiteux, toutes
sortes de malades ont trouvé la santé, parfois
subitement, d'autres fois après une neuvaine,
en recourant au théâtre de ces apparitions de
Marie. L'incrédulité a beau nier, déclarer que
tout cela est uon avenu tant que le prodige
ne s'est point accompli sous les yeux de l'Académie des Sciences ; les aveugles n'en voient
pas moins, les boiteux n'en marchent pas
moins, les âmes éclairées subitement n'en maudissent pas moius leurs ténèbres anciennes.

Ce dernier genre de miraculeuse action de
Dieu n'est pas celui qui frappe davantage nos
sens. On en fait, en général, bon marché. Et
pourtant, combien plus merveilleuse et plus
élevée paraîtra toujours la guérison d'une
âme, comparée à celle de quelque organe ex-

térieur ! Les plaies morales sont les vraies
plaies, les plaies les plus redoutables, les
plus tenaces, les plus difficiles à atteindre.
Là surtout Dieu fait triompher sa misériorde
et la puissance de son bras. La conversion
du bon Larron est un tout autre miracle que
de descendre de la croix.

Le Pont-Main a vu nombre de prodiges, et
dans ce second sens et dans le premier. Que
de chrétiens incertains ou tièdes en sont partis
la ferveur et la conviction au cœur ! Plusieurs
incrédules, assure-t-on, y ont rencontré le
bienfait de l'illumination intérieure. L'apparition de Marie, en effet, est si évidente, elle
est, de plus, entourée de circonstances si
douces, si aimables, si attendrissantes ! Or,
si Marie a parlé, si elle s'est montrée reine
des étoiles et du firmament, mère du divin
Crucifié, il est donc vrai que Jésus son fils est
le Roi suprême, qu'il est Dieu, qu'il nous ensei-
gne la vérité, et qu'en établissant l'Église il a
fondé l'arche ou tout cœur qui ne veut pas
périr doit chercher asile, aliment et repos. Une
seule apparition de Marie bien démontrée,
c'est la preuve de tout l'Évangile. — Aussi,

21

dans le pays du Petit-Maine, à côté des conversions, on a vu la piété des peuples prendre
un nouvel essor. Déjà fréquentés universellement, les offices le sont d'une manière plus
assidue encore, les communions plus nombreuses, les œuvres saintes plus aimées. —
Presque chaque jour aussi, il arrive de loin
des lettres d'action de grâces pour des faveurs
spirituelles obtenues au nom de Notre-Dame
du Pont-Main. Des dons considérables pour
l'érection du nouveau sanctuaire les accompagnent. En un mot, la trace de la présence de
Marie est désormais ineffaçable, et on la suit
à ses bienfaits sans cesse renouvelés.

Quant aux guérisons extérieures, aux prodiges sur les malades, il y en a beaucoup, et
on ne les connaît pas tous : car bien souvent
les gens de la campagne, eux principalement,
s'en retournent exaucés, font une prière de
reconnaissance, et trouvent si simple la miséricorde de Marie pour eux, qu'à peine en par-
lent-ils à d'autres qu'à leurs parents les plus
proches. Cette disposition nous a été signalée
à nous-même pendant notre dernier pèlerinage du 27 septembre 1872, et chacun ajou-

tait : « On ne saurait dire combien il y a eu
de grâces pareilles dans nos environs. »

Pour ce qui est des pèlerins venant de plus
loin, c'est par leurs lettres que l'on sait les
choses, et ces lettres sont presque journalières.
Interrogé sur ce chef par une personne de
notre connaissance, le bon abbé Guérin lui répondit, peu de temps avant sa mort : « Parmi
les lettres de gratitude qui me parviennent à
tout instant, j'en signalerais au moins *cent
cinquante* renfermant des récits de guérisons
que j'appellerais, dans mon humble sentiment,
autant de miracles de premier ordre ; mais
c'est à nos supérieurs ecclésiastiques de prononcer sur ce caractère miraculeux, et nous
devons attendre leur jugement. » Ces pièces
seront publiées quelque jour.

En 1871, une petite fille que nous avons
rencontrée au Pont-Main l'année suivante, en
pèlerinage d'action de grâces pour l'anniversaire, avait recouvré l'usage parfait de ses
yeux. L'amélioration s'était produite dès son
arrivée au lieu de l'Apparition, le lendemain
elle était guérie, et le mal a complètemeut et
absolument cessé.

Ce jour-là aussi, nous nous sommes rencontré avec une Sœur de Laval venue en anniversaire de reconnaissance sur sa guérison, sur laquelle nous pouvons donner les détails suivants et authentiques. — Sœur Léonie Pigeon, religieuse de la Charité d'Évron, fut atteinte, au mois d'août 1867, d'une affection au larynx qui, en moins de quinze jours, la priva complètement de la voix. Elle consulta différents médecins, essaya de tous les remèdes, mais en vain. Le 14 septembre 1871, elle fut envoyée au pensionnat de Saint-Étienne à Laval. La supérieure de cet établissement, profitant des quelques jours qui restaient avant la rentrée des classes, organisa un pèlerinage au Pont-Main. Sœur Léonie s'y rendit par Fougères, et y arriva le 28 septembre, à 7 heures 1|2 du matin. Elle assista aux messes qui se succédèrent à l'église, en attendant ses compagnes, qui, parties de Laval à 3 heures du matin avec leur aumônier, n'arrivèrent au Pont-Main qu'à dix heures. Elles constatèrent que leur chère sœur n'était pas guérie. — La paroisse du Loroux, du diocèse de Rennes, était venue ce jour-là en pèlerinage. Après la grand'messe, la procession ordinaire s'organisa et se dirigea

vers la grange de Barbedette, puis vers le
champ de l'Apparition. Toutes les Sœurs, au
nombre de seize, y prirent part. Aux pieds de
la statue de la Sainte Vierge, on entonna
l'*Ave Maris stella*. Sœur Léonie priait, et, jetant un regard suppliant vers Marie, murmurait : « Oh! si je pouvais chanter!... » Elle
essaya dès la première strophe... Vains efforts :
elle ne put que prononcer tout bas les paroles
de l'hymne. A la seconde strophe, elle essaya
de nouveau : il lui sembla que quelques notes,
bien faibles encore, sortaient, pour la première
fois depuis quatre ans, de son gosier. A la
troisième strophe, sa voix sort librement et se
fait entendre. — Saisie d'une émotion profonde, elle se tourne toute en larmes vers une
de ses compagnes et·lui dit : Ma sœur, je
chante!... » Et, d'une voix pure et claire, elle
chante en effet la quatrième strophe : *Monstra
te esse matrem...* — Plus de doute, Notre-Dame
d'Espérance a entendu et exaucé ses prières.
Elle se lève, s'en va auprès de sa bonne supérieure, lui prend la main, et, d'une voix que
la joie et l'émotion font trembler : « Ma sœur,
lui dit-elle, je chante! » Et elle pleurait à
chaudes larmes. — « Priez, continuez de prier,

lui dit sœur Clémence. » Mais sœur Léonie,
heureuse d'avoir recouvré sa voix si longtemps
perdue, et craignant de la perdre encore, chanta
jusqu'à la fin de l'hymne. L'instruction qui
suivit lui parut longue, et ce fut avec une joie
nouvelle qu'elle s'entendit répondre aux cinq
Pater et *Ave* récités par M. le Curé. — L'aumônier assistait à cette scène touchante. Il avait
bien vu le visage baigné de larmes de sœur
Léonie, mais il attribuait cette émotion à la
ferveur de ses prières. Après l'instruction, une
des sœurs qui était près de lui lui dit : « Monsieur l'Aumônier, sœur Léonie chante. —
L'avez-vous entendue ? — Non ; on me l'a dit. »
— Il eût voulu s'en assurer, mais la procession repartit, et il se rendit à l'église afin de
dire la sainte Messe, à laquelle les Sœurs devaient faire la sainte communion. — Il monta
à l'autel après la bénédiction du Saint-Sacrement qui suivit la procession. Devait-il offrir
le saint sacrifice pour demander à Dieu, par
l'entremise de Marie, la guérison de sœur
Léonie, ou remercier la Sainte Vierge d'une
si grande grâce obtenue ? Il ne savait. Il pria
donc le vicaire du Pont-Main de s'assurer si
la jeune sœur pouvait vraiment parler. Celui-

ci revint au bout de quelques instants avec
cette bonne réponse : « Dites une messe d'action de grâces : sœur Léonie est complètement
guérie, elle a chanté et elle parle tout haut.»
— Une heure plus tard, avec la permission de
M. le Curé et au milieu d'une nombreuse assistance accourue à l'église au bruit de sa guérison, sœur Léonie, d'une voix claire quoique
tremblante d'émotion, chante le *Magnificat*.
Elle alternait avec les pèlerins. — On devine
avec quelle ardente curiosité la pauvre sœur
fut entourée en sortant de l'église. C'est à
grand'peine qu'elle gagna la cure, où une
foule énorme la suivit, et ne s'écoula
qu'après l'avoir vue et entendue parler. — Le
retour à Laval s'effectua joyeusement. Sœur
Léonie, *de peur*, disait-elle, *de perdre encore la
voix*, ne cessait de chanter cantiques et psau-
mes. — Grand fut l'étonnement des sœurs restées à Laval, quand le soir elles l'entendirent
parler. Elles questionnaient les sœurs tour-à-
tour, et n'en pouvaient croire le témoignage
de leurs propres oreilles. Le lendemain matin,
elles prirent le tout pour un rêve, et l'une
d'elles, voulant s'assurer si vraiment la Sœur
avait recouvré la voix, va du côté de sa cham

bre. Arrivée au milieu du corridor, elle s'arrête :
« Je n'ose avancer, dit-elle. Grand Dieu !
si elle ne parlait plus !! » C'était la préoccupation générale. Elle pria une autre sœur
d'aller à sa place. Celle-ci, entr'ouvrant à
demi la porte, dit, d'une voix que l'anxiété
faisait trembler : *Benedicamus Domino...* Du
fond de la cellule, une voix pure, claire et
limpide répondit : *Deo gratias.* — C'était la
voix de sœur Léonie, qui, devenue maîtresse
de musique, ne se lasse pas de chanter. »

« Rien de plus édifiant que les pèlerinages
faits en l'honneur de Notre-Dame au Pont-
Main, écrivait un témoin à peu près à cette
même époque. C'est une fête continuelle. Tous
les jours on voit accourir soit des familles,
soit des paroisses entières, pour honorer Marie.
Tout le monde prie avec une piété qu'on ne
peut dépeindre. »

Le 9 novembre 1871, c'est un pieux ecclésiastique, aumônier au diocèse de Coutances,
qui vient avec une famille remercier la divine
Mère de leur avoir rendu un malade qui avait
été administré et reconnu à l'extrémité par
tous ceux qui l'entouraient. — La même semaine, une mère du même diocèse venait aussi

en pèlerinage d'action de grâces. Son petit
enfant, âgé de cinq à six ans, avait la fièvre
scarlatine, jointe à une autre maladie; l'état
de l'enfant était tellement grave, que le médecin avait perdu tout espoir. La pauvre mère
fait un vœu à Notre-Dame du Pont-Main, et
l'enfant est bientôt rendu à la santé.

Dans ce même mois de novembre, une personne écrit à M. l'abbé Guérin : — « Depuis
plus de dix-huit mois, j'avais à la figure une
plaie d'une nature dangereuse. Tous les remèdes avaient été employés en vain: et voilà que
depuis mon voyage au Pont-Main cette plaie
a complètement disparu. » La lettre est datée
d'Ahuillé, aux environs de Laval.

On lit aux *Nouvelles du Pont-Main* insérées
régulièrement dans la *Semaine religieuse* de
Laval, 2 décembre 1871: — « Un vieillard du
diocèse de Coutances est venu rendre ses actions de grâces à la Sainte Vierge et publier
à haute voix ses louanges. Depuis trente ans
environ, il souffrait d'atroces douleurs qui le
rendaient presque impotent. Après avoir accompli le vœu qu'il avait fait de venir en pèlerinage au Pont-Main, il a recouvré le libre
usage de ses membres. Aussi est-ce le cœur

rempli de joie que son fils, honoré du sacerdoce, a célébré une messe d'action de grâces.»

En septembre 1872, un petit garçon de Rennes, désespéré des médecins, est guéri d'une péritonite aiguë par l'intercession de Notre-Dame d'Espérance.

Un peu auparavant, un prêtre de la Manche venait au Pont-Main avec plusieurs personnes de la paroisse de Chalandré. Sur la route il rencontre deux enfants près de Landivy. L'un de ces enfants prit de la poussière et la jeta dans les yeux de l'autre, qui vint rouler sous la voiture. Au moment où les roues passaient sur le corps de l'enfant, les personnes de la voiture dirent intérieurement : « Notre-Dame du Pont-Main, sauvez-le. » Cette prière fut exaucée : car, quand la mère veut relever son enfant, il n'avait pas une égratignure.

Puis, c'est une personne faisant à pied cinquante kilomètres pour remercier Marie d'un secours inattendu dans un grand péril. — C'est M. le baron de Brienière, de Pau, envoyant une riche offrande en action de grâces d'une faveur obtenue par l'intercession de Notre-Dame du Pont-Main.

On écrit encore du pélerinage, au commencement de 1872 : « Madame Richer, d'Alençon, voyant son fils aîné sous le coup d'une méningite et d'après les médecins à peu près perdu, fait un vœu à Notre-Dame d'Espérance du Pont-Main. « Marie soit louée, écrit-elle, ma prière a été exaucée. » — Une autre mère de famille, du diocèse de Coutances, annonce qu'elle a obtenu par l'intercession de Marie une grâce signalée. Il s'agissait d'affaires de famille dont l'issue, si elle eût été malheureuse, aurait brisé l'avenir et la carrière d'un de ses enfants. La pauvre mère, toute inquiéte, invoque la Mère de Dieu le jour anniversaire de son apparition au Pont-Main, et s'engage envers elle, entre autres choses, à faire publier la faveur qu'elle sollicite si elle est assez heureuse pour l'obtenir. Aussitôt la face des affaires change d'une manière providentielle.

C'est aussi un jeune homme écrivant de Paris qu'il doit à la Vierge du Pont-Main la guérison entière de son âme, et demandant que le fait soit publié pour l'honneur de Marie la Mère des miséricordes.

Le 2 mars 1872 : — « Cette semaine a été surtout remarquable par le grand nombre d'infirmes de toutes sortes que nous avons vus :

ce qui prouve que la confiance en Notre-Dame du Pont-Main va toujours croissant. Si elle ne guérit pas tous ceux qui viennent implorer son secours, cette bonne Mère apporte toujours quelque soulagement à leurs maux. Après l'avoir invoquée, les uns voient diminuer leurs souffrances, les autres se sentent plus de force pour les supporter. — Pour un certain nombre c'est quelque chose de mieux encore. Ainsi, hier M. le Curé recevait la visite d'un inconnu : c'était un père de famille du diocèse de Coutances, qui venait remercier Marie de lui avoir rendu son petit enfant de huit ans, dont les médecins avaient désespéré. Pour témoigner sa reconnaissance, il a laissé, pour aider à la construction du futur sanctuaire, la somme de cinq cents francs. »

Des dons fréquents, nous l'avons dit, et quelquefois considérables, arrivent au Pont-Main, et c'est presque toujours en reconnaissance d'une prière exaucée. Ici un malade délivré de la fièvre typhoide, — un autre de la phthisie. Les lettres sont conservées aux archives.

Un enfant de Villiers-Charlemagne ne pouvait marcher depuis un an qu'à l'aide de béquilles, par suite d'une blessure. Le 16 mai 1872, il assistait à la sainte Messe en invoquant de tout son cœur Notre-Dame du Pont-Main : il ressentit dès le premier moment de très-vives souffrances, et après le saint sacrifice il se trouvait complètement guéri. — Une jeune enfant de Quelaines, attaquée d'un tremblement nerveux, est venue avec sa mère au Pont-Main. Celle-ci prie avec sa fille au pied de la colonne où est placée la statue, dépose une aumône dans le tronc, et voilà que tout-à-coup l'agitation cesse. Le 3 juin 1872, la reconnaissance amenait de nouveau au Pont-Main le père et la mère.

Une jeune ouvrière de Laval, Victorine Faucheux, âgée de 15 ans, avait été atteinte, au mois de novembre 1871, de l'affection connue sous le nom de *danse de Saint-Guy*. Cette maladie, passée à l'état chronique, s'était montrée rebelle à tous les remèdes. En vain, pendant les deux mois qu'elle passa à l'hospice Saint-Julien, avait-on épuisé toutes les ressources de l'art, les mouvements convulsifs de la face et des membres persisistaient toujours, et menaçaient de causer la mort par dépérissement. Perdant tout espoir du côté des hommes, elle se tourna du côté de Marie. A peine sortie de l'hospice, elle entreprit avec sa mère un pèlerinage à Notre-Dame du Chêne, qui lui fit éprouver un peu de soulagement : car elle put dormir pour la première fois depuis plusieurs mois, et un ralentissement momentané de l'agitation de la figure lui permit de communier. Mais la Vierge Marie exigeait autre chose de sa petite suppliante : la guérison ne s'opéra point alors, et la pauvre malade resta dans le même état. Cependant elle avait toujours conservé au fond du cœur le secret espoir d'être guérie par la Sainte Vierge, et je ne sais quel pressentiment lui inspirait une grande confiance envers Notre-Dame du Pont-Main. Peut-être, se disait-elle, Marie m'exaucera mieux si je l'invoque sous le titre de Notre-Dame du Pont-Main. — Au commencement du mois d'avril 1872, elle entendit lire en chaire le mandement de Monseigneur instituant la confrérie de *Notre-Dame d'Espérance* : elle résolut aussitôt de prier la Vierge sous ce titre jusqu'à ce qu'elle fût exaucée, et elle fit vœu d'aller en pèlerinage au Pont-Main dès qu'elle serait guérie. Tous les jours elle récitait deux *Ave Maria* et le *Souvenez-vous* à cette intention. — Le 30 avril, jour de l'ouverture du Mois de Marie, sa mère l'engagea à communier : elle obéit avec empressement. Pendant la messe, elle eut peu d'agitation, et elle communia avec facilité. Cependant elle n'était pas guérie encore. Vers midi, elle chantait avec une grande confiance le cantique *Mère de l'Espérance* : quand elle reprit pour la dernière fois le refrain, elle perdit tout-à-coup la voix : pendant quelques minutes elle éprouva une sorte de craquement dans tout son corps, *comme si on lui eût brisé les os*, mais elle ne ressentit aucune douleur. Enfin, la voix et la liberté des mouvements lui revinrent : elle était radicalement guérie. Car la faiblesse avait disparu ; ses forces lui étaient revenues avec la santé. Dès le soir elle put reprendre ses travaux, interrompus depuis si longtemps, et jusqu'à présent elle n'a ressenti aucune atteinte du mal qui la tourmentait.

Le 10 août 1872 : — « Une personne de Paris était venue, il y a un mois, solliciter de la Ste Vierge une grâce qu'elle considérait comme très-importante. « Hier, écrit-on, nous recevions une lettre qui nous disait que la faveur demandée est obtenue. Ce n'est pas la première lettre de ce genre que nous recevons de la capitale. »

Les *ex-voto* indiquent également les prières exaucées. Il y en a un en marbre blanc offert par deux dames de Chartres, la mère et la fille, en reconnaissance de leurs guérisons obtenues en avril et en mai 1872. L'une avait les fièvres typhoïdes, et se trouvait dans un état très-dangereux, au dire de quatre médecins. Elle promet une neuvaine à Notre-Dame de Pontmain, et à l'instant s'opère un mieux sensible, qui la conduit promptement à une complète guérison, sans passer par ces longues convalescences qui sont la suite ordinaire des grandes fièvres. La mère, également, attribue à la Sainte Vierge la guérison d'épuisement et de fatigues qu'elle a eue à peu près dans le même temps.

Le 3 août 1872 : — « Une communauté nous a envoyé un *ex-voto* pour une grâce reçue. — Une messe d'action de grâces est demandée pour une faveur obtenue. — Enfin, une personne de Château-Gontier, guérie par Marie, est venue remercier sa bienfaitrice. »

En septembre 72, une lettre de Naples constate aussi une faveur obtenue, dans cette ville, par l'intercession de Notre-Dame du

Pont-Main, dont l'apparition a rempli de joie les fidèles de l'Italie. — A Brains, une personne est guérie d'une affection incurable au bras, après un pèlerinage au Pont-Main.

Le 29 juin de la même année, on écrit à la *Semaine* de Laval : « Nous avons vu une jeune fille de la paroisse du Pas, qui, après avoir été réduite à l'extrémité, s'est relevée, à la grande surprise de tous, le dernier jour d'une neuvaine faite en l'honneur de Notre-Dame du Rosaire, et après avoir promis un pèlerinage d'action de grâces à Notre-Dame du Pont-Main. »

Puisse donc la divine Mère de l'Espérance envoyer à tous la paix, la concorde, les jours de réparation et de sainte joie ! *Mon Fils se laisse toucher*, nous a-t-elle dit : ah ! que cette miséricorde, qui s'est réalisée déjà en nous délivrant de la guerre, achève d'apparaître éclatante au regard des autres périls dont le monde se sent menacé ! Les épreuves dont nous sortons n'ont pu éclairer encore tant d'âmes vouées à des ténèbres comme incurables, et la main qui nous châtie ne s'est point retirée. C'est maintenant la société tout entière qui a besoin d'être guérie de ses plaies, dont, hélas! elle mourrait, et bientôt! Et la plus effrayante de ces plaies, celle qui cause les autres, c'est l'impiété.

« L'impiété a pris parmi nous un caractère effroyable, celui que S. Paul a si précisément et si énergiquement défini par ces paroles : *Extollitur super omne quod dicitur Deus aut quod colitur.* Dieu, tout ce qui est le service de Dieu, la religion, le dévouement aux âmes, voilà ce qu'aujourd'hui l'impiété poursuit avec une audace et un concert qui ne s'étaient jamais vus.

» Je ne puis définir pourquoi elle se sent si fort à l'aise; mais ses doctrines les plus abjectes ne font plus sourdement leur chemin sous terre; comme nos fleuves débordés, elles ont rompu leurs digues et menacent de tout inonder; je ne sais quelle puissance mystérieuse les enhardit et les déchaîne.

» C'est bien de ces tristes temps que S. Paul disait autrefois : *Instabunt tempora periculosa.* Oui, temps plein de douleurs et d'alarmes, pour la société temporelle comme pour la société spirituelle! Les plus fermes avouent qu'on y souffre étrangement; mais,

selon l'énergique et pénétrante expression de
Bossuet, ce qu'on craint est plus redoutable
encore que ce qu'on souffre. Chose singulière!
il n'y a pas d'esprit si faible qui ne prévoie
aujourd'hui et ne dénonce à la société de pro-
chains malheurs, et il n'y a pas d'esprit si fort
qui puisse offrir et faire accepter le remède,
aplanir et éclairer l'issue! O Dieu! sortirez-
vous bientôt de cette nuit impénétrable? Quelle
fin donnerez-vous à tant d'agitations et à tant
de tourmentes?

» Et cependant, au milieu de cet immense
désordre des esprits et des mœurs publiques,
les plus hautes, les plus terribles controverses
sociales et religieuses sont violemment agi-
tées. Les intelligences troublées, la raison
publique affaiblie, n'y suffisent plus : c'est la
confusion des langues. Comme autrefois à
Babel, les hommes ne s'entendent plus entre
eux ; les uns appellent le bien mal, et les autres le mal bien.

» Comme on voit, après les grands orages
qui ébranlent le monde, apparaître sur la face
de la terre des reptiles inconnus et des bêtes
malfaisantes jusque-là cachées dans les entrailles du globe, nous voyons périodique-

ment, après chaque tempête sociale, éclore
et surgir parmi nous une génération singulière d'hommes nouveaux, qui tout-à-coup
couvre le sol. Il n'y a rien de sacré pour eux.
Tout ce qui est souvenir, grandeur du passé,
monuments, lois, coutumes des ancêtres, histoire, noble antiquité, la philosophie même et
les lettres : tout cela leur est odieux. Hommes
du moment, pygmées étranges et violents,
nés d'un orage, tout ce qui est de la veille,
tout ce qui s'élève et dure, tout ce qui promet la sérénité et la grandeur, leur déplaît.
Dieu, la religion, la famille, les droits pater-
nels, la propriété, le foyer domestique, la
sainteté du lien conjugal, la dignité maternelle elle-même et l'innocence du premier
âge, tout ce qu'il y eut jamais de plus pur, de
plus vénérable et de plus saint au cœur de
l'homme, est audacieusement attaqué par cette
race nouvelle ; faiblement défendu d'ailleurs,
ou lâchement abandonné.

» Le Prince des Apôtres nous a dit de ces
hommes une parole d'une vérité frappante :
*La liberté n'est pour eux que le voile de leur mé-
chanceté* ; et ils ne se servent de ce grand nom
que pour opprimer et corrompre.

» Mais ce qu'il y a de plus déplorable, c'est qu'on leur résiste mal. Contre eux les gens de bien sont faibles ; on les voit indécis, incertains, tristement divisés, et comme paralysés ; tous les efforts sont isolés, interrompus, impuissants. Inutilement les sages font entendre leur voix ; elle se perd comme un vain bruit dans l'air : tout homme et toute chose, toute institution et toute force, fait successivement chute et mécompte.

» On cherche quelques grandes âmes ; on ne les trouve plus ! on les appelle elles ne répondent pas [1]. »

C'est vous, ô Marie! qui répondrez au cri de notre angoisse ; de vous nous viendra ce salut impossible aux hommes. Vous ne pouvez abandonner ceux qui vous prient avec tant de confiance et d'amour, et à qui déjà vous avez donné tant de gages de protection, fait entendre de si douces promesses. « Oh ! dirons-nous avec un pieux auteur [2], que l'on doit désirer

---

[1] Mgr Dupanloup, *Circulaire à son clergé*, du 27 oct. 1872.
[2] Le P. Poiré, *Triple couronne de la Mère de Dieu*, t. II, 3e *traité, ch.* 13e.

l'heureux partage de ceux dont les âmes, pour
parler avec l'Écriture, sont conservées au petit
faisceau des vivants, sous la faveur spéciale
de la Mère de bonté! Puissé-je être des leurs,
vivant et mourant, et encore par-delà la mort,
au règne de l'éternité! »

LIVRE TROISIÈME.

APPARITIONS DE LA T.-Sᵗᵉ VIERGE

AUX DIVERS AGES DE L'ÉGLISE.

> « O femina plena et superplena gratiâ,
> de cujus plenitudinis exundantiâ respersa
> sic revirescit omnis creatura !
>
> *« O Femme pleine et surabondante de la
> grâce, votre plénitude et votre abondance
> découle sur toute créature et la fait re-
> verdir. »*
>
> (S. Bonavent., Pros.).

Marie nous a été donnée par le Ciel comme
une mère auguste, une reine bienveillante,
une bien-aimée protectrice. D'un bout du
monde à l'autre, retentissent ses louanges,
les invocations de ses serviteurs agenouillés
devant ses autels et invoquant son assistance :
car ce que Dieu peut par son pouvoir essentiel,
Marie le peut par sa prière toujours écoutée :

Quod Deus imperio, tu prece, Virgo, potes!

Et elle si bonne, cette admirable Vierge, que, non contente d'accueillir nos vœux, bien des fois elle daigne visiter en personne le royaume qui lui a été confié, et se rendre sensible aux yeux de ses serviteurs. L'histoire ecclésiastique et l'histoire particulière des saints sont pleines de ces traits touchants de sa vigilante tendresse, et celui du Pont-Main, le plus aimable peut-être dans tous les détails, avait été précédé d'une infinité d'autres, dont l'ensemble ravit l'âme et la pénètre de reconnaissance.

Ces traits, nous voudrions qu'il nous fût permis de les rapporter tous ici, comme les anneaux antérieurs de la chaîne merveilleuse dont le Pont-Main est aujourd'hui le plus récent ; nous sommes persuadé que le lecteur aimerait à renconter ici ce tableau. Nous le ferons selon notre faiblesse, mais nécessairement très-en raccourci, nous privant, avec grand peine il est vrai, des développements que nos indications permettront de trouver ailleurs.

Et tout d'abord nous devons déclarer que ces récits n'appartiennent point au trésor de la foi, encore que, pour la plupart, ils soient

établis solidement, sur d'irrécusables témoignages. Y a-t-il des motifs de les révoquer en
doute? Il ne nous le paraît pas. Car, outre
que tant de choses avérées, dans l'ordre ecclésiastique même, n'ont pas été introduites au
domaine de la foi parce que cela était absolument superflu, la seule raison en possession
d'elle-même suffisant à les défendre contre le
scepticisme, les apparitions que nous avons à
citer ont été sérieusement étudiées par les docteurs compétents, et le plus souvent attestées
par des saints de qui la parole forme certitude
morale.

« Il me semble, écrit à ce sujet le P. Poiré
en son vieux langage [1], que j'entends ici
quelqu'un de nos sages mondains qui se rit
de tout ce que je viens de dire, et qui n'en fait

---

[1] Dans son grand ouvrage *La Triple Couronne de Marie.* C'est une des sources où nous puiserons pour
la rédaction de ce *Livre III°.* — Nous suivrons également
les diverses *Vies des Saints* de Godescard et des *Petits
Bollandistes,* et surtout un excellent travail de M. l'abbé
Sauceret, du diocèse de Troyes, publié en 1854 sous ce
titre : *Apparitions et révélations de la T.-S. Vierge ;* 2 vol.
in-8° : ouvrage tout-à-fait recommandable, auquel nous
renvoyons le lecteur qui désirerait approfondir cet intéressant et pieux sujet.

pas plus état que d'un conte bien agencé de
quelque forte imagination. Il ne fallait pas
attendre autre chose de ces têtes bien faites,
qui mettent toute la force du bon esprit à ne
rien croire que ce qui se voit avec les yeux.
A les ouïr parler, on jurerait qu'ils ont entrepris de donner la loi à Dieu et de limiter ses faveurs ; et, parce qu'ils sont bien éloignés d'être
admis à de semblables familiarités, ils veulent
se bailler le contentement de croire qu'il n'y
a rien de meilleur en la pratique de la vertu
que ce qu'ils expérimentent en eux. En quoi,
à mon petit jugement, il n'y a pas moins d'i-
gnorance que de présomption. Car, comme
d'un côté c'est une grande marque d'orgueil
de s'estimer seuls sages, de se persuader que
tant d'hommes savants qui ont fait l'examen
de ces grâces privilégiées se soient abusés, de
trancher des théologiens sans y entendre,
possible, un seul mot, de faire des décisions
en des matières dont ils n'ont nulle connaissance et encore moins d'expérience, de juger
des choses intérieures comme d'un pré ou d'un
jardin, de douter universellement de tout ce
qui se trouve de semblable en l'histoire des
saints; aussi, de l'autre, est-ce avoir peu d'es-

prit de s'imaginer que Dieu ne puisse rien davantage que ce qu'il fait ès âmes d'une condition ordinaire, ou qu'il n'ait point d'autres faveurs pour ceux qui l'aiment de tout leur cœur, et qui font et qui souffrent pour lui de grandes choses, que celles qu'il fait au commun des hommes qui se contentent de n'être pas méchants... Ces faveurs ne laissent pas d'être, parce qu'ils n'y croient pas ; Dieu n'est pas moins bon pour être regardé de travers... »

Pour nous, qui savons l'immense bonté de Dieu, l'immense bonté de Marie, rien ne nous surprend dans les preuves miraculeuses qu'ils nous en offrent pendant le dur voyage de cette vie, mais tout nous porte à remercier, à admirer, à bénir.

I. — Pendant les premiers siècles de l'ère chrétienne.

C'est une tradition, et nous l'avons rapportée p. 100, que la Très-Sainte Vierge apparut à S. Jacques-le-Majeur, apôtre de l'Espagne, alors que, découragé par le peu de fruit de ses prédications dans cette contrée, il répandait devant son Dieu des larmes de douleur. — Une autre tradition nous la montre

apparaissant également aux Apôtres réunis à
Jérusalem, après sa mort et son assomption.
Ils avaient assisté à cette mort bienheureuse ;
et, lorsqu'ils furent de retour de Gethsémani,
la Mère de Dieu parut dans les airs environnée
de lumière et de gloire : ce qui ne leur causa
pas moins de joie que d'admiration.« Assistez-
nous, crièrent-ils tous ensemble, ô toute sainte
Mère de Dieu ! » Et elle répondit : « Je suis
avec vous pour toujours. »

C'est aussi dans le premier siècle qu'une
ancienne légende place l'apparition de Marie
à une pieuse dame du Puy en Vélay, nommée
Villa, l'une des premières conquêtes de l'Évangile dans les Gaules, et que la Sainte Vierge
guérit, en lui indiquant où elle voulait qu'on
lui élevât un sanctuaire, qui est aujourd'hui
cette belle cathédrale du Puy dont nous avons
aussi parlé.

L'illustre S. Grégoire de Nysse, autorité
grave s'il en fut, nous raconte ce qui arriva,
vers l'an 231, à S. Grégoire surnommé le
Thaumaturge à cause des miracles innombrables que Dieu avait accomplis par lui. Il
était évêque de Néocésarée en Asie, et conver-
tissait chaque jour beaucoup de païens. La

difficulté d'expliquer clairement et exactement les mystères de la foi, soit aux néophytes soit aux infidèles, le tenait dans une anxieuse inquiétude, et, une nuit qu'il s'en préoccupait davantage, il eut une double vision : S. Jean l'évangéliste se fit voir à lui d'abord, puis la Sainte Vierge environnée d'un éclat qui remplissait la chambre. Sur un signe de Marie, S. Jean s'approcha de Grégoire et lui expliqua dans les termes les plus précis, notamment sur le mystère de la sainte Trinité, ce qu'il devait enseigner aux peuples. Et cette exposition d'un si haut mystère fut celle dont se servit le cinquième concile général dans sa définition.

On rapporte à une intervention directe de la Sainte Vierge la conversion de l'illustre Ste Catherine d'Égypte, vers la fin du troisième siècle. Riche, belle, de grande naissance, très-versée dans la philosophie, elle avait juré de ne s'unir jamais qu'à un époux possédant au même degré ces divers avantages. La rencontre d'un solitaire, qui lui donna une image du Sauveur et de sa sainte Mère, commença d'éclairer son cœur. Jésus et Marie lui apparurent ensuite, après qu'elle eut été baptisée,

et Catherine ne voulut plus autre chose sur la
terre que son Dieu, pour lequel elle donna sa
vie pendant la persécution. La peinture s'est
exercée de mille manières sur cette grande
scène.

S. Nicolas de Myre, patron de la jeunesse,
était plein de zèle pour combattre, en Orient,
l'hérésie d'Arius, qui niait la divinité de Jésus-
Christ. Pour récompenser sa fidélité et son
ardeur d'apôtre, Notre-Seigneur lui apparut
accompagné de la Sainte Vierge; Marie le
revêtit du manteau épiscopal, présage de ce
qui allait bientôt arriver : car il fut élevé à la
dignité d'évêque, et c'est en cette qualité qu'il
assista au premier concile œcuménique, celui
de Nicée (325), où fut condamnée l'hérésie
arienne.

Voici maintenant ce que rapporte le père de
notre histoire nationale S. Grégoire, évêque
de Tours. C'était encore sous le règne de
Constantin, douze ans après la paix donnée
à l'Église, et l'année même qui précéda le
concile de Nicée. Un architecte chrétien avait
reçu ordre de l'empereur de bâtir une belle
église sous l'invocation de Marie. Les blocs
de pierre qu'on apportait de la carrière tout

taillés se trouvèrent si énormes qu'il devenait impossible de les dresser. Tourmenté de ce contre-temps, le pauvre homme ne savait plus que faire, lorsqu'une nuit Marie lui apparut en songe, lui reprocha son découragement, et, lui indiquant avec quelles poulies et dans quelles conditions il devait opérer, ajouta : « De cette façon, trois enfants suffiront pour tout mouvoir. » L'architecte, le lendemain, se conforme de point en point à ces indications, appelle trois enfants de l'école voisine, et l'opération s'exécute avec une merveilleuse facilité. — On accuse Grégoire de Tours d'une crédulité excessive : cela est commode à dire ; mais quand on a, comme lui, vu tant de fois les prodiges multipliés par le Seigneur pour la conversion des païens, on ne trouve plus aussi méritoire d'admettre un nouveau trait de la divine puissance, sans toutefois négliger les preuves qui l'appuient.

En parlant de la basilique de Ste-Marie-Majeure à Rome, p. 89, nous avons raconté brièvement à quelle occasion elle fut bâtie, en 363, sous le pape Libère. Ce fut encore une triple apparition de Marie, l'une au patrice Jean, l'autre à sa femme, la troisième au

Souverain-Pontife, et à la même heure de la nuit. La neige qui couvrait le mont Esquilin, en plein mois d'août, et sur un seul point, confirma la vision, en marquant l'emplacement et les contours du sanctuaire ordonné par la Mère de Dieu.

C'est aussi une tradition que Marie se fit voir à Ste Monique, alors que cette mère désolée suppliait avec tant de larmes pour la conversion de son fils Augustin. La divine Vierge était vêtue de noir, ayant une ceinture de même couleur, assez large et consola sa fidèle servante. Les angoisses d'une telle mère, et pour un tel enfant, n'auraient-elles pas touché le cœur de la Mère par excellence? Cette ceinture fut établie plus tard dans l'ordre religieux des Augustiniens.

La vie de notre grand S. Martin de Tours, qui fut comme un tissu de miracles dont la France entière fut témoin, a été signalée par nombre d'apparitions de la T.-Ste Vierge au saint évêque. Plusieurs fois elle s'entretint avec lui comme une mère avec son fils. Elle le guérit elle-même, un jour qu'il avait fait une chute.

Un pieux solitaire des bords du Jourdain

avait reçu d'un anachorète comme lui un livre de piété qu'il aimait à méditer. La Sainte Vierge, accompagnée de S. Jean-Baptiste et de S. Jean l'Evangéliste, se fait voir à lui en songe : ravi de ce bonheur, il la conjure d'entrer dans sa cellule ; mais elle, le regardant d'un œil sévère, lui dit : « Mon ennemi est chez toi ! » et elle disparait. Le bon moine ne savait quel pouvait être cet ennemi, lorsqu'il découvrit à la fin de son volume plusieurs extraits de l'hérétique Nestorius, placés là par un copiste inintelligent. Nestorius avait disputé à Marie son plus glorieux titre, celui de Mère de Dieu. Aussitôt Cyriaque (c'était le nom du solitaire) arrache avec indignation ces feuillets. — Leçon pour cenx qui conservent de mauvais livres, poison des âmes. Et combien d'âmes peuvent êtres corrompues et perdues par un seul livre, circulant souvent dans toute une famille, lu par les serviteurs et se transmettant à plus d'une genération !

L'empereur Léon Iᵉʳ, qui monta sur le trône de Constantinople en 457, était d'une famille obscure. Simple soldat encore, il rencontre un pauvre aveugle qui s'était égaré, se fait son guide et cherche partout de l'eau pour

étancher la soif de ce malheureux. Inutilement
il cherchait, lorsque la voix de Marie se fit entendre : « Futur empereur, ce que tu désires
n'est pas loin d'ici : va à tel endroit, écarte
les branches de ce taillis, une source y est,
qui te permettra d'achever ton acte de charité. Tu prendras aussi de la boue qui s'y
trouve, tu en frotteras les yeux de l'aveugle,
et il sera guéri. Souviens-toi que ce lieu m'est
cher, que je veux y être honorée, et que tu
dois un jour y bâtir un temple en mon honneur. J'écouterai là les prières de ceux qui
viendront m'y invoquer. » L'aveugle fut guéri.
Léon reçut la pourpre impériale, et, dit l'historien Nicéphore, l'église fut bâtie, des miracles sans nombre recueillis par Nicéphore lui-
même, s'y accomplirent en faveur de toutes
les misères.

Peu d'apparitions sont plus célèbres que
celle dont fut l'objet le prêtre Théophile, in-
tendant de l'église d'Adanas, dans la Cilicie
mineure. Son humilité lui avait fait refuser
les honneurs de l'épiscopat, et il était fort estimé pour sa vertu. Cependant, calomnié par
des ennemis, il fut dépouillé de toutes ses
charges, privé de l'exercice des fonctions

sacerdotales et rélégué parmi les simples
fidèles. La tentation devint alors maîtresse de
lui : comme le gentilhomme sicilien dont nous
racontions la légende au commencement de
ce volume, il appela Satan par des conjurations,
et lui livra son âme par un acte signé de son
sang, à la condition que son innocence serait
reconnue. Ses ennemis furent en effet démas-
qués, sa réputation rétablie ; on le remit en
possession de la dignité qu'il occupait auparavant. Alors arrive l'effroyable remords, avec
son cortége de douleur et de honte, et aussi
le désir de la pénitence. Pendant quarante
jours et quarante nuits, Théophile se livre aux
exercices d'une terrible pénitence, implorant
surtout Marie *Refuge des pécheurs*, en qui il
avait eu toujours la plus grande confiance.
Deux fois la divine Vierge lui apparaît, et,
après lui avoir reproché la gravité de son crime
afin qu'il en conçût une contrition plus grande,
lui promet qu'elle le délivrera, grâce à son
repentir. C'était surtout le billet fatal, le billet
signé de son sang, qu'il avait éternellement
au fond du cœur. Enfin, un matin en s'éveil-
lant, il le trouve près de lui, apporté sans doute
par la divine Mère. C'était un dimanche :

dans l'ardeur de sa gratitude et de son allégresse, il court à l'église où était assemblé le
peuple, avoue publiquement sa faute, raconte
ce qui s'est passé, bénit Dieu et Marie, et conjure toute l'assistance de s'unir à lui pour l'action de grâces. — Oh! quelle abondante, quelle
active, quelle ingénieuse, quelle compatissante
charité dans Marie! — S. Bernard fait allusion à ce trait dans l'un de ses sermons : ce qui
montre que ce grand génie le croyait authentique, à la suite de tant d'écrivains graves et
scrupuleux qui l'ont rapporté.

Non moins connue est l'histoire de cet enfant juif de Constantinople qui, revenant de
l'école, entra avec ses camarades dans une
église chrétienne, et reçut comme eux la
sainte communion sans savoir ce qu'il faisait.
Dès que son père l'apprit de lui-même, trans-
porté de fureur, comme il était verrier, il le
précipita dans le fourneau allumé et en ferma
l'entrée. Or, Marie descend auprès de l'enfant, le
protége contre le feu et lui donne des aliments.
Sa malheureuse mère le cherchait partout, cependant, et remplissait l'air de ses cris de
douleur. L'enfant, l'ayant entendue, l'appelle
aussitôt, et elle, ouvrant le fourneau à la hâte,

retrouve son fils sain et sauf, par un miracle éclatant. L'un et l'autre se firent chrétiens. Quant au père, endurci dans sa rage, il refusa de se convertir; son procès ayant été instruit, comme assassin de son fils, il fut conduit à la mort par ordre de l'empereur Justinien. C'était vers le commencement du sixième siècle. — Sous ce même empereur, dont l'histoire loue la piété, le général Narsès assurait avoir vu plusieurs fois, dans ses prières, la Sainte Vierge qui lui apparaissait sous une forme sensible, lui donnait des conseils, et plusieurs fois l'avait guidé dans les batailles où il s'était acquis un nom immortel. Les historiens Evagre et Nicéphore racontent ainsi les choses.

Lorsque Théodore, depuis évêque d'Anastasiopolis, était encore simple abbé d'un monastère, vers l'an 595, il avait pour coutume de prier fréquemment à un petit oratoire de la Sainte Vierge qu'il avait fait construire à quelque distance des cellules. Sa dévotion pour Marie augmentait chaque jour, et Marie lui fit voir qu'elle l'avait pour agréable : car, des envieux lui ayant donné un poison pour se débarrasser de lui, il allait mourir, lorsque

23

la Sainte Vierge lui apparut pendant son
sommeil, lui révéla le nom des coupables, et
lui laissa en partant un remède, qu'il trouva
entre ses mains le matin suivant et qui le
guérit subitement.

Parmi les traits de protection divine dont le
pape S. Grégoire a rempli ses livres, on lit
celui-ci, qui se rapporte aux premières années
du septième siècle. — Une jeune fille, du nom
de Musa, élevée chrétiennement et très-pieuse,
se relâchait peu à peu de ses exercices religieux, donnait à ses sens plus de liberté, et
peut-être allait se laisser entraîner à sa perte,
lorsque Marie, qu'elle avait toujours fidèlement
invoquée, parut dans sa chambre, entourée
d'une troupe de vierges, au milieu d'une
clarté céleste. « Ne veux-tu pas, ma fille, lui
dit-elle, être enrôlée dans cette blanche et pure
cohorte pour me servir comme celles-ci ? »
Musa s'écria qu'elle ne désirerait plus désormais que ce bonheur. — « Eh bien, continua
Marie, romps avec tout ce qui te séduit présentement, et dans un mois tu seras acceptée
de moi. » La conversion fut immédiate, complète, et, au bout de trente jours, la jeune fille,
qui s'apprêtait à entrer dans un couvent,

tomba malade, et mourut au moment où Marie la visitait une seconde fois; son dernier mot fut, en tendant les bras : « Me voici, ma Mère, me voici! » O heureuse enfant! ô sort enviable !

A cette même époque, quelques années seulement après (1040), un Juif de Lombardie, arrêté par des voleurs de grand chemin, couvert de blessures et jeté dans un souterrain, se mit à invoquer celle en qui il avait vu les chrétiens avoir tant de confiance:—« O grande Dame, disait-il, faites voir en moi que ce que les adorateurs de Jésus disent de vous est vrai, et que vous êtes pitoyable aux malheureux! » Marie lui apparut la troisième nuit, brisa ses chaînes et le rendit à la liberté. Ému de ce miracle, il gagna la ville voisine et y reçut le baptême.

Lorsqu'on visite la merveilleuse cathédrale de Tolède et qu'on assiste aux offices qui s'y font, on entend tout-à-coup, à la fin d'une antienne, les enfants de chœur crier tous ensemble : « En haut! en haut! » L'origine de cette pratique, qui surprend l'étranger, est encore une apparition de la T.-Ste Vierge, dont voici en peu de mots l'histoire. — S. Hildephonse , archevêque de Tolède, passait plusieurs heures chaque jour au pied des autels de la divine Mère; il composa même un livre remarquable pour défendre contre les hérétiques la perpétuelle virginité de Marie. Un jour de l'Assomption, comme il se rendait avant l'aurore à l'église pour l'office de matines, précédé de son clergé, on trouva la nef remplie de lumière : Marie, environnée d'une nuée de vierges, paraissait sur une colonne, aussi brillante que le soleil. Elle s'adressa à Hildephonse et lui dit : « Continue, bon et zélé serviteur, dans la voie où tu t'es engagé. Pour récompense de ta piété, je t'apporte des trésors de mon Fils cet ornement bénit, et tu t'en serviras le jour de ma plus grande fête. » Lorsque la vision se fut effacée, la chasuble était là, étincelante de richesse. Le saint leva les yeux pour saluer Marie, qui avait disparu. « En haut! en haut! » dit la rubrique de cette église : c'est-à-dire levez toujours les yeux vers les hauteurs où Marie vous appelle.

Une apparition à peu près semblable se lit dans les vieilles chroniques religieuses de l'Auvergne, au sujet de S. Bonet, évêque de Clermont. — Les Vies des Saints nous mon-

trent encore Ste Opportune abbesse d'Almé-
nèches (diocèse de Sées), Gondisalve archevêque de Toulouse, S. Radbod évêque d'U-
trecht, S. Dunstan archevêque de Cantorbéry,
et plusieurs autres, honorés des visites de la
bienheureuse Mère de Dieu.

II. — Du onzième siècle au seizième.

Une peste effroyable désolait, vers l'an 1008,
la ville de Valenciennes. Marie apparaît à un
humble et très-fervent ermite des environs, et
l'envoie annoncer au peuple que la délivrance
viendra le jour de la Nativité, qui était proche,
8 septembre, si l'on prie dans la pénitence
et le jeûne. Elle se fit voir ensuite à tout le
peuple, et, entourant la ville d'un cordon de
de deux lieues de tour, elle pénétra chez le
solitaire, à qui elle dit qu'une procession devait se faire en suivant cette ligne. On la fit,
et la perte cessa. La mémoire de ce bienfait
se renouvelle chaque année encore à Valenciennes.

Au même siècle, Marie apparaît à Fulbert
évêque de Chartres, à S. Héribert archevêque
de Cologne, au B. Marin frère de S. Pierre

Damien, au B. Hermann qu'elle guérit de plusieurs infirmités de naissance, à S. Léon second abbé de la Cava au royaume de Naples. A tous elle apporte une consolation, un bienfait, et marque sa présence par quelque miracle, afin qu'on ne redoute point une illusion.

Elle apparut aussi à S. Hughes, sixième abbé du fameux monastère de Cluny, un jour de Noël, tenant dans ses bras l'Enfant Jésus.

Nous aurions de la peine à citer seulement les noms des religieux, évêques, solitaires, pieux personnages à qui pareille faveur fut accordée dans ce même siècle, où de nouvelles invasions de barbares avaient causé tant de scandales et mettaient en péril la foi des peuples, par la contagion d'une immoralité sans frein.

A une apparition de ce genre est due en Angleterre l'institution de la fête de l'Immaculée-Conception. Le moine Helsim, envoyé en ambassade par Guillaume-le-Conquérant, vers 1070, revenait de Hongrie, lorsque le vaisseau fut assailli, près des côtes de Normandie, par une des plus terribles tempêtes qu'on eût vues dans ces parages. L'équipage, sur les exhortations de l'abbé, appelle le secours de l'Etoile

de la mer, *Stella maris*. Marie se montre aussitôt à tous, et, s'adressant à Helsim, lui dit
qu'elle va apaiser les flots, mais qu'il doit, de
son côté, établir dans les États de Guillaume
(alors l'Angleterre et la Normandie) une fête
de sa conception sans tache, qui sera placée
au 8 décembre. Une telle promesse ne coûtait
guère au pieux Helsim, toujours très-dévot à
la Vierge immaculée. Le roi Guillaume ac-
cueillit l'ouverture qui lui en fut faite, et la
fête, appelée alors *fête des Normands*, fut célébrée régulièrement chaque année. La définition
de 1854 lui a donné une solennité nouvelle.

S. Arnoult, évêque de Soissons, vit la
T.-Ste Vierge descendre jusqu'à lui : elle
l'avertit qu'il touchait à la fin de sa carrière et
qu'il eût à se préparer à la mort. Arnoult
supplia sa bonne Maîtresse de le faire entrer
au ciel le jour où elle-même y était montée ;
elle lui promit qu'il en serait ainsi. La veille
donc de l'Assomption, le prélat assembla les
prêtres de la maison, leur raconta ce qui était
arrivé et fit tout préparer pour la réception
des derniers sacrements. Il expira le lendemain,
le cœur plein d'une joie inénarrable d'être
introduit dans les tabernacles éternels.

S. Robert avait été le fondateur de l'abbaye
de Cîteaux qu'il consacra à Marie, à la suite
d'une apparition de la Sainte Vierge à sa mère
avant sa naissance. S. Albéric son successeur
étant à matines avec les religieux, la Mère de
Dieu se présenta tout-à-coup à eux, entourée
d'une légion d'esprits célestes; elle tenait à la
main un habit religieux d'une éblouissante
blancheur, qu'elle-même plaça sur les épaules
du saint, et au même moment les habits de
tous les moines présents changèrent aussi du
noir au blanc. A l'heure de la mort, comme il
répétait « *Sainte Marie priez pour nous* », son
visage devint étincelant, une lumière éclatante
en jaillit et remplit la cellule; ce fut au milieu
de cette clarté miraculeuse qu'il rendit à Dieu
sa belle âme.

L'an 1095, la ville d'Arras, comme auparavant Valenciennes, était ravagée par la peste,
comme du reste le fut alors la France entière
pendant près de deux siècles et demi : c'est ce
que l'histoire appelle *le mal des ardents*. Invoquée avec confiance par les habitants d'Arras,
la Sainte Vierge se fit voir à la foule comme on
rentrait d'une procession en son honneur; elle
tenait à la main un cierge magnifique qu'elle

remit à deux assistants, et ceux qui buvaient
de l'eau sur laquelle étaient tombées quelques
gouttes de la cire de ce cierge étaient guéris
de la peste. — Telle est la tradition de l'Artois.
Le pape Sixte IV la fit examiner judiciaire-
ment, et Clément VIII accorda des indulgences considérables pour la confrérie. En
mémoire de ce miracle, on fait encore une
procession annuelle.

S. Bernard, le grand serviteur de Marie, en
avait reçu, étant encore jeune, une faveur
bien singulière et bien touchante. Un jour
qu'il était en prières devant une de ses statues
(conservée aujourd'hui à Châtillon-sur-Seine),
la divine Mère présenta son Fils à Bernard,
en lui disant : « Reçois Jésus, le sauveur du
monde ». Ensuite elle l'instruisit elle-même
des mystères de la foi, lui fit voir toute la passion de Jésus-Christ. La statue s'était donc
animée : portant la main à son sein, elle en
fit distiller des gouttes de lait sur les lèvres
du jeune homme ; à la suite de quoi il devint
le fidèle orateur de Marie, l'apôtre de Jésus-
Christ, le prédicateur de sa doctrine. C'est à
lui que l'on attribue communément la belle
antienne *Salve Regina*. — Un historien raconte

qu'une seconde fois le même miracle se fit
pour Bernard, lorsque, religieux, il remplissait
l'Europe de son éloquence, de sa sainte activité
et de ses vertus. — Une autre fois, malade, il
fut visité encore par Marie, qui le touchant lui
rendit la santé.

Les annales de Cîteaux, celles de Clairvaux,
celles des Bénédictins, rapportent également
un certain nombre d'apparitions à de saints
religieux, au B. Didier par exemple, aux
Cisterciens du monastère de Denain, au B.
Guy de Baudemont, à un moine de Bonne-
vaux, à S. Gaufroid de Cîteaux, etc.

S. Thomas de Cantorbéry, qui fut assassiné
au pied de l'autel par ordre de Henri II, était
fils d'une musulmane amenée de Syrie pendant les croisades et convertie à la foi chrétienne. Elle avait inspiré à son enfant une
tendre dévotion pour Marie, et toute sa vie il
la conserva, l'augmenta même à mesure qu'elle
daignait le récompenser par ses visites. On lit
dans la vie du saint que Marie lui apparut
trois fois, notamment un jour que, jeune encore, il craignit d'avoir été mal compris de ses
compagnons, à qui il avait dit : « Pour moi,
j'aime une puissante et noble dame, et elle

daigne me payer de retour ». — « Mon fils,
lui dit la Sainte Vierge, ne te tourmente pas :
tu as pu dire avec raison que tu m'aimes et
que je t'aime. Repète-le à tes amis. »

Nous citerons, seulement pour mémoire, les
apparitions au B. Eskile évêque de Londres,
à S. Laurent évêque de Dublin, à S. Sylvain
moine de Cîteaux, au B. Pierre, huitième
abbé de Clairvaux. Piété filiale d'une part,
bonté maternelle de Marie de l'autre : tout
se réduit à ces deux termes, avec des modifications de circonstances.

C'est surtout la pureté des mœurs, l'innocence de la vie, que la divine Vierge récompense dans ceux qu'elle honore de sa présence
et de ses révélations: nous venons de le constater par le Pont-Main même. *Heureux ceux qui
ont le cœur pur, car ils verront Dieu*, dit le saint
Évangile. Et ces cœurs-là voient aussi Marie,
de qui un vieux cantique célèbre d'une manière charmante la divine pureté.

> Qu'ils sont purs les sons de la lyre
> Où règne le plus doux accord !
> Vierge dont la gloire m'inspire,
> Vous êtes plus pure encor.

Qu'elle est pure la violette
Cachée aux yeux comme un trésor !
Vierge humble, modeste et discrète,
  Vous êtes plus pure encor.

Oh ! qu'il est pur le lys sans tache
Qui du lac embellit le bord !
O Reine à qui l'amour m'attache,
  Vous êtes plus pure encor.

Oh ! qu'elle est pure la colombe
Qui dans un beau jour prend l'essor !
O vous devant qui la nuit tombe,
  Vous êtes plus pure encor.

Qu'il est pur le miel dont l'abeille
Enrichit ses cellules d'or !
O Mère dont l'œil sur nous veille,
  Vous êtes plus pure encor.

Qu'il est pur le ciel sans nuage !
Je le vois dans un doux transport.
Vous à qui j'offre mon hommage,
  Vous êtes plus pure encor.

Qu'il est pur l'astre auquel la terre
De ses couleurs doit le trésor !
Du Roi des rois heureuse Mère,
  Vous êtes plus pure encor.

Qu'ils sont purs les chœurs angéliques,
Resplendissants d'azur et d'or !
Reine des célestes portiques,
  Vous êtes plus pure encor.

En 1190, pendant que les croisés assiégeaient la ville de Ptolémais, Marie apparut aux soldats : « Dans quatre jours, leur dit-elle, vous serez maîtres de la ville : allez annoncer de ma part cette nouvelle à vos chefs ». Il en arriva ainsi.

Vers l'an 1200, un prêtre, assailli par les Albigeois hérétiques pendant qu'il célébrait la sainte Messe en l'honneur de la Sainte Vierge, fut frappé, laissé pour mort, et ces barbares lui coupèrent la langue. Marie vint à lui, le consola et lui rendit la langue qu'il avait perdue.

Tout le monde a lu la belle apparition à S. François d'Assise, dans l'église de Notre-Dame des Anges, alors que l'ordre qu'il avait fondé ne faisait que de naître, en 1210. — Marie apparut aussi à S. Dominique, fondateur de l'ordre des Frères Prêcheurs, à la même époque lorsque ce saint travaillait à la conversion des Albigeois. Elle lui enseigna elle-même la dévotion du saint rosaire. « Apprenez, lui dit-elle, cette formule de prière aux populations, et dites-leur qu'elle m'est très-agréable ainsi qu'à mon divin Fils. Le Rosaire sera dans l'Église une source intarissable de bienfaits de tout genre. » Plusieurs

autres fois, ainsi que le raconte Lacordaire
dans la vie de ce grand saint, elle se rendit
visible à lui, et le soutint de sa présence dans
l'œuvre immense qu'il avait entreprise.

Le relâchement général de ce temps, les
crimes qui se commettaient au commencement
du xiii⁰ siècle, furent la cause d'une apparition nouvelle à Sᵗᵉ Lutgarde religieuse cister-
sienne. « O vous, lui dit Marie, qui m'aimez
autant qu'une fille tendre peut aimer sa mère
charnelle, vous qui sans cesse vous excercez
à compatir aux maux que j'ai endurés dans la
passion de mon Fils, vous qui trouvez vos délices a souffrir avec moi, à pleurer avec moi,
prenez part aussi aux peines que me causent
les crimes et les malheurs de la terre. Impo-
sez vous un jeûne de sept années, afin d'apaiser
la colère de mon Fils qui finirait par éclater
et par sévir ! » — Et nombre d'autres fois
Lutgarde revit sa bien-aimée Reine.

Très-célèbres encore sont les apparitions à
Sᵗᵉ Marie d'Oignies, dont la vie fut une mortification continuelle. Elles avaient lieu, chaque
année, le jour de la Purification.

Il nous est impossible, faute de place, et
pour ne pas trop allonger ce tableau, de rela-

ter avec quelques détails les apparitions dont
jouirent le pape Honorius III, les religieux
Hermann et Paul, le B. Franc, un frère convers
de Cîteaux que ses infirmités avaient porté
à une tentation de suicide [1].

A l'origine des grandes fondations, soit
d'ordres religieux soit de basiliques et de
sanctuaires, on rencontre presque toujours un
miracle de ce genre, marquant la volonté de
Dieu. C'est ce qui se reproduisit dans la créa-
toin de l'ordre de Notre-Dame de la Merci
pour la rédemption des captifs.Ces religieux,
qui ont arraché aux fers de l'esclavage, en
quelques siècles, des centaines de mille chrétiens enchaînés par les musulmans, ont pour
but cette œuvre spéciale de miséricorde. Vers
l'an 1222 ou 23, Marie apparut au roi Pierre Ier
d'Arragon,et lui enjoignit d'établir cette sainte
congrégation, lui qui personnellement était
en guerre avec les infidèles ; et apparaissant
aussi à S. Pierre Nolasque, ancien précep-
teur du prince, elle lui déclara qu'il était l'instrument choisi de Dieu pour cette œuvre.

---

[1] On trouvera le détail de ces diverses histoires au t. Ier
de l'ouvrage de M. l'abbé Sauceret indiqué plus haut.

« Je suis la Mère de Dieu, lui dit elle: ne crains rien ; la mission qui t'est confiée vient d'en-haut, et Dieu t'aidera à la remplir. »

Le célèbre docteur Albert-le-Grand était entré chez les Dominicains dès l'âge de seize ans, et, malgré un travail constant et pénible, ne réussissant point dans ses études, il avait résolu de s'échapper de la communauté, et déjà s'avançait pour exécuter son dessein, lorsque Marie se fit voir à lui, le reprit douce-cement, lui donna une intelligence nouvelle, en lui prédisant qu'il la perdrait avant la fin de sa vie, et le mit en état de devenir l'illustre maître si connu dans l'histoire. Trois ans avant de mourir, en effet, sentant que la pro-phétie se réalisait, il raconta tout ceci à son auditoire, protesta de sa foi aux dogmes ca-tholiques, quitta sa chaire, et vécut jusqu'à la fin dans la simplicité d'esprit d'un enfant.

L'ordre des Servites (serviteurs de Marie) fut fondé à Florence, au XIIIe siècle, par sept riches habitants, membres d'une confrérie de la Sainte Vierge, à qui cette divine Mère apparut, leur ordonnant de se retirer sur une montagne voisine et de se consacrer, sous sa protection spéciale, à la vie parfaite. Chacun d'eux avait vu au même moment Marie, dans un songe mystérieux, et à chacun d'eux elle avait manifesté la même volonté, leur indiquant pour règle celle de S. Augustin. De nouveau elle apparut aux sept réunis, en 1239, au milieu d'un cortége d'anges portant les instruments de la passion (car c'était la Semaine-Sainte, elle tenait dans ses mains une robe brune, un lys fleuri et un livre ouvert. La robe était l'habit que devaient porter les religieux, le lys l'emblême de la pureté de leur vie, le livre la règle qu'ils devaient observer.

Encore une fois, les vies des saints de cette époque, où il y en eut un si grand nombre, sont peuplées de traits semblables. C'est le temps de la foi vive, entière, priante, et le Ciel ne refuse rien à la foi. Et, quant à la certitude de ces faits en eux-mêmes, nous nous bornerons à citer un passage du savant Gœrrès, si expert et si profond en ces matières. — « Toute vision, dit-il, qui repose sur un fond vrai, et qui est le résultat d'une vie bien réglée, a incontestablement pour base quelque chose d'objectif et de réel. Soutenir le contraire, ce serait nier l'existence de cette loi de la conti-

nuité qui gouverne l'ordre de la grâce aussi
bien que celui de la nature. Celui en qui
s'opère la vision est élevé, dans toutes les
régions de son être, à une puissance supérieure; de sorte que, le cercle de toutes ses
facultés étant élargi, elles voient apparaître
des objets qui leur étaient cachés auparavant [1]. » Cette théorie si vraie doit être remarquée. Il en résulte, effectivement, que les
saints entrent avec le ciel en une meilleure
communication que nous, non-seulement lorsque Dieu ou la Sainte Vierge, ou quelque
esprit céleste, se manifeste à eux, mais que,
dans l'ordinaire même de leurs perceptions,
ils jouissent d'une vue surnaturelle que nous
n'avons pas, et qui les met en relation avec
le monde supérieur, comme par un effet tout
naturel de leur âme surélevée et agrandie. La
nature inconsciente, lorsqu'ils sont parvenus
à un certain degré de cette perfection, leur
devient soumise, presque comme elle l'était
à l'homme avant le péché originel. De-là le
pouvoir d'un S. François d'Assise, d'un
S. Antoine de Padoue, d'un S. Grégoire Thau-

---

[1] *Mystique divine*, liv. IVe, ch. 12.

maturge, sur les animaux et sur les éléments. Et c'est ce que promettait Notre-Seigneur à ses disciples.

Donnons ici seulement les noms de quelques-uns des saints qui furent, dans cette période, admis à contempler Marie : — les BB. Raynier, Arnould, Abond; les BB. Hélène de Padoue, Marguerite dominicaine, Ste Élisabeth de Hongrie; les BB. Pérégrin, Tancrède, Philippe, Joseph de Steinfeld : ce dernier était, si l'on peut se permettre cette expression, comme l'enfant gâté de la Sainte Vierge : elle l'entourait si bien de soins maternels, même dans les actions communes de la vie, qu'on eût dit qu'elle ne se séparait jamais de son serviteur.

Vers l'an 1250, les religieux carmes, chassés du Mont-Carmel par les Sarrasins, se réfugièrent en Europe. Ils élurent pour supérieur-général un Anglais d'une haute piété nommé Simon, et surnommé *Stock* parce qu'un tronc d'arbre lui avait longtemps servi d'habitation ou de cellule. Sa dévotion envers Marie s'accrut encore dans cette charge élevée. Il raconte lui-même, dans une lettre adressée aux membres de son ordre, et qui a été conservée, ce qui lui arriva. — « Tous les jours j'adressais à Marie, au milieu des soupirs, cette prière : *Fleur du Carmel, vigne fleurie, splendeur du ciel, étoile mystérieuse de la mer, mère toujours vierge, daignez favoriser les enfants du Carmel d'un privilége spécial, comme marque de votre protection.* La B. Vierge m'est apparue, accompagnée d'une troupe céleste et tenant en main un scapulaire miraculeux. Elle m'a dit : *Reçois, mon fils, ce scapulaire de ton ordre, désormais le signe de ma confrérie. Ce sera pour toi et pour tous les carmes un excellent privilége, et quiconque mourra revêtu de ce saint habit ne souffrira jamais les flammes éternelles. C'est un signe de salut, une sauvegarde dans les dangers et le gage d'une éternelle alliance avec moi.* » — Les grâces du scapulaire nous ont donc été révélées et promises par la Sainte Vierge en personne.

Ste Rose de Viterbe fut plusieurs fois visitée par Marie, et Marie vint recevoir à son lit de mort Ste Claire, la coopératrice de S. François d'Assise. Ces traits sont consignés, et confirmés par des preuves, dans les annales des ordres religieux auxquels appartenaient ces saintes.

Il y a même, dans l'histoire, beaucoup d'apparitions dont ceux qui en furent l'objet ne sont aucunement comptés parmi les saints : tels que Pierre du Puy, Pierre Fernandez, Gonzalve d'Amaranthe, Boniface de Lausanne. Ce dernier, qui fut religieux et évêque de Lausanne, après avoir vu Marie, s'écriait : « Quand même il n'y aurait au ciel que cet auguste visage à contempler à tout jamais, le ciel mériterait que nous souffrissions pour lui tous les maux imaginables. »

On compte plusieurs saintes du nom de Gertrude. Gertrude d'Eisleben, religieuse bénédictine, qui mourut en 1290, eut toute sa vie de fréquentes révélations. On pourrait presque dire qu'elle était en relations journalières avec la T.-Ste Vierge, car Marie se rendait sensible et visible pour elle avec une bonté sans bornes. Gertrude la consultait avec la plus entière simplicité dans toutes ses affaires ; elle l'invoquait dans ses embarras et ses difficultés comme son amie, sa directrice présente. Un jour de la Nativité de la Sainte Vierge, au moment où l'on chantait à l'église ces paroles « Abaissez sur nous un regard plein de miséricorde, *Illos tuos misericordes oculos*

ad nos converte », Gertrude vit la divine Mère
de Jésus toucher amicalement le visage de son
Fils, appeler les regards de ce même Fils,
et abaisser les siens sur la terre, et elle dit,
en parlant du regard de Jésus : « Ce sont là
les yeux pleins de bonté que je puis faire
tomber sur tous ceux qui m'invoquent, et qui
leur procureront le fruit abondant et précieux
du salut éternel. » Lorsque Gertrude fut à ses
derniers moments, la Mère de Dieu, suivie
d'une troupe de bienheureux, vint prendre
son âme très-pure et l'emmena triomphante au
ciel. — Ste Melchthilde était sœur de Gertrude
et jouit des mêmes faveurs, comme elle pra-
tiqua les mêmes vertus. Un jour entr'autres,
Marie se fit voir à Melchthilde, et celle-ci la supplia de lui dire quelle espèce d'honneur elle lui
pourrait rendre ce jour-là même. « Rappelle-
toi, lui répondit la divine Mère, la joie que je
ressentis lorsque le Fils de Dieu sortit du sein
de son Père pour s'incarner en moi, et me fé-
licite de ce bonheur. » Un samedi, à la sainte
Messe, Melchthilde disait encore dans sa
prière : « J'aimerais, ô très-gracieuse Reine
du ciel, à vous adresser la plus agréable salutation qui jamais vous ait été faite ! » Aussitôt

la glorieuse Vierge se présenta à elle, ayant écrite sur le cœur, en lettres d'or, la Salutation angélique, et elle lui dit : « Jamais aucune créature ne m'a rien dit de plus agréable, et jamais on ne pourra rien trouver à me dire qui me plaise davantage. »

S. Nicolas de Tolentino avait pour l'auguste Vierge la plus profonde piété. Il jeûnait au pain et à l'eau tous les samedis de l'année pour honorer ce modèle de pénitence. La bulle de sa canonisation, par le pape Eugène IV, porte que, étant malade, en proie à une fièvre violente, Marie lui apparut et lui indiqua l'aliment qui devait le guérir, et qui était un peu de pain trempé dans l'eau. Elle avait communiqué à ce pain sa vertu, comme Notre-Seigneur à la boue qui guérissait les aveugles. Avec le reste du pain, Nicolas rendit la santé à plusieurs malades. De-là chez les religieux augustins, à l'ordre de qui apppartenait le saint, l'usage de bénir des pains le jour de sa fête et de les distribuer aux assistants.

Dans l'histoire du sanctuaire du Mont-Serrat en Espagne, on lit une délivrance admirable, due à l'intervention directe de la Sainte Vierge. Vers l'an 1335, les pirates qui infestaient la

Méditerranée avaient enlevé le fils d'une
pauvre femme hors d'état, par son indigence,
de payer une rançon. Dans sa douleur et sa
détresse, elle vient s'agenouiller devant la statue de la Mère de Dieu honorée au Mont-
Serrat même, et conjure Marie de venir à
son secours et de lui rendre son enfant.
N'ayant pas été exaucée d'abord, elle revient
avec une ardeur, une confiance plus grandes,
et renouvelle ses instantes supplications.
Marie lui apparaît enfin : — « Pourquoi, lui
dit-elle, ces plaintes incessantes, ces pleurs qui
ne tarissent pas ? » La pieuse chrétienne répondit : « Bonne Dame, je vous invoque, vous le
savez bien, afin que mon fils soit rendu par
vous à sa mère. » — « Mets fin à ta tristesse,
car bientôt tu reverras ton enfant. » Peu de
temps après, le captif frappait à la porte. « Je
suis délivré ! s'écria-t-il en se jetant dans
les bras de sa mère. La Mère de Dieu s'est
fait voir à moi au milieu de la nuit ; elle a
détaché les fers de mes mains, de mes pieds
et de mon cou ; elle m'a ouvert la porte de la
prison où je gémissais loin de vous ; elle a
même eu la bonté de m'indiquer la direction
de ma fuite, et l'a protégée jusqu'au bout. » Or,

cette délivrancs avait eu lieu dans le même moment que Marie se faisait voir à sa mère.

Les chroniques des Frères Mineurs mettent à l'année 1338 un fait plus frappant peut-être, parce que les témoins furent nombreux. Ces religieux possédaient à Paris un grand couvent, Le jour de l'Assomption de cette année-là, comme ils chantaient l'office au chœur, la Reine dont ils célébraient le triomphe vint au milieu d'eux, portant son divin Fils entre ses bras. Jésus adressa en français la parole aux religieux, après avoir parcouru leurs rangs ; il les exhorta à louer toujours sa Mère bien-aimée, rien ne lui pouvant être à lui-même plus agréable. — L'un de ces moines, ajoute la chronique, ressentait un plaisir tout-à-fait surnaturel à réciter *l'Ave Maria*. Marie lui apparut une fois en particulier, au moment où il le récitait avec effusion, et l'Enfant-Dieu qu'elle portait, s'élançant de ses bras, alla présenter au bon religieux une rose d'une beauté ravissante et d'un parfum tout céleste, qui jeta le fervent et saint religieux dans une sorte d'enivrement inconnu à la terre.

Ste Brigitte, qui dès cette vie habita dans le ciel par ses extases et ses communications avec Dieu, reçut mille faveurs miraculeuses de la Très-Sainte Vierge. Marie se fit voir si souvent à elle, que la sainte ne paraissait plus étonnée de sa présence. Les huit livres des *Révélations* de Brigitte, fort estimés parmi les docteurs de la vie spirituelle, ne sont autre chose que des entretiens familiers de Jésus et de Marie avec elle. « Ce n'étaient point, dit l'historien Baillet, le fruit de ses veilles ou de ses méditations, ni par conséquent des productions de son esprit, mais de l'esprit qui possédait son cœur et qui agissait en elle. »

L'illustre Ste Catherine de Sienne jouit, en diverses circonstances, de la vue de la divine Mère, qui plusieurs fois même daigna réciter avec sa servante le saint office. Un jour que Catherine faisait du pain pour les pauvres, Marie lui apparut pour encourager et récompenser sa charité, et l'aida de ses mains divines dans ce travail. — Les esprits mondains, nous le savons, refusent d'admettre ces preuves si douces de la bonté du Ciel à l'égard de ceux qui vivent tout entiers pour Dieu : ils sont dans cet état de pensée dont S. Paul disait : *Animalis homo non percipit ea quæ sunt spiritûs Dei.* Mais pourquoi cette sainte familiarité n'existerait-elle pas réellement, lorsque nous la voyons se reproduire dans les vies de tous les grands saints, sans exception peut-être? Est-ce que Dieu ne conversait pas avec Adam avant sa chute? est-ce que la majesté divine perdait quelque chose à s'incliner ainsi vers sa créature? Or, pourquoi le Seigneur ne témoignerait-il pas, avec le même empressement, sa bienveillance paternelle à l'homme qui fait tout pour se relever de la déchéance originelle, et qui, grâce au sang de Jésus-Christ, s'en purifie? Et pourquoi Marie, la nouvelle Ève, dédaignerait-elle de s'approcher de ses enfants les meilleurs pour essuyer sur leurs fronts la sueur des travaux et des angoisses terrestres? Oh! que la foi est une puissante lumière, et comme elle ennoblit notre nature abaissée par le péché! Certes, ce n'est pas l'homme qui inventerait que le Ciel pût venir jusqu'à lui. Cette conception, cette idée, n'a pu naître que des faits. Et si Jésus-Christ daigne résider pour nous dans le tabernacle, en corps, en âme, en toute divinité, pourquoi serait-il si étrange qu'il initiât parfois les yeux corporels à sa présence ici-bas? Ne nous figurons donc pas que les hauteurs

des cieux soient si loin de nous, et que Marie,
qui les habite, ait tant de peine à en descendre
pour nous montrer de plus près, avant même
la couronne que nous devons conquérir, la
Mère que chérit notre cœur.

Ste Brigitte eut une fille, sainte comme elle,
canonisée comme elle, sous le nom de Catherine, et que la Sainte Vierge visita aussi en
diverses occasions.

Des apparitions se lisent également dans les
vies du B. André Corsini évêque de Fiésolé en
Italie, de S. Vincent Ferrier, de S. Bernardin
de Sienne, de S. Antonin archevêque de
Florence, de la B. Colette, de Ste Euphé-
mie, etc.

Un pape, Paul II, au xve siècle, rend témoignage d'une merveille de ce genre qui lui
arriva à lui-même. N'étant encore que cardinal, il fut atteint de la peste, et, n'attendant
de secours que d'en-haut, il se fit transporter
à Lorette. Là, il se mit avec ferveur sous l'aile
protectrice de la Sainte Vierge. Le secours fut
prompt à venir. Peu après sa prière, il fut pris
d'un sommeil réparateur, pendant lequel Marie
lui apparut, lui annonça la guérison, et, pour

preuve que ce n'était point un vain songe,
l'avertit qu'il allait être élevé sur la chaire de
S. Pierre. Devenu pape, sa reconnaissance le
porta à rebâtir, non pas la sainte maison de Nazareth, mais le temple magnifique qui la renferme, et il attacha au saint lieu un grand nombre d'indulgences et de priviléges spirituels
que le Siége Apostolique seul peut accorder.

Le plus beau modèle de la souffrance que
nous ayons dans toute l'histoire des saints est
la B. Lydwine. Jamais créature humaine ne
fut soumise à des maladies et à des douleurs
pareilles, pendant un si grand nombre d'années. Le cœur frémit à lire ces détails. Sou-
tenue par la double pensée du Calvaire et de
la volonté de Dieu, Lydwine accepta courageusement le combat. Marie encourageait la
sainte âme de sa présence, et celle-ci s'ap-
puyait sur Marie comme un petit enfant sur
sa mère. Entre autres apparitions, il en faut
citer une où la Sainte Vierge présenta à la
pieuse malade les instruments de la passion du
Sauveur et les lui fit baiser. Peu avant sa
mort, Lydwine vit dans sa pauvre chambre
Notre-Seigneur et sa sainte Mère, avec une

suite nombreuse d'anges, d'apôtres et d'autres saints. Jésus lui appliqua, mais sans dire une parole, les onctions que l'Église terrestre réserve à ses enfants en danger de mort ; puis il mit un cierge dans la main de la moribonde, pendant que Marie lui souriait maternellement. Quel touchant spectacle, et quelle scène !

C'est l'opinion de plusieurs historiens que Marie apparut aussi à Jeanne d'Arc pour l'envoyer sauver Charles VII et la France. La Pucelle avait fait peindre son image sur la bannière dont elle se servait dans les combats.

Si nous voulions raconter les apparitions dont Ste Françoise de Rome fut l'objet, nous aurions trop de pages à ajouter à notre travail.

En 1438, c'est la ville de Bologne, qui, dévastée par une de ces pestes affreuses comme en éprouva cette époque, a recours à Marie et se voit délivrée. Peu après, assiégée par l'ennemi, elle appelle de nouveau la Sainte Vierge par des prières et des processions publiques. Or, plusieurs habitants déclarèrent avec serment qu'ils l'avaient distinctement aperçue sur les remparts, ordonnant à l'ennemi de se retirer ; et, de fait, il leva le siége et disparut.

S. Boniface, qui fut évêque de Lausanne

dans ce même siècle, avait un ardent désir de contempler dès ici-bas Marie. La miséricordieuse Vierge condescendit à ce désir, et lui apparut au milieu d'un grand éclat ; une auréole de lumière environnait son front, et toute sa personne respirait une majesté divine. L'heureux et fervent religieux (il n'était pas encore évêque), malade alors, gisait sur son lit : à la vue de la Reine des anges, il fait un énergique effort, descend de sa couche et se jette aux pieds de son auguste visiteuse en lui disant : « O sainte Marie ma souveraine, vivifiez-moi ! » Elle lui répondit : « Je t'ai sanctifié et je te sanctifierai encore ». Et en prononçant ces mots elle disparut. — Une autre fois, dans l'octave de S. Jean-Baptiste, comme il était en oraison et abîmé dans la contemplation, Marie se fit de nouveau voir à lui, et d'une manière encore plus sensible. Son front était ceint d'un bandeau de lumière; sa robe, d'une étoffe infiniment précieuse, était de plusieurs couleurs, et de ses épaules descendait un manteau de drap d'or. Un chœur nombreux de vierges formait sa brillante cour, car elles étincelaient comme les feux des étoiles. Au milieu d'elles était Jean-Baptiste, dont l'Église solennisait la mémoire. Boniface jouit de ce spectacle admirable pendant toute la durée de la nuit.

III. — Du seizième au dix-huitième siècle.

Si nous n'avions pas craint d'allonger outre mesure cette simple revue (et combien il nous est difficile de l'abréger ! nous aurions dû, mentionner, au nombre des âmes favorisées des apparitions de Marie, l'auteur de l'*Imitation*, Thomas à Kempis ; le B. Alain de la Roche, la B. Béatrice de la Forêt, la B. Colombe de Riéti, la B. Hosanna de Mantoue, et beaucoup d'autres qui ne sont pas comptés parmi les saints. Nous en avons, d'ailleurs, dit quelque chose au livre Ier, en traitant des principaux pélerinages, presque tous fondés à la suite de quelque manifestation miraculeuse de la Reine du ciel.

Nous voici à l'époque où Luther et Calvin déchirent le sein de l'Église, et vont entraîner à leur perdition des millions de pauvres âmes en les arrachant à la seule famille que Jésus-Christ reconnaît pour sienne. Il est remarquable que tous les hérétiques ont en horreur

le culte de la Sainte Vierge, et que leur premier égarement est de se séparer d'elle. Hélas!
comment prétendraient-ils rester les enfants
du Fils en reniant la Mère? Semblable aux
erreurs politiques de notre temps, qui toutes
trônent dans la tête et ne laissent pas la moindre petite place au cœur, l'hérésie abjure
cette sensibilité sainte qui est peut-être le
plus aimable bienfait du Créateur à notre
égard, et par-là elle montre bien qu'elle ne
vient pas du ciel. L'Évangile lui-même parle
plus au cœur qu'à la froide raison ; c'est par
le cœur principalement que nous sommes
chrétiens. *Aimer Dieu et son prochain*, n'est-ce
pas toute la loi, etn'est-ce pas par le cœur que
l'on aime !

A cette époque donc du luthéranisme et du
calvinisme, la divine Vierge voulut avertir
ses enfants de la Suisse, et les prémunir contre l'entraînement funeste dont le plus grand
nombre d'entre eux allaient souffrir. Elle se
manifesta non pas une fois seulement, mais
à plusieurs reprises ; non pas à une seule personne, mais à des milliers de témoins ; non
pas dans une église, une chapelle, un couvent, mais au milieu des airs, comme depuis

elle l'a fait depuis au Pont-Main. Ce fut le canton et le voisinage de Lucerne qu'elle choisit pour cette apparition, qui eut lieu en 1534, et qui fut si authentique et si publique, qu'on y bâtit avec solennité un sanctuaire, tout le peuple y voulant concourir.

En 1529, la ville de Sens, désolée par une maladie contagieuse, s'adresse à Marie dans des supplications générales : la Sainte Vierge écouta ces prières, et, pour annoncer que le fléau allait prendre fin, elle se fit voir, dans l'église principale, à un grand nombre de fidèles prosternés devant son image. Elle était vêtue d'une robe de fin lin couleur d'hyacinthe; une multitude d'anges et de vierges l'entouraient de leurs hommages.

S. Ignace, fondateur de la Compagnie de Jésus, tremblait pour sa persévérance, quelque temps après sa conversion. Une nuit qu'il s'etait levé pour prier, lui aussi, devant une image de Marie, cette douce Mère lui apparut, l'encouragea, et lui promit de le protéger toujours. On assure que ce grand saint a vu au moins trente fois dans sa vie Notre-Seigneur ou la Sainte Vierge se présenter à lui d'une manière sensible.

Beaucoup de religieux de son ordre, en divers pays et à différentes époques, ont joui d'un privilége semblable; entre autres l'angélique S. Stanislas Kotska. On sait quelle furent, dès l'enfance, son innocence et sa piété. Toutes ses pensées, toutes ses paroles, tous ses actes, avaient pour but de plaire à la T.-S. Vierge ; rien pour lui de plus attrayant et de plus doux que de penser à elle, de parler d'elle, de la prier, de la louer. Aussi le combla-t-elle des marques d'une spéciale faveur. Dans une de ses maladies, au moment où il semblait que tout fût ici-bas fini pour lui, il vit tout-à-coup Marie paraître et s'approcher avec un visage où brillait une bonté ineffable. Elle lui adressa les paroles les plus affectueuses, et elle mit le comble au bonheur du jeune saint en déposant sur son lit l'Enfant Jésus. Et comme Stanislas ne voulait plus s'en séparer : « Votre heure n'est pas encore venue, mon fils, lui dit-elle: il faut mériter la possession de Jésus par une obéissance fidèle et complète à sa volonté. » — Stanislas avait conjuré la Reine du ciel de le faire mourir un jour de l'Assomption ; cette grâce lui fut accordée: il expira le 15 août, contre la prévision de ses garde-malades. A ses derniers instants, Marie lui apparut de nouveau, et ce fut pour ainsi dire entre ses bras qu'il rendit le dernier soupir.

Que ces traits de miséricorde sont doux, mais qu'ils sont faciles à croire quand on tient son âme dans l'atmosphère de la sainteté, hors de laquelle les sens alourdissent et aveuglent !

Lorsque les Portugais, à la suite de l'expédition de Vasco de Gama, eurent établi des colonies puissantes aux Indes, ils eurent soin d'y faire prêcher aussi la foi, et partout avec eux ils portèrent des images de la Sainte Vierge pour les placer dans les églises dont ils dotaient chaque centre de population européenne. L'une de leurs forteresses s'appelait le Fort-Dieu, et il y avait sept mois qu'elle était assiégée par un roi indien, sans espérance humaine, lorsqu'un secours inattendu les vint délivrer. Les prisonniers ennemis qui furent faits déclarèrent, depuis, que le Ciel avait pris parti pour les Portugais : ils avaient, au fort de l'action, parfaitement distingué, et cela par un temps serin et clair, au-dessus de la chapelle chrétienne, une dame d'une beauté ravissante lançant sur eux des rayons tellement vifs que leurs yeux en étaient éblouis, aveuglés, et que, dans cet état, ils ne pouvaient ni se mettre régulièrement en rang ni tirer sur l'ennemi. Les Portugais ne manquèrent pas, et à bon droit, d'attriber à Marie cette protection et cette délivrance.

M. l'abbé Sausseret, au t. II, p. 172, de l'ouvrage déjà cité, raconte ce qui suit, d'après les annales de la Compagnie de Jésus. — En 1561, le P. Gonzalve Silveira, s'étant consacré à la conversion des infidèles, passa en Afrique et se rendit par mer jusqu'au Monomotapa, royaume situé entre la Mozambique et la Cafrerie. Une de ses premières démarches fut de faire visite au prince qui gouvernait le pays. Quoique mahométan et africain, ce roi avait des mœurs douces, hospitalières, et ne partageait point avec ses compatriotes la haine dont les Européens étaient l'objet sur ces côtes : aussi accueillit-il bien le P. Silveira, auquel il donna même un logement dans sa maison (nous n'oserions dire son palais). Le religieux s'y établit, et dressa un autel dans la chambre qu'il occupait, au-dessus de cet au-

tel il plaça un magnifique tableau de la Sainte
Vierge qu'il avait apporté. Quelques officiers,
ayant vu ce tableau, en furent dans l'admiration, et s'en vinrent dire à leur maître que
l'étranger possédait chez lui une dame d'une
beauté sans pareille. Le roi demanda à la voir :
le P. Silveira se rendit à son désir, et alla le
trouver son tableau à la main, mais voilé. Afin
de piquer davantage la curiosité du prince,
le missionnaire, avant d'ôter le voile, expliqua
que ce portrait représentait la Mère du Rédempteur, aujourd'hui glorifiée et constituée
Reine du Ciel. Après quoi il tira le rideau et
mit l'image en place dans la chambre même
du roi. Celui-ci trouva le visage si ravissant,
si divin, qu'il le salua avec respect, et pria le
Père de lui faire présent du tableau. Le missionnaire y consentit, et dressa une espèce d'o-
ratoire afin d'engager le roi à honorer mieux
la sainte image : ce que le roi fit en effet.
— Quoique venant d'un infidèle, et parce
que le cœur de cet infidèle était bon, ces
hommages plurent tant à Marie, que, pendant
cinq nuits de suite, elle apparut au roi environnée d'une clarté splendide; son visage respirait une douceur ineffable. Elle parla au prince,

mais il ne put comprendre ce qu'elle lui disait, et il en fut très-fâché, ainsi qu'il le raconta, le lendemain de chacune des cinq apparitions, à sa mère et aux Portugais qui vinrent lui faire leur cour. S'en étant donc plaint au P. Gonzalve, celui-ci lui dit que la Mère du Sauveur Jésus-Christ parlait une langue que les seuls chrétiens pouvaient entendre ; il exhorta le roi à quitter l'islamisme et à se faire baptiser, l'assurant qu'alors il comprendrait les suaves et maternelles paroles de la grande Dame. Le roi céda à ces instances, et, après avoir été instruit des principaux mystères de la foi catholique, il reçut le baptême. Quant à Silveira, il scella du martyre sa prédication. Furieux des conversions qu'il opérait, les barbares le massacrèrent.

Les annales des Frères Mineurs, ou Capucins, sont tellement remplies d'interventions et d'apparitions de la Sainte Vierge, presque toutes appuyées sur de graves témoignages, qu'on en formerait des volumes. La pauvreté, l'humilité, le zèle apostolique de ces disciples de Jésus crucifié devaient attirer les regards et le cœur de la divine Mère. Nous indiquons seulement cette source, n'y pouvant, faute d'espace, y puiser maintenant. Ainsi, en 1572 un religieux, Pierre d'Urbin, étant à toute extrémité, eut à soutenir de terribles assauts de la part du démon, qui se rendait visible à lui sous des formes hideuses et cherchait à le distraire de Dieu en l'épouvantant. « A moi, mes frères ! cria-t-il à ceux qui l'assistaient ; à moi ! les monstres de l'abîme veulent me dévorer ! » Les religieux se mettent à genoux, récitent les litanies de la Sainte Vierge et implorent ardemment son assistance en faveur du moribond. Marie vint elle-même à son secours, et dès qu'elle eut paru l'ennemi infernal s'enfuit. Le visage du mourant brilla d'une telle sérénité, que les Frères crurent y voir comme un rayonnement de la beauté des anges. Tandis qu'ils admiraient le changement opéré dans les traits et sur le visage du malade qu'illuminaient déjà quelques rayons de la splendeur et de l'éclat des bienheureux, il leur dit tout-à-coup, avec un accent d'une douceur et d'une suavité céleste : « O mes frères, que Notre-Dame est belle ! quelle Dame admirable me vient visiter ! L'éclat du soleil l'environne. O mes frères, levez-vous et faites place au chœur de vierges qui forment son cortége ! »

Pendant qu'il parlait ainsi, son visage portait l'empreinte de tant de contentement, sa parole avait une expression de bonheur si vive, que nul ne douta, autour de lui, de l'apparition. Il est bien difficile de se tromper à ces choses-là, de se laisser en pareil cas illusionner par un jeu de l'imagination.

La compagnie religieuse de l'Oratoire fut fondée à Rome par S. Philippe Néri, et elle se consacra à la gloire de Marie. Aussi, lorsque dans ces dernières années un saint prêtre de Paris a fait revivre parmi nous ce pieux institut, lui a-t-il donné le nom d'Oratoire de l'Immaculée Conception. S. Philippe Néri eut le bonheur de voir apparaître devant ses yeux la Très-Sainte Vierge, et il avait sur son cœur tant de crédit, qu'il obtint d'elle la guérison miraculeuse du cardinal Baronius, le plus savant homme de ce temps.

Pendant qu'il était en prison et consumé par la maladie, le grand poète de l'Italie, Torquato Tasso, invoqua la *Consolatrice des affligés* : Marie se fit voir à lui et le guérit parce qu'il avait eu foi en elle. Et ici notre témoin c'est Tasso lui-même, qui a composé sur ce sujet une de ses plus charmantes poésies. En voici

la traduction : — « Je languissais en proie à
» la maladie. Un sommeil profond retenait et
» enchaînait mes facultés intérieures ; tantôt
» glacé par un froid mortel, tantôt consumé
» par les ardeurs de la fièvre, j'étais là étendu;
» la pâleur couvrait mon visage : — lorsque,
» environnée et couronnée de lumière, rayon-
» nante d'une beauté céleste, ô Marie! tu des-
» cendis à la hâte soulager ma douleur, afin
» que mon âme ne fût point vaincue. Au milieu
» de ces splendeurs éblouissantes, je vis à ta
» droite S. Benoît, sous un vêtement pieux, et
» à ta gauche Scholastique entourée de lumi-
» neux rayons.— C'est pourquoi je te consacre
» et mon cœur et ces pages; car tu m'appa-
» rais plus belle encore dans les cieux, ô Reine
» qui m'as guéri et qui m'as sauvé ! » — Il
serait difficile de ne voir ici qu'une fiction
poétique; le récit, tout versifié qu'il soit, est
clair autant que récit puisse être. La Vie de
Tasse raconte d'ailleurs le fait comme réel. Et
le poète continue : — « O Vierge! si des lèvres
» impures, encore imprégnées d'absinthe et de
» fiel, me rendent indigne de célébrer ton
» nom, à la place des accents de la lyre je
» demande la tristesse et d'abondantes larmes

» d'amour, sainte et précieuse faveur de ta
» grâce apportant paix et pardon. Que les
» gémissements et les pleurs m'obtiennent ce
» que j'attendais de mes chants. — Vois : je
» languis au sein de mes offenses, semblable
» au coursier qui se roule dans la poussière ou
» se traîne dans la fange. — O Reine du ciel,
» vierge et mère, purifie-moi dans mes larmes,
» afin que je m'arrache au sombre abîme de
» mes fautes, et que, pour contempler enfin
» ta gloire, je m'élève de cette région terrestre
» là-haut, dans la région des cercles étoilés. »

La séraphique Ste Thérèse, de qui est cette belle parole, *Ou souffrir ou mourir*, semblait ne plus appartenir à la terre, encore que pour ses fondations elle menât une vie très-active. Dans une des apparitions dont l'honora Marie, cette divine Reine fit à sa servante présent d'une robe blanche d'une singulière beauté. Nous retrouvons fréquemment ces cadeaux de la Sainte Vierge dans les annales des ordres religieux, et toujours ils paraissent être un symbole des vertus qui leur sont propres.

Peu de saints ont reçu de Marie autant de marques de tendre intérêt qu'un dominicain de Louvain qui vivait au temps de Ste Thérèse.

Il se nommait Henri Calstro. Un soir qu'il avait conservé de la lumière pour étudier ou pour prier, cette lumière s'éteignit soudain ; il en vit une autre, plus vive, plus abondante, tout-à-fait surnaturelle, qui remplissait sa chambre. Du milieu de cette lumière une douce voix se fit entendre qui semblait appeler le jeune homme. « Mon Dieu ! s'écria Calstro, quelle est cette voix qui m'arrive ? » Et la voix répondit : « Je suis Marie la Mère de Jésus ! » Henri, à ces mots, tout ému : « O ma mère, ô Reine, dit-il, montrez-moi votre visage, plus beau que celui des anges. » Et la voix reprit : « Tu es encore trop jeune : grandis, et tu me verras. » Ce refus le toucha tellement, il lui fut si pénible, qu'il lui semblait qu'il allait mourir. Tout-à-coup des démons arrivent en lui criant : « Tu es à nous, bon gré mal gré, et tu viendras avec nous ! » Cependant ces mauvais génies ne touchaient point Henri. Mais, pendant qu'ils vociféraient, une grande lumière parut de nouveau, et les démons prirent la fuite ; puis Henri entendit la Mère de Dieu qui lui disait : « C'est moi, ne crains rien. » Lui s'écria : « O Mère de bonté, pourquoi donc votre Fils permet-il tout cela ? » Et la voix dit :

« Ce que tu as souffert sert à te purifier de tout
ce qu'il y avait en toi de défectueux. Sache
donc dès à présent que, quand tu n'auras pas
à souffrir de la part des hommes, les démons
te tourmenteront, et réciproquement. Mais la
fin de tous ces combats ne se fera pas attendre : sois patient. » — Dans une autre circonstance, un des confrères de Calstro étant
tombé malade dans une ferme, la Mère de
Dieu dit à Henri : « Va voir ce frère : il doit
mourir de la maladie qu'il a. Entends sa con-
fession, car il a oublié des péchés, et voici
lesquels... Je l'assisterai à la mort, et il sera
sauvé. » Henri obéit sur-le-champ. Il rappela
au malade les péchés oubliés; le malade en
convint, les avoua et demanda pardon. Henri
lui accorda aussitôt le bienfait de l'absolution,
mais sans lui révéler de qui il tenait la connaissance de ces choses.

Dans les *Lettres annuelles* de la Société de
Jésus, on lit que, au commencement du
XVIIᵉ siècle, un vicaire de l'une des paroisses
d'Avignon tomba dangereusement malade.
C'est à Marie qu'il s'adressa au milieu de ses
souffrances, et avec une ferveur extrême il la
conjurait de ne point l'abandonner en un

pareil moment. Marie entendit ces supplications d'un cœur qui toujours lui avait été
dévot. Étant parfaitement éveillé, le prêtre
vit cette Vierge sainte en personne venir à lui
et lui adresser la parole. Elle lui reprochait
certaines négligences dont il s'était rendu
coupable, ce qui le porta à produire des actes
de repentir et de pénitence. De nouveau Marie
lui apparaît avec son divin Fils et S. Ignace
de Loyola. S. Ignace priait Notre-Seigneur
d'accorder la guérison ; Jésus exigeait la promesse d'une vie plus parfaite. Et alors la Sainte
Vierge, intervenant, demanda au malade ce
qu'il ferait s'il retournait en santé. Sur la promesse qu'il s'amenderait, elle aussi intercéda
pour lui. Jésus se laissa fléchir. Il puisa dans
l'ouverture de son côté sacré quelques gouttes
de sang, parut les appliquer sur le corps du malade, et le malade fut guéri à l'heure même.

Il semblerait à nos courtes lumières que ces
grands et exceptionnels faits de la divine miséricorde devraient avoir toujours pour but,
pour objet immédiat, l'assemblée chrétienne,
comme à la Salette, comme à Lourdes, comme
au Pont-Main ; mais le Ciel montre qu'il a

d'autres vues et d'autres pensées que nous.
Non cogitationes meæ cohitationes vestræ, nous
dit le Seigneur par la bouche d'Isaïe. Il suffit
que nous sachions qu'il exerce éternellement
sur ses enfants, si humbles et si petits soient-
ils, la miséricorde que nous adorons en lui, et
que, comme le dit l'Apôtre, il est toujours auprès de chacun de nous.

Qu'aimable est le récit suivant, emprunté à
un historien italien ! — Un jeune homme de
la famille des Médicis, Alexandre Bercio, mourut à Florence en 1608, à l'âge de quinze ans,
comme il se disposait à quitter le monde pour
entrer en religion. C'était un véritable petit
ange envoyé sur cette terre pour quelques
jours. Pendant qu'il vivait, les serviteurs et
ceux qui l'entouraient virent plus d'une fois
Marie paraître auprès du lit d'Alexandre
endormi, et parsemer ce lit de fleurs. Souvent
aussi lui-même parut entre deux anges, placés
auprès de lui par la Reine du ciel pour veiller
sur son innocence. A la mort, Marie n'oublia
pas son protégé. Elle vint elle-même le disposer à ce passage. Aussi s'écria-t-il, en ce
moment suprême, en s'adressant aux per-

sonnes qui lui donnaient leurs soins : « Est-
ce que vous ne voyez pas la Mère de Dieu,
mon auguste souveraine ? Est-ce que vous ne
voyez pas aussi mon ange gardien et S^{te} Ma-
deleine de Pazzi ? » Cette sainte, qui était
morte l'année précédente, avait beaucoup
chéri Alexandre, qu'ordinairement elle dési-
gnait sous le nom d'ange terrestre. Cet enfant
de Marie mourut orné de vertus, laissant à
tous l'exemple des bontés singulières de la divine Vierge pour ceux qui l'aiment, l'invoquent et imitent de leur mieux sa sainteté.

Voici maintenant un pécheur. — A Malte,
en 1610, un homme chargé des plus grandes
iniquités, touché d'une velléité de conversion,
avait résolu de se confesser le lendemain pour
plus de sécurité, mais sans grand amour de
Dieu et sans un examen suffisant. Au milieu
de la nuit, tandis qu'il dormait d'un sommeil
parfaitement calme, il fut tout-à-coup réveillé,
et il vit des yeux du corps la bienheureuse
Vierge Marie, qui lui rappela, les uns après
les autres, et avec une tendresse de mère,
tous les péchés dont il s'était rendu coupable
et dont il avait perdu le souvenir. Le lendemain,
il alla en décharger sa conscience avec une

grande fidélité et une sincère contrition, **et sa** conversion ne se démentit jamais.

Nous parlions tout-à-l'heure de S. Philippe Néri, instituteur de l'Oratoire de Rome. L'Oratoire de France fut fondé par le pieux et célèbre cardinal de Bérulle. Ayant quitté le monde pour se donner tout à Dieu, une grande pensée commença de le préoccuper, celle de travailler à la réforme du clergé séculier et des ordres religieux, où quelque relâchement s'était introduit. C'est ce qui l'amena à l'institution de l'Oratoire à Paris. Mais il voulait mieux encore, et arriver aussi aux communautés de femmes. Ste Thérèse avait accompli en Espagne son admirable mission ; les carmélites, rendues à leur sainteté primitive, étaient le plus beau modèle à proposer, et Bérulle songeait à les attirer en France, mais d'une manière encore assez vague. Un jour qu'il célébrait les saints mystères, la divine Vierge lui apparut, et, lui adressant la parole, lui dit de passer en Espagne et d'en amener une colonie de filles de Ste Thérèse. Bérulle n'hésita plus ; il se mit en devoir de partir. Il était occupé aux préparatifs de son voyage, lorsque Marie lui apparut de nouveau, cette

fois en compagnie de Notre-Seigneur, et l'un
et l'autre l'encouragèrent dans cette détermination, où était intéressée la gloire de Dieu.
C'est ainsi que le Ciel veille sur son Église, et
souvent inspire les instruments de ses œuvres,
alors même que rien ne ferait soupçonner à
l'extérieur son action directe.

En 1614, à Nuremberg, une jeune fille
protestante, mais au cœur droit, avait appris
de l'une de ses amies la Salutation angélique.
Elle trouvait si belle cette prière, qu'elle ne
cessait de la redire, sans autre but que de
faire une chose louable en elle-même. Cet acte
de piété attira vers elle la divine Mère, toujours inclinée vers ceux qui chantent ses
louanges. Elle apparut en songe à la jeune
fille, et lui ordonna de se rendre dans la ville
de Bamberg, où elle trouverait l'instruction
qui lui était nécessaire. Le nom de cette ville
la convainquit, au réveil, qu'elle n'était pas la
dupe d'un vain rêve. Elle partit, mais en
même temps Marie avertit aussi un saint
religieux, et lui dit à quels signes il recon-
naîtrait la personne qu'elle voulait sauver.
Ces deux âmes se rencontrèrent : la jeune protestante fut instruite et fit son abjuration avec

joie, et souvent elle répétait, depuis, qu'un hérétique qui implorerait la Mère de Dieu ne mourrait point dans son erreur.

Un fait à peu près semblable se passa, peu d'années après, à Lublin, à l'égard d'un protestant de bonne foi qu'on avait engagé à invoquer Marie.

Le lecteur voudra bien se souvenir que nous omettons plus de cent histoires de ce genre et d'apparitions particulières de la Très-Sainte Vierge, fondées sur des données sérieuses et appuyées de témoignages fort graves.

La vie du B. Alphonse Rodriguez, cet exemplaire de la parfaite obéissance, en est comme un tissu. C'était un simple portier dans une des maisons de la Compagnie de Jésus, mais tellement saint, que les miracles lui étaient accordés pour ainsi dire sur un signe de sa part, et qu'il fut comme accablé des bontés de Marie, avec qui il semblait vivre dans une merveilleuse intimité. Elle daigna fréquemment se faire voir à lui, converser avec lui, l'accompagner dans ses voyages, essuyer même la sueur qui coulait de son front. Par une expression qui lui était habituelle, et qui, dit l'auteur des

Apparitions et Révélations, faisait voir toute la tendresse de sa piété, Rodriguez n'appelait ordinairement Jésus et Marie que *ses deux amours*. Et, en effet, telle était pour eux son affection séraphique, qu'il n'y avait rien au monde dont il parlât avec plus de bonheur, rien au monde qu'il désirât avec plus de transport. Un jour, entr'autres, qu'il était humblement prosterné devant l'autel de Marie, il s'écria dans un élan d'amour filial : « O ma Reine, ô ma Mère, je vous aime beaucoup plus que je ne m'aime moi-même... Il me semble que je vous aime plus que vous ne m'aimez. » La Mère de Dieu lui apparut : « Que dis-tu là, ô mon Alphonse? Ah! l'amour réuni de toutes les mères n'égale pas le mien : il n'y a nulle proportion entre ton amitié pour moi et celle que j'ai pour toi. » — Ce fut sur l'ordre formel que lui en donna la Sainte Vierge qu'Alphonse Rodriguez écrivit les nombreux et pieux opuscules qu'il a composés à la gloire de cette souveraine de ses pensées et de son cœur.

Dans les missions, aux pays infidèles, combien de fois Marie se fit-elle voir, soit pour déterminer la conversion des païens, soit pour encourager ceux qui les évangélisaient! Les

Lettres édifiantes et curieuses en renferment des centaines de preuves, comme aussi les annales particulières de chacun des ordres appelés par la Providence à travailler à cette œuvre apostolique. Les *Réductions* du Paraguay en virent bien des exemples, et ces exemples font comprendre à quel point furent criminels les ministres d'Espagne qui, au siècle dernier, détruisirent ces admirables missions, par jalousie de l'influence des missionnaires sur les peuplades qu'ils avaient civilisées par la croix.

Vers le milieu du xviiie siècle un roi mahométant de Fez, au Maroc, étant parti pour le pélerinage de La Mecque, fut pris en route par les chevaliers de Malte, et emmené dans cette île en qualité de prisonnier. Là il vit de près les cérémonies du culte chrétien, entendit prêcher l'Évangile, mais ne se convertit pas. Quelque bonne âme cependant avait prié pour lui. Après s'être racheté, il prit de nouveau la mer pour achever son pèlerinage au tombeau de Mahomet. Mais au moment où le vaisseau quittait le port, la Mère de Dieu lui apparut, et, lui montrant les abîmes de l'enfer, lui déclara qu'il y serait avant peu précipité s'il ne renonçait à ses erreurs musulmanes, pour devenir par le baptême enfant de Jésus-Christ. Epouvanté d'un si terrible spectacle, le prince renonça à son voyage de La Mecque, rentra à Malte, se fit instruire, obtint la grâce du baptême, puis il partit pour Rome et Lorette, et partout il fit voir que la grâce avait formé en lui, non-seulement une foi solide, mais toutes les vertus qui sont l'apanage du juste.

A l'église des Petits-Pères à Paris (aujourd'hui *Notre-Dame des Victoires*), vivait, au XVIIe siècle, le Fr. Fiacre, d'une sainteté reconnue, et célèbre surtout pour sa dévotion à la Vierge des *Sept-Douleurs*. Plein de reconnaissance pour les bienfaits du roi Louis XIII envers sa communauté, il ne cessait de prier en faveur de la famille royale, et pour que Dieu accordât un fils au monarque, qui, uni depuis vingt-deux ans à Anne d'Autriche, se voyait privé de postérité. Le 3 novembre 1637, il était en oraison lorsque Marie lui apparaît, tenant un enfant dans ses bras. Elle était vêtue d'une robe bleue semée d'étoiles ; ses cheveux flottaient sur ses épaules ; elle était assise, et sur ses cheveux étaient posées trois couronnes. Elle lui dit : « Mon fils, ne t'effraie pas :

je suis la Mère de Dieu. » Le religieux se prosterna pour adorer l'enfant, pensant que c'était
Notre-Seigneur. Mais la Vierge reprit : « Ce
n'est pas mon fils, c'est l'enfant que Dieu veut
donner à la France. » La vision s'effaça après
avoir duré un quart-d'heure. — Le frère se
lève pour s'assurer qu'il n'y a point d'illusion,
et cherche si quelque tableau, quelque bruit
extérieur, n'a pu s'emparer de son imagination. Il n'aperçut rien de ce genre. Alors,
pour le confirmer davantage, Marie se montre
de nouveau à lui, cette fois accompagnée
de Jésus couvert des plaies de la flagellation.
Elle ne disait rien, mais se tint devant lui
pendant un autre quart-d'heure. Il doutait
encore. Une troisième fois la Sainte Vierge lui
apparut, quelques heures après, portant entre
ses bras le même enfant, et à côté d'elle Jésus
était dans l'éclat de sa gloire. Fiacre doutait
encore. — Une quatrième fois, le lendemain
matin, jour de S. Charles Borromée, Marie se
fait voir, toujours avec l'enfant.—« Ne doutez
plus, mon fils, lui dit-elle : que la Reine fasse
faire trois neuvaines, et elle sera exaucée. »
— Le bon frère examiné par ses supérieurs,
affirma qu'il n'y avait pas eu d'illusion ni d'er-

reur de sa part. Son éminente vertu plaidait
d'ailleurs pour lui ; Anne d'Autriche reçut
l'avis de cette révélation, accomplit les neuvaines, et, moins d'un an après, celui qui devait
être Louis XIV naquit à S. Germain-en-Laye,
le 5 septembre 1638. — Nous avons dit, au sujet du pèlerinage de Lorette, p. 89, comment la
Reine exprima sa reconnaissance : elle fit don
au sanctuaire vénéré d'une statue d'ange en
argent massif, tenant sur ses bras un enfant
en or, du poids de Louis XIV naissant, et
l'offrant à la divine Mère.

IV. — Du dix-huitième siècle à nos jours.

Nous sommes contraint d'abréger, et ce
rapide tableau nous a même conduit plus loin
que nous n'avions résolu d'aller. Nous ne par-
lerons donc pas même de ces manifestations si
nombreuses, tout-à-fait publiques, de la Sainte
Vierge en Italie, à la fin du siècle dernier.
Nous y avons fait allusion déjà. Il s'agit des
statues de plusieurs sanctuaires versant des
larmes, devant tout le peuple, sur les crimes
de la Révolution sans doute. Le récit détaillé
s'en trouve dans toutes les grandes histoires

de l'Église, et dans celle du pontificat de Pie VI. Nous passerons immédiatement à nos jours.

La Révolution de 1830, qui amena la plus inique des usurpations et qui fut la plus funeste catastrophe de ce siècle, avait déchaîné les passions de l'impiété. La haine pour tout ce qui est chrétien se donnait carrière : on abattait les croix, on insultait le clergé, on pillait l'archevêché de Paris, Louis-Philippe en personne profanait l'église de Ste-Geneviève, et les menaces faisaient pressentir d'autres excès si la main de Dieu ne protégeait la France contre ses sinistres envahisseurs du dedans. Marie accourt alors ranimer les bons et leur accorde un signe d'espérance. — Au noviciat des Sœurs de la Charité de Paris, une jeune novice qui faisait oraison vit tout-à-coup un tableau représentant la Sainte Vierge, telle qu'on la peint communément sous le titre d'Immaculée. Ce tableau, qui n'existait pas dans la maison, semblait venir du ciel, et se montrait aussi net que s'il eût été sur une toile palpable. La divine Mère était revêtue d'une robe blanche et d'un manteau bleu argenté, avec un voile sur la tête, les bras entr'ouverts et étendus. Ses mains étaient chargées de diamants d'où s'échappaient comme par faisceaux des rayons éblouissants qui se dirigeaient vers la terre. La sœur entendit en même temps une voix qui disait : « Ces rayons sont le symbole des grâces que Marie obtient aux hommes, et le point du globe sur lequel ils découlent le plus abondamment est la France. » Autour de ce tableau était écrite l'invocation : *O Marie conçue sans péché, priez pour nous qui avons recours à vous.* Quand elle eut considéré avec attention tout cela, la novice entendit la même voix lui dire : « Il faut faire frapper une médaille sur ce modèle, et les personnes qui la porteront indulgenciée, et feront avec piété cette courte prière, jouiront d'une protection toute spéciale de la Mère de Dieu. » Le directeur, averti, crut à un travail de l'imagination seule, et renvoya la novice, qui cessa de penser à cette vision. — Six ou sept mois après, la même apparition eut lieu, et le confesseur donna la même décision, qui fut accueillie avec la même simplicité d'obéissance. Quelques mois se passent, et de nouveau la sœur entend et voit les mêmes choses ; mais la voix ajoutait que Marie était affligée que ses avertissements fussent ainsi méprisés. Le confesseur, frappé de toutes ces circonstances, en instruisit l'archevêque de Paris, M. de Quélen, très-dévot lui-même à l'Immaculée Conception. La vision fut examinée de près, et la médaille enfin fut frappée. Quantité de miracles se produisirent à son occasion, guérisons, conversions, apparitions.

Nous citerons seulement le fait suivant. — En 1835, une religieuse de Suisse, commençant sa retraite, n'eut pas plus tôt reçu la sainte communion que Notre-Seigneur se montra à elle, bientôt suivi de la Très-Sainte Vierge ayant un visage plein de bonté. Marie tenait à la main une médaille où était gravée son effigie avec l'inscription *O Marie conçue sans péché, priez pour nous qui avons recours à vous.* Des rayons s'échappaient de ses mains :—« Ces rayons, dit la Sainte Vierge, sont le symbole des grâces que j'obtiens aux hommes. » Et elle retourna la médaille, où la religieuse vit la lettre M surmontée d'une petite croix, et au bas les saints cœurs de Jésus et de Marie. — « Porte cette médaille, lui dit alors la Reine des cieux, et tu jouiras de ma protection toute particulière. Aie soin que ceux qui se trouvent dans quelque besoin la portent aussi. »

La conversion d'un Juif à Rome en 1842, par suite d'une apparition de la Sainte Vierge, fit à cette époque un bruit immense, et mérite d'occuper sa place dans cette revue. M. Alphonse Ratisbonne, de Strasbourg, jeune homme instruit, appartenant à une famille riche et distinguée, entreprenait un voyage d'Orient avant de s'unir à une personne de sa religion qui lui avait été fiancée. L'Italie se trouvait sur sa route, et il voulut la visiter aussi, à l'exception de Rome, qu'il haïssait mortellement à cause du catholicisme, dont elle est le centre. Malgré sa résolution de l'éviter, sans savoir trop lui-même de quelle manière cela se fit, il y arriva comme poussé par une force secrète. Son frère aîné avait abjuré le judaïsme, et était même entré dans les saints ordres, ce qui ajoutait au ressentiment du jeune Alphonse contre tout ce qui lui rappelait l'Évangile et Jésus-Christ ; à chaque pas dans la ville sainte, il sentait croître l'irritation sourde qui le possédait. Un ami de sa famille, à qui il rendit visite, M. Théodore de

Bussière, et qui était un fervent converti, lui donna quelques conseils, fort mal reçus, et finit par lui passer au cou la médaille miraculeuse, que le Juif se promettait de jeter loin de lui dès qu'il serait rentré dans sa chambre. Il n'en fit rien pourtant. A quelques jours de là, le 20 janvier, M. de Bussière le rencontre au moment où lui-même entrait dans l'église des Minimes, S.-André *delle Fratte,* pour régler le convoi funèbre d'un ami qui venait de mourir. M. Ratisbonne, pendant que cette affaire se traite, se promène dans l'église, examinant d'un œil indifférent les autels, les tableaux, les statues. — Quelques minutes se passent; M. de Bussière revient de la sacristie : quelle est sa stupeur, ou plutôt quelle est sa joie! son jeune ami est prosterné la face contre terre, dans un recueillement profond, et les larmes baignent ses yeux. Il n'entend plus, ne voit plus rien d'ici-bas : car Marie s'est montrée à lui, Marie a subjugé cette âme hautaine et endurcie! — « J'étais depuis peu à l'église, raconta-t-il enfin, lorsque tout-à-coup j'ai été saisi d'un trouble inexprimable. J'ai levé les yeux : tout l'édifice avait disparu à mes regards; une seule chapelle concentrait,

26

pour ainsi dire, toute la lumière, et au milieu de ce rayonnement m'est apparue sur l'autel, grande, brillante, pleine de majesté et de douceur, la Vierge Marie, telle qu'elle est sur ma médaille. Une force irrésistible m'a poussé vers elle. De la main la Vierge m'a fait signe de m'agenouiller ; elle a semblé me dire : C'est bien. Elle ne m'a point parlé, mais j'ai tout compris... » Chose étonnante ! lui, qui ne connaissait aucunement nos dogmes chrétiens, se trouva instruit au même moment de tous les mystères. Avons-nous besoin de dire avec quel empressement cet élu de la divine Vierge demanda le baptême ? — « Je ne saurais rendre, disait-il encore, ce que j'ai vu de miséricorde et de libéralité dans les mains de Marie. Ce n'était pas seulement une abondance de lumière, ce n'étaient pas des rayons que je distinguais ; les paroles manquent pour exprimer ce que renferment les mains de notre Mère et pour redire les dons ineffables qui en découlent. C'est la bonté, la miséricorde, la tendresse, c'est la douceur et la richesse du ciel, qui se répandent par torrents pour inonder les âmes qu'elle protége. »

Quatre ans après, en 1846, deux petits bergers, Maximin et Mélanie, avaient conduit leurs troupeaux sur la montagne de la Salette, plateau élevé des Alpes, au département de l'Isère. La journée était belle, le ciel sans nuages, le soleil brillant quoiqu'on fût déjà au milieu de septembre. Les deux enfants s'endormirent vers midi. Quand ils se réveillent, ils s'aperçoivent que leurs vaches se sont éloignées, et se lèvent en grande hâte pour courir après elles. Tout-à-coup leurs yeux sont frappés d'une clarté éblouissante, à laquelle succède bientôt la vue d'une dame éclatante de lumière, mais avec un visage indiquant une profonde tristesse. — « Avancez, mes enfants, leur dit cette dame ; n'ayez pas peur : je suis ici pour vous apprendre une grande nouvelle. » Elle pleurait en parlant. — « Si mon peuple, continuait-elle, ne veut pas se soumettre, je suis forcée de laisser aller la main de mon Fils. Elle est si forte, si pesante, que je ne puis plus la retenir. Depuis le temps que je souffre pour vous autres ! Si je veux que mon Fils ne vous abandonne pas, je suis chargée de le prier sans cesse. Et pour vous autres, vous n'en faites point de cas... Vous aurez beau prier, beau faire, jamais vous ne pourrez récompenser la peine que j'ai prise pour vous. » Et la divine Mère énuméra les crimes qui se commettaient, particulièrement le blasphème et la profanation du dimanche. Elle annonça les châtiments qui devaient suivre de près. — On sait combien de guérisons ont été obtenues à ce pèlerinage, devenu l'un des plus célèbres et des plus fréquentés du monde.

Douze ans ne s'étaient pas écoulés, le dogme de la Conception immaculée de Marie avait été proclamé par l'Église, lorsque Marie daigna se montrer encore : nous voulons parler de l'apparition de Lourdes, en 1858.

Ces immenses multitudes que nous avons vues naguère se dirigeant en pèlerinage vers ce petit coin des Pyrénées, auparavant si peu connu, venaient prier à la grotte où Marie s'est manifestée sous ce titre même d'*Immaculée*. Elle avait, cette fois encore, choisi une innocente et pauvre enfant, qui depuis est entrée comme religieuse au service des malades. Marie Bernarde Soubirous, communément appelée Bernadette, était née en 1844. Elle avait donc alors quatorze ans, mais on ne l'eût pas cru à la voir petite, chétive, fatiguée par un asthme qui ne lui laissait point de repos. Elle ne savait ni lire ni écrire, et ne connaissait que son chapelet. Le 11 février 1858 donc, comme elle allait chercher du bois avec quelques compagnes, un coup de vent éclate soudain à ses oreilles : elle regarde, et ne voit pas remuer une branche aux arbres. Le bruit tombe, puis recommence avec plus de force, et les arbres restent immobiles, à l'exception d'un églantier situé à l'ouverture supérieure d'une grotte naturelle, et qui penchait jusqu'à terre ses branches dépouillées par l'hiver. Là, tout-à-coup, dans cette excavation, paraît une clarté extraordinaire : une Dame admirablement belle apparaît, les pieds posés sur l'églantier, et cette Dame salue l'enfant en inclinant la tête avec le plus doux des sourires ; puis elle fait un signe de croix, et commence à réciter le rosaire. Bernadette, épouvantée d'abord, prend aussi son chapelet et le récite à son tour. Elle reste là, en extase, près d'une heure, jusqu'au moment où l'Apparition la salue avec le même sourire, et s'efface. — Le récit de l'enfant ne fut pas cru ;

ses parents lui défendirent même de retourner
à cette grotte de Massabielle. — Le dimanche
14 février, cependant, on lui permit de s'y
rendre avec quelques compagnes, et, arrivées
à cet endroit, toutes se mettent à réciter ensemble le chapelet. Telle était la crainte de
Bernadette, que, redoutant un piége du démon,
elle s'était munie d'eau bénite. Marie apparaît
encore, mais à la seule enfant qu'elle s'était
choisie. — « Elle est là ! elle est là ! criait-
elle ; et elle sourit. Oh ! voyez : elle nous
salue ! » L'enfant jette son eau bénite, en disant : « Si vous êtes de la part de Dieu, venez ! » Et la divine Vierge s'avance et se
penche doucement vers Bernadette, puis prend
encore son rosaire et semble prier : l'enfant
saisit également son chapelet et commence la
Salutation angélique, transformée dans une
extase dont ses compagnes étaient effrayées ;
elles craignaient qu'elle fût morte. Elles veulent la faire lever, en la tirant par le bras.
— « Oh non ! répnd-elle, non, non, je ne
veux pas m'en aller : c'est trop beau ! je
reste ! » Elle était, nous le répétons, transformée, et d'une beauté qui frappa tout le
monde quand elle rentra. — Plusieurs fois

encore elle revint à la grotte, et toujours Marie
lui apparaissait avec le même éclat, le même
visage bienveillant et doux. Nous ne repro-
duisons point ces détails, exposés avec tant de
vérité et de talent par M. Henri Lasserre dans
son beau livre *Notre-Dame de Lourdes*. — Un
jour, l'enfant, voyant des larmes dans les
yeux de la Dame, lui demanda : « Que vou-
lez-vous ? Pourquoi pleurez-vous ? Que faut-il
faire ? » — « Prier pour les pécheurs », lui
fut-il répondu. — La police se mêla de ces
choses ; on menaça l'enfant et sa famille ; on
fit semblant de suspecter un complot. Comment faire entrer dans les fortes têtes d'une
administration de notre temps que Dieu puisse
en quelque point se mêler de ce qui se passe
en pays constitutionnel, où le peuple est souverain, et non pas Dieu, et où tout ce qui
arrive autrement que par la multitude est, de
droit, coupable ou non avenu ? Malgré ces
oppositions, la vérité triompha. Marie avait
annoncé à Bernadette qu'on lui bâtirait en ce
lieu un temple, et ce temple, fruit de la piété
des fidèles, est là, grandiose, magnifique. Elle
avait annoncé que la foule viendrait l'y honorer, et naguère on y comptait quarante mille

pèlerins à la fois, et le concours était tel que
tout ce qui s'est enrôlé sous la bannière de
Satan rugissait et blasphémait. Les guérisons
miraculeuses y ont été innombrables, dans
ces derniers pèlerinages même, et chaque jour
il s'en produit quelque nouvelle ; mais guérisons si prodigieuses, si parfaitement démon-
trées, que l'incrédulité est forcée de garder un
silence auquel ses faux-fuyants et ses mauvaises raisons ordinaires ne nous ont pas habitués[1]. Marie, jusqu'au bout, veut être l'amie,
la divine protectrice de la France.

Enfin, parmi nos récents malheurs, elle s'est
montrée au PONT-MAIN, apportant des paroles
d'espérance et nous conviant à prier encore.

Cette apparition dernière, nous l'avons dit,
nous paraît la plus aimable, la plus magnifique
dans son ensemble, la plus poétique dans ses
diverses phases (si ce langage est permis), la
plus merveilleusement adaptée à une situation
préparée par la confiance et la foi. Tout y est
doux, tout y est consolant, tout y charme et y
séduit l'âme.

---

[1] Voir la note de la page 318.

O Vierge bénie, puissions-nous comprendre votre langage, nous humilier devant votre adorable Fils si indignement outragé et renié sous nos yeux, et devant vous aussi, que ces outrages atteignent et blessent cruellement, non pour un Dieu à qui toute l'impiété du monde n'arrachera une parcelle ni de son éternité ni de son empire sur toutes choses, mais pour tant d'âmes aveuglées que ces excès conduisent à leur inévitable perte! Puissions-nous, en nous humiliant, prier, prier beaucoup, prier toujours! Et vous prendrez ces prières entre vos mains maternelles, et, les redisant à Jésus, avec nous vous prierez vous-même, comme vos lèvres le firent au Pont-Main : et la divine colère s'apaisera, et des jours plus tranquilles luiront sur une nation qui est la vôtre en dépit de tout, et l'histoire écrira au pied de votre statue vénérée :

ELLE L'AVAIT DIT : EN PEU DE TEMPS ILS FURENT EXAUCÉS !

Plusieurs cantiques ont été composés en l'honneur de Notre-Dame du Pont-Main. Nous en avons rapporté quelques-uns. Mentionnons, en terminant, quelques strophes dues à la piété de M. l'abbé *Le Sage*, curé de Chemiré, au diocèse du Mans.

I.

Venez, petits enfants aux cœurs chastes et purs :
Elle vous tend les bras, son regard vous caresse,
Sa bouche vous sourit ; le bras de sa tendresse
Écartera de vous tous les vices impurs.

Venez, mères, venez : vos souris et vos pleurs
Seront toujours compris par cette tendre Mère,
Qui de tous les tourments vida la coupe amère,
Et qu'on nomma si bien *Mère des Sept-Douleurs.*

Venez, chaste jeunesse, et de votre avenir
A son cœur, à son bras, confiez la tutelle ;
Elle étendra sur vous l'égide maternelle,
Et vous protégera jusqu'au dernier soupir.

Venez, pauvres vieillards affaiblis par les ans,
Dont le pied touche, hélas ! la dernière demeure ;
Confiez-lui le soin de votre dernière heure :
L'Église l'appela *Patronne des mourants.*

Venez surtout, pécheurs esclaves du démon,
Venez pleurer aux pieds de votre tendre Mère :
C'est là qu'on se repent, qu'on prie et qu'on espère ;
C'est là que l'on reçoit le gage du pardon.

II.

Non, ce n'est point en vain que la foudre a frappé :
Ses terribles éclairs ont réveillé nos âmes ;
Et puisque, grâce à vous, nous avons échappé
Au fer de l'étranger, aux fratricides flammes,
Nous voulons à vos pieds, sans aucun lendemain,
Abjurer et brûler ce que nous adorâmes,
    O Notre-Dame du Pont-Main !

Que le Seigneur, touché de notre repentir,
Daigne encore bénir notre chère patrie !
Qu'il calme la tempête où l'on veut engloutir
La barque du Pêcheur, son Église chérie !
C'est le vœu qu'à vos pieds, au nom du genre humain,
Nous osons déposer, ô puissante Marie,
    O Notre-Dame du Pont-Main !

FIN.

TABLE.

TABLE 471

Le Mans. — Impr. N. LEGUICHEUX, rue Marchande, 15.

OUVRAGES DU MÊME AUTEUR :

HISTOIRE DE L'ÉGLISE, DEPUIS NOTRE-SEIGNEUR JUSQU'AU CONCILE DU VATICAN. — 5ᵉ édition. — Très-fort vol. in-12, avec titres courants en marge...................... 3 fr.

LE BON ANGE DE LA PREMIÈRE-COMMUNION : Rédigé sur un plan tout nouveau, également utile aux catéchistes et aux enfants. Recueil d'histoires eucharistiques. — 3ᵉ édition. — Très-fort vol. in-12 compacte................. 4 fr.

LE BON ANGE DE LA CONFIRMATION : — Suite du précédent. In-12.. 1 fr. 50

GUIDE ANGÉLIQUE DE LA PREMIÈRE-COMMUNION ET DE LA CONFIRMATION : — Partie pratique du BON ANGE : méditations, prières, actes, règlement, etc. In-18........... 2 fr.

RÉPERTOIRE HISTORIQUE DU CATÉCHISTE DE PREMIÈRE-COMMUNION : — Recueil de traits, histoires et légendes, sur l'Eucharistie, la Confirmation et la Pénitence. In-12.. 2 fr.

NOVUM JESU-CHRISTI TESTAMENTUM : — Édition latine, accompagnée d'un commentaire abrégé, de la concordance et de trois cartes géographiques coloriées. In-24 *portatif*......................... 2 fr. 50

DE IMITATIONE CHRISTI : Édition très-belle, accompagnée des textes de la Sainte Écriture et de prières des SS. Pères à la fin de chaque chapitre : Format du *Novum*..................... 1 fr. 50

HISTOIRE DE LA VÉN. MARIE-CHRISTINE DE SAVOIE, REINE DE NAPLES, mère de S. M. le Roi François II. In-18....................................... 1 fr. 50

LA BIBLIOTHÈQUE DES PRÉDICATEURS, du R. P. V. HOUDRY, de la Cⁱᵉ de Jésus. — Edition corrigée, améliorée, complètement retouchée, par M. l'abbé POSTEL. 18 vol. grand in-8°, net et *franco*............ 108 fr.

www.ingramcontent.com/pod-product-compliance
Lightning Source LLC
Chambersburg PA
CBHW061036030726
47504CB00002B/392